AF295108

Die Tränen der Toten

Ein Roman
von Martina Bauer

Copyright: ©2016 Martina Bauer,
http://martinabauer.jimdo.com/

Herstellung und Verlag: Bod – Books on Demand,
Norderstedt
Covergestaltung: Jacqueline Spieweg, FarbRaum4
(http://www.jspieweg.de/)

Lektorat: Christine Bendik
(www.c-bendik.de)

Bibliografische Information der Deutschen Nationalbibliothek: Die Deutsche Nationalbibliothek
verzeichnet diese Publikation in der Deutschen
Nationalbibliografie; detaillierte bibliografische
Daten sind im Internet über www.dnb.de abrufbar.

ISBN: 9783848221615

Qindie steht für qualitativ hochwertige Indie-Publikationen.

Achten Sie also künftig auf das Qindie-Siegel!

Für weitere Informationen, News und Veranstaltungen besuchen Sie unsere Website.

www.qindie.de

Alle Personen im nachfolgenden Text sind frei erfunden.

Ähnlichkeiten mit lebenden oder verstorbenen Personen sind rein zufällig und nicht beabsichtigt.

1
Tom

Die Leiche lag in einem Bett aus Moos.

Herabgefallene Blätter bedeckten die wächserne Haut wie ein löchriges Grabtuch. Zweige umrankten sie, schienen sie zu streicheln wie knorrige Finger. Fast harmonisch fügte sie sich in die Landschaft ein. Ein natürlicher Verwesungsprozess in einer Umgebung, in der eine Moderschicht aus Laub und totem Geäst die Geburt einer neuen Vegetation hervorbrachte und die heimische Tierwelt ernährte.

Auf den ersten Blick wirkte sie auf ihrem grünbraunen Lager nahezu friedlich. Nur die roten Shorts störten diesen Eindruck. Die Farbe bildete einen Fremdkörper im Gehölz, wegen ihr hatte Tom Merten die Tote überhaupt entdeckt. Und weil er gezielt in ihre Richtung geblickt hatte, denn sie lag an seiner Lieblingsstelle in diesem Wald.

Ihr Anblick brachte die rhythmische Bewegung seiner Beine aus dem Konzept. Tom bremste ab und joggte auf der Stelle weiter, während er auf den leblosen Körper starrte. Sein hektisch keuchender Atem klang laut in seinen Ohren, und der Schweiß auf seiner Haut fühlte sich kalt und klamm an. Toms Hand fuhr in die vordere Tasche seiner Hose, aber er trug nicht seine Jeans, sondern Laufshorts, und das vertraute Gehäuse seines Smartphones war nicht zu spüren. Er war auf sich alleine gestellt.

Reiß dich zusammen, sagte er sich. Beruhige dich und sieh dir das erstmal an.

Es handelte sich um einen Frauenkörper, das konnte Tom deutlich erkennen. Sie lag am Fuße einer Böschung auf dem Rücken, die Beine gespreizt, ihr Kopf leicht zur Seite geneigt, mit Blick auf das Gefälle, das zu einer Landstraße hinaufführte. Als hoffte sie, der Fahrer eines der vorbeirauschenden Autos würde auf ihr unfreiwilliges Versteck aufmerksam werden. Eines war klar: Diese Frau war weder unglücklich bei einem Spaziergang gestürzt, noch hatte sie einen Herzanfall erlitten. Dafür befand sie sich zu weit abseits des Weges.

Ihr Grab wurde umrankt von Holunderbüschen und eingesäumt von Kastanienbäumen. Genau hier, unter diesem grünen Baldachin aus Blattwerk, war einmal Toms und Jennys Liebesnest gewesen.

Tom schloss die Augen, hoffte, die Erscheinung würde verschwinden, aber das tat sie nicht. Als er die Augen öffnete, lag sie immer noch da. Er zwang sich, auf den reglosen Körper zuzugehen. Ein Traum fiel ihm ein, in dem er vor einer unbestimmten Gefahr fliehen wollte, aber wegen eines stark erhöhten Luftwiderstandes kaum vorwärtskam. Genauso fühlte er sich jetzt. Am liebsten hätte er die Tote einfach ignoriert, wäre weitergelaufen, den Waldweg entlang nach Hause gerannt, schwitzend und mit pfeifendem Atem: nur weg von hier. In seiner Werkstatt im Schuppen wollte er sich Kopfhörer über die Ohren ziehen und die Welt ausklammern, wollte den schrecklichen Anblick mit dem massiven Sound von Rockmusik aus seinem Gehirn schmettern. AC/DC, Hard as a Rock, bei voller Lautstärke. Aber seine Beine bewegten sich langsam vorwärts. Laub raschelte unter seinen Laufschuhen.

Vor wenigen Monaten hatte Tom am Sterbebett seiner Mutter nach ihrem letzten Atemzug stundenlang auf den Bestatter gewartet und ausreichend Zeit gehabt, das Antlitz des Todes zu studieren. Nicht zum ersten Mal sah er die Farben vor sich, mit denen der Sensenmann seine Opfer kennzeichnet. Die marmorierte, wächserne Haut, die bläulichschwarzen Leichenflecken an den Unterseiten der langen, schlanken Beine. Die Frau im Wald lebte definitiv nicht mehr. Kastanienbraunes Haar lag wie ein Fächer um ihren Kopf ausgebreitet wie die Schlangen auf dem Haupt der Medusa. *Sieh mich nicht an, sonst wirst du es bereuen.* Tom konnte nicht anders. Er umrundete die Leiche und betrachtete ihr Gesicht. Er erkannte die Frau. Sie hieß Vanessa Kramer und war die Gespielin Rajnald Szabos, Besitzer einer Kneipenkette, Lebemann und stadtbekannter Millionär.

Der Tod höhlt die Wangen der Menschen aus, als hätte dort ihre Seele gesessen. Die eingefallenen Wangen ließen Vanessas Nase und das Kinn spitz hervorstehen. Trotzdem war ihre Schönheit auch jetzt noch deutlich zu sehen. Dichte, lange Wimpern umkränzten gebrochene Augen, die zu fragen schienen: *Warum? Wie konnte das geschehen?* Kleine, feste Brüste wölbten sich unter der Kleidung. Vanessa besaß die Maße eines Models. Langgliedrige Arme endeten in langen und schlanken Fingern. Die Beine waren nicht dürr, sondern wohlgeformt. Volle Lippen, herzförmig, im Tode aufgesprungen und purpurn verfärbt. Der Mund stand leicht offen. Tom wandte den Blick ab; er wusste, dass Käfer und Fliegen gerne in Körperöffnungen krochen, um sich am toten Fleisch zu laben. Er hätte es nicht ertragen, zu sehen, wie sich in der dunklen Höhle ihres Mundes etwas bewegte.

Vanessa trug ein braungraues Shirt mit ausgefranstem Saum und Pailletten-Schriftzug auf der Vorderseite: Rich & Royal. Tom kannte die Marke. Er hatte sich einmal in Unkosten gestürzt, weil er Jenny ein ähnliches Shirt gekauft hatte: Glamouröser Gammel-Look, wie er derzeit in war. Damals hatte er scherzhaft zu Jenny gesagt, dass seine Shirts nach jahrelangem Tragen genauso aussahen, aber nur ein Zehntel von Jennys kosteten.

Dazu die roten, auffallenden Shorts. Ein goldener Armreif schmückte Vanessas Handgelenk. Elegante Riemchensandalen steckten an ihren Füßen mit den rot lackierten Zehennägeln. Nichts, was man bei einem Spaziergang im Wald trug.

Jetzt sah Tom den Koffer. Er lag etwa zwei Meter entfernt halb verdeckt unter einem Holunderbusch. Es war ein kleiner, neu aussehender Damenkoffer aus hellbraunem Leder. Am Griff hing ein Gepäckanhänger. Tom trat näher und konnte Vanessas Namen und ihre Adresse entziffern.

Tom lehnte sich an einen Baumstamm und atmete tief durch, bis er sich so weit beruhigt hatte, dass sein Gehirn einigermaßen klar funktionierte.

Er konnte den Fund der Leiche nicht ignorieren. Der Waldweg gehörte nicht zu den ausgeschilderten Wanderwegen, die an Sommertagen von Wanderern und Spaziergängern genutzt wurden. Hier kamen allemal Forstarbeiter an wenigen Tagen im Jahr durch. Er konnte Vanessa Kramer nicht einfach ihrem Schicksal überlassen und hoffen, dass sie schnellstmöglich gefunden wurde. Von jemand anderem. Von jemandem, den die Polizei nicht auf Anhieb verdächtigen würde. Denn das würden sie tun, sobald sie Toms Namen hörten. Tom Merten war kein unbeschriebenes Blatt und bei der hiesigen Polizei bekannt. Und die interessierte es einen feuchten Dreck, dass Gewalt nicht sein Ding war, schon gar nicht gegen Frauen. Dass er nie eine Frau belästigt hatte. Wenn die Bullen jemanden kannten, wenn sie einen erst mal auf dem Radar hatten, war es ihnen egal, ob er ein Taschendieb war, ein mickriger kleiner Dealer, der ein bisschen Hasch und Speed im Bekanntenkreis verteilte, oder ein brutaler Vergewaltiger und Sexualmörder. Denn danach sah es hier aus, so, wie Vanessa Kramer dalag, mit ihren ausgestreckten, gespreizten Beinen. Die Bullen würden jemanden einlochen wollen, vor allem, wenn ihnen ein Typ wie Rajnald Szabo im Nacken saß, ein einflussreicher und vermögender Drecksack, der dem Kriminaldirektor Feuer unterm Hinterteil machen würde, um denjenigen zu finden, der hierfür verantwortlich war. Wer käme ihnen da gelegener als Tom Merten, der frühmorgens um kurz nach sechs mitten im Wald in der Nähe von Vanessas Leiche herumlungerte?

Tom war nichts nachzuweisen, und er hatte nichts angerichtet, als eine Tote zu finden, aber sie würden ihn stundenlang verhören, und wenn Jenny das irgendwie mitkriegte, konnte er den nächsten Besuch ihrer gemeinsamen Tochter Yasmin vergessen. Ob sie Tom am Ende laufen ließen oder nicht, würde für Jenny keinen Unterschied machen.

Tom steckte in einer schlimmen Zwickmühle. Hier lag ein toter Mensch, eine junge Frau, fast noch ein Mädchen, und angesichts ihrer Schönheit konnte er kaum glauben, dass alles Leben aus ihr gewichen war. Es fiel ihm nicht leicht, sich umzudrehen und sie zurückzulassen. Irgendwie hatte er das Bedürfnis, sich bei ihr zu entschuldigen für das, was ihr angetan worden war. Er hätte ihr gerne versprochen, wiederzukommen, beziehungsweise jemanden herzuschicken, der sich um sie kümmerte, der dafür sorgte, dass der Verantwortliche zur Rechenschaft gezogen wurde, und dass sie eine anständige Beerdigung erfuhr und nicht einfach in den Wald geworfen wurde wie ein Sack Müll. Er war für sie verantwortlich. Er hatte die Tote gefunden, ihr Bild würde ihn auf ewig verfolgen, wenn er jetzt nach Hause ging und so tat, als wäre nichts gewesen.

Tom rannte los.

Seit er sein Elternhaus übernommen hatte, pflegte er gleich nach dem Aufstehen im Wald zu joggen. Sobald es hell genug war, machte er sich auf den Weg, bei Wind und Wetter, es spielte für ihn keine Rolle, ob es stürmte oder schneite oder über dreißig Grad heiß war, so wie heute. Täglich nahm er die gleiche Strecke von sechs Kilometern, die er mittlerweile in- und auswendig kannte, und auf der er in Ruhe seinen Gedanken nachhing. Sein Haus stand als letztes an der Straße, die nach etwa zweihundert Metern in einen breiten Waldweg mündete.

Die Hälfte der Runde lag noch vor Tom, und er rannte durchweg, ohne auf seinen sonstigen gemächlichen Rhythmus zu achten. Sein Herz raste, die Füße trommelten auf den Waldboden. Ein Zweig schlug ihm ins Gesicht wie eine Krallenhand, die ihn zurückzuhalten versuchte. *Bleib hier, lass mich nicht alleine im Wald zurück.* Den Kratzer in seinem Gesicht spürte er kaum.

Fünfzehn Minuten später kam er am Waldrand an. Eine kreisrunde Öffnung aus klarem blauem Morgenlicht bildete das Ende des Weges und führte an die Ausläufer der Stadt, vorbei an einer Wiese voll mit wild wucherndem Unkraut und bunten Sommerblumen. Dahinter begann der weiße Lattengartenzaun, der Toms Grundstück eingrenzte.

Er erreichte die Rückseite des Grundstückes, eilte vorbei an dem alten Schuppen, in dem sein Vater früher Schnaps gebrannt hatte, bevor er abgehauen war und den kleinen Tom und seine Mutter alleine zurückgelassen hatte, und in dem sich mittlerweile Toms Werkstatt befand. Hinter der Werkstatt begann ein leicht verwildertes, aber hübsches Gartenstück. Dahinter ragte das windschiefe Haus auf, in dem Tom bereits seine Kindheit verbracht hatte und danach seine Jugend, sofern er zu Hause gewesen war und nicht irgendwo auf der Straße herumlungert hatte. Tom flankte über den Zaun in den Vorgarten und schloss mit zitternden Fingern die Haustür auf.

Der Flur führte geradewegs in die Küche, die an der gegenüberliegenden Wand durch eine Hintertür mit der Veranda verbunden war. An den eingesetzten Glasscheiben dieser Tür sowie an den Fenstern hingen blau-weiß karierte Gardinen. Die Fensterbänke standen voll mit Salzteigfiguren und mit Kaffeetassen, für die in den hellblau gestrichenen Küchenschränken kein Platz mehr gewesen war. Man konnte an einigen Stellen blaue Nasen am lackierten Holz erkennen. Als säßen dort kleine blaue Kobolde, die beobachteten, wie sich Tom in dieser schwierigen Situation verhalten würde.

Eine cremefarbene Wachstischdecke überzog den kleinen, hölzernen Küchentisch. Es war deutlich zu erkennen, dass die Küche von einer Frau eingerichtet worden war. Toms Mutter hatte diesen Raum geliebt und häufig abends hier mit einem Buch gesessen, obwohl die Wohnzimmercouch geeigneter zum Lesen wäre als die kleinen, harten Küchenstühle aus Holz, von denen drei wackelten. Auch Tom liebte diesen Raum. Hier hielt er seine Mutter in Erinnerung.

In der Mitte des Tisches, neben einer leeren Kaffeetasse, lag Toms Smartphone. Aber er würde nicht die Polizei anrufen.

*

Tom wählte die Nummer eines alten Freundes. Er kannte Harry Roeder seit der Schulzeit, war mit ihm durch dick und dünn gegangen, und Harry war der einzige Mensch, dem Tom sich momentan anvertrauen wollte. Und Harry Roeder kannte Rajnald Szabo, weil er für den Barbesitzer arbeitete. Harry fungierte in Szabos Kneipen als Barkeeper, Rausschmeißer, wo er gerade gebraucht wurde und was gerade zu tun war. Er erledigte alle möglichen Jobs.

16

Zwielichtige Jobs. Wickelte irgendwelche Geschäfte für Szabo ab. Durch Harry kannte Tom Vanessa, zumindest vom Sehen. Harry konnte sich darum kümmern, würde Szabo die Info zukommen lassen, dass seinem Mädchen etwas Schreckliches zugestoßen war.

Harry meldete sich nach dem zweiten Klingeln.

»Guten Morgen, mein kleiner Freund. Wie läuft's bei dir?«

»Vanessa ist tot«, sagte Tom mit schriller Stimme.

»Vanessa Kramer. Szabos Freundin. Ihre Leiche liegt im Wald. Ich habe sie beim Joggen gefunden.«

Am Ende der Leitung blieb es lange still. Tom hörte Harrys Atem. Er konnte regelrecht spüren, wie Harry überlegte. Dann sagte er: »Erzähl mir alles. Ganz langsam und von vorne.«

»Es gibt nichts zu erzählen. Ich war joggen wie üblich, und sie lag da. Ich bin ziemlich sicher, dass es Vanessa ist.«

»Ich bin in fünf Minuten bei dir.« Harry legte auf, ohne eine Antwort abzuwarten.

2
Harry

Harry Roeder hasste es, Mädchen für alles für seinen Boss zu spielen.

Entgegen jeder Erwartung entdeckte er eine freie Parklücke direkt vor dem Eingang des Golden Shot und hielt mit quietschenden Reifen an. Der Fahrer hinter ihm hupte; Harry hätte mit seiner Bremsaktion beinahe einen Auffahrunfall riskiert. Harry ignorierte ihn und setzte zum Einscheren an. Geschickt lenkte er den Audi in die Lücke. Er registrierte, dass das Auto neben ihm anhielt. Der Fahrer gestikulierte wütend. Harry beachtete ihn nicht. Er war mies gelaunt. Er hatte es satt, zu springen, wenn Szabo ihn rief wie einen Hund, der schwanzwedelnd neben seinem Herrchen her spaziert und nur darauf wartet, dass der Knochen geworfen wird. Szabo hatte angerufen und verlangt, ihn zum Frühstück zu treffen. In einer Viertelstunde. Um neun, für Langschläfer Harry viel zu früh am Tag.

Die Einladung ins Golden Shot war natürlich nur ein Vorwand. Wahrscheinlich hatte Szabo einen Auftrag für ihn. Der Boss hatte nicht mit der Sprache herausgerückt, und Harry hatte keinen blassen Schimmer, worum es sich handelte.

Harry öffnete die Tür und trat ein. Schummrige Beleuchtung empfing ihn. In den neunziger Jahren war das Golden Shot eine Absteige gewesen, und die Atmosphäre eines abgefuckten Puffs war für Harry noch deutlich spürbar. Dunkles Holz, mit rotem Plüsch bezogene Stühle, Tiffany-Lampen. Szabo hatte den Laden zu einer Bar umfunktioniert, aber die altmodische und kitschige Atmosphäre erhalten. Trotzdem war das Golden Shot abends und an Wochenenden stets gerammelt voll. Wie alle von Szabos Etablissements. An diesem Donnerstagmorgen herrschte gähnende Leere. Harry entdeckte den Boss sofort.

Szabo saß an einem Tisch mit Blick zur Eingangstür. Er studierte die Frühstückskarte, während ihm der Kellner ein Glas Orangensaft servierte. Auf Szabos Schoß lag eine Stoffserviette. Harry fand das lächerlich, aber er würde sich hüten, es anzusprechen. Er setzte sich auf den Stuhl neben Szabo.

Szabo nickte kurz, ohne aufzusehen. Harry schaute unauffällig auf seine Uhr: Acht Uhr achtundfünfzig. Seit Szabos Anruf waren vierzehn Minuten vergangen. Szabo duldete keine Verspätung, keine Trödelei. Pünktlichkeit ging ihm über alles.

»Guten Morgen«, sagte Harry.

»Guten Morgen, Harry«, sagte Szabo und nippte an seinem Orangensaft. »Wie schön, dass Sie so schnell kommen konnten.«

Als würdest du mir eine Wahl lassen, dachte Harry.

»Das ist doch selbstverständlich.« Er griff nach der Frühstückskarte.

»Wird wieder ein heißer Tag heute, was?«, sagte Szabo. Smalltalk. Normalerweise kam Szabo direkt zur Sache. Heute sah es nicht danach aus.

»Ich schätze schon«, sagte Harry.

Der Kellner kam erneut an ihren Tisch. Szabo ignorierte die Karte in Harrys Hand und orderte für sie beide American Breakfast. Harry gab dem Kellner die Karte zurück. Er hätte gerne selbst gewählt, aber er beschwerte sich nicht. Über solche Kleinigkeiten verlor man bei Szabo kein Wort, wenn man es sich nicht verscherzen wollte. So war der Boss eben. American Breakfast war schon okay.

Der Kellner wirkte steif und nervös, als er ihnen ein Glas Champagner anbot. Szabo schaute kurz zu ihm auf und winkte ab. Fehler, dachte Harry. Szabo trank nicht tagsüber, und er ging davon aus, dass seine Angestellten das wussten. Es konnte gut sein, dass dieser Neuling heute Nachmittag auf der Straße saß.

Das Essen wurde serviert. Szabo kaute schweigend. Harry war klar, dass er nicht hierherbestellt worden war, weil sich der Boss nach Gesellschaft sehnte. Wie hatte sich Szabo am Telefon noch einmal ausgedrückt? Hatte er überhaupt von einem Job gesprochen? Warum die Geheimniskrämerei?

Harry genoss seine Scrambled Eggs und wartete gespannt. Es schmeckte hervorragend. Die Küche war in jeder Kneipe und in jedem Klub, den Szabo betrieb, ausgezeichnet. Szabo liebte gutes Essen und würde sofort einen Koch feuern, der ihm ein zu hart gekochtes Frühstücksei oder Tomatensalat aus wässrigen, geschmacklosen Gewächshaustomaten servierte.

Szabo legte seine Gabel beiseite und pulte sein iPhone aus der Hosentasche. Er tippte umständlich auf dem Display herum, mit dicken, kräftigen Fingern, die dafür nicht geschaffen zu sein schienen.

»Mein Kontaktmann in Düsseldorf hat sich das Bein gebrochen«, fing er plötzlich an.

Harry war bei der gegrillten Tomate angekommen. Er tunkte den auslaufenden Saft mit Baguette auf und schob sich ein Stück davon in den Mund.

»Ach ja? Ich erinnere mich an ihn. Er heißt Adam, nicht wahr? Was ist passiert?«

»Adam hat einen Hund«, erzählte Szabo. »Einen Beagle. Es klingelte an der Tür, der dumme Köter rannte hin. Vor der Tür stand ein Freund mit einem Deutschen Schäferhund. Beim Anblick des Schäferhundes raste der Beagle erschrocken ins Haus zurück, direkt in Adams Beine hinein. Der stolperte über seinen eigenen Hund. Und schwupps, Bein kaputt.« Szabo schüttelte den Kopf.

Harry lachte pflichtschuldig. »Shit happens«, sagte er.

»Er musste mit dem Notdienst ins Krankenhaus. Eigentlich hätte er an diesem Tag ein Rendezvous mit einer schönen Dame gehabt.«

Harry bemerkte den veränderten Unterton in Szabos Stimme. Interessiert schaute er auf. »So ein Pech aber auch. «

»Adam sollte Vanessa am Flughafen abholen und sich um sie kümmern. Wie immer, wenn sie mit frischer Ware in Düsseldorf landete. Während sie in der Eingangshalle Ausschau nach ihm hielt, lag Adam auf dem Operationstisch, und die Chirurgen brachten einen Knochennagel in seinen Oberschenkel ein.«

Harry wartete. Szabo hatte ihn sicherlich nicht ins Golden Shot zitiert, um ihm von Adams Missgeschick zu erzählen.

»Für diesen Fall gab es einen Plan B. Vanessa sollte mit dem nächsten Zug nach Hause kommen. Aber hier ist sie nicht aufgetaucht. Ich habe keine Ahnung, wo sie zwischenzeitlich abgeblieben ist.«

»Wann ist ihr Flieger gelandet?«, fragte Harry.

»Montagabend.«

Harry nahm einen Schluck frischgepressten Orangensaft. Er hätte Lust auf den Champagner gehabt, traute sich aber keinen zu bestellen. »Ihr Telefon?«

»Die Mailbox geht an. Wenn es ausgeschaltet ist, kann ich es nicht orten lassen.«

»Hmm.«

»Hmm«, antwortete Szabo, schaute Harry aber an.

»Vertrauen Sie Adam?«, fragte Harry.

»Ich vertraue ihm.«

Mehr, als er anscheinend Vanessa vertraut, dachte Harry.

»Und was glauben Sie, wo Vanessa stecken könnte?«, fragte Harry vorsichtig.

»Ich kann nur spekulieren.«

Harry dachte, dass Szabo nicht die ganze Wahrheit sagte. Sein Boss hatte eine Vermutung. Eine Idee, irgendetwas.

»Es gibt zwei Möglichkeiten«, sagte Szabo. »Erstens, Vanessa hatte einen Unfall.«

»Aber wenn sie mit dem Zug …«

»Ich rede nicht von einem Verkehrsunfall.«

»Wie meinen Sie das?«, fragte Harry irritiert.

»Ich meine damit, dass das Leben nicht ungefährlich ist. Schon gar nicht für eine junge, betörend schöne Frau, die alleine unterwegs ist.«

Und noch viel gefährlicher ist es, wenn diese Frau Kokain im Wert von zigtausend Euro in ihrem Leib trägt, dachte Harry. Er schob den Tomatenstrunk mit der Gabel auf dem Teller hin und her und grübelte, wie er seine Überlegungen am besten formulieren sollte.

»Wer wusste noch von dem Kokain? Außer Adam, Vanessa und Ihnen?«

»Niemand.«

Harry konnte sich das nicht vorstellen. »Trotzdem. Nehmen wir einmal an, jemand wollte an das Kokain herankommen. Wo wäre da die Schwachstelle? Könnte nicht Adam …«

»Es gibt keine Schwachstelle in meiner Kette«, sagte Szabo barsch. »Das wissen Sie. Eine Schwachstelle würde ich nicht dulden. Ich sage Ihnen, was ich denke: Entweder, Vanessa ist einem Verbrechen zum Opfer gefallen – was ich nicht hoffe -, oder sie hat die Gelegenheit gewittert, sich abzusetzen. Mit meiner Ware, was heißen soll, mit meinem Geld.«

»Das tut mir leid«, sagte Harry. Er fragte sich, was schlimmer für Szabo war: der Verlust seiner Gespielin oder der des Geldes. Oder kränkte der Verrat Szabos Ego? Harrys Mund war trocken, trotz des Orangensaftes. Das Gespräch nahm eine Wendung, die ihm nicht gefiel. Er arbeitete für Szabo, aber mit dessen Beziehungsproblemen wollte er nichts zu tun haben. Das war gefährliches Terrain.

»Ich tendiere zur zweiten Möglichkeit. Vielleicht, weil die erste einfach zu schrecklich wäre.« Szabo betrachtete seine Hände. »Ich muss wissen, warum sie das getan hat.«

»Vielleicht könnte ein Detektiv weiterhelfen?«, schlug Harry vor.

»Sicher könnte er das.« Szabo nickte. »Das Problem ist nur: Ich setze ungern einen Detektiv auf eine Frau an, die eine derart heiße Ware mit sich herumträgt, beziehungsweise in einem solchen Auftrag unterwegs ist. Detektive sind oftmals ehemalige Polizisten und unterhalten gute Kontakte zur Polizei. Diese Möglichkeit lassen wir besser außen vor.«

»Natürlich. Das hatte ich nicht bedacht.«

»Ein gewiefter Detektiv könnte Vanessa schneller ausfindig machen. Aber einem fremden Menschen wird sie nicht erzählen, warum sie sich absetzen will. Einem alten Bekannten würde sie ihr Herz womöglich ausschütten.« Er schaute Harry erwartungsvoll an. »Vanessa hat Sie übrigens immer gemocht. «

»So gut kenne ich Vanessa nun auch wieder nicht.« Harry schwante etwas.

Szabo sprach weiter. »Sie sind der richtige Mann für diesen Job. Vanessa mag Sie gut leiden. Sie wird Ihnen vertrauen. Sie sind der Typ Mann, an dessen Schulter sich die Menschen ausweinen.«

Das stimmte. Harry wickelte diverse Geschäfte für Szabo ab, aber Szabo setzte ihn hin und wieder am Zapfhahn ein. Dort lernte man die Leute kennen und erfuhr so einiges. Sie saßen an der Theke, tranken ihr Bier und wurden gesprächig. Gelegentlich beklagte sich jemand bei ihm über Szabo. Ein unzufriedener Kunde, ein Kleindealer, der sich geprellt fühlte. Sie schienen dem Kerl zu vertrauen, der mit seinem Achtzigerjahre-Look, den Cowboystiefeln und der Vokuhila-Frisur aus einer beständigeren Epoche zu stammen schien. Harry hörte sich die Klagen an, suggerierte Verständnis, heuchelte Mitgefühl und berichtete Szabo später alles. Szabo wusste gern über die Dinge Bescheid. Er wusste gern, woran er war, und was die Leute über ihn dachten.

Szabo sprach weiter. »Fahren Sie nach Düsseldorf, Harry. Hören Sie sich um, wo Vanessa abgeblieben sein könnte. Wenn Sie sie gefunden haben, versuchen Sie, aus ihr herauszukriegen, warum sie das getan hat.«

»Ich habe keine Ahnung, wo ich anfangen soll, zu suchen. Vermutlich hält sie sich längst nicht mehr in Düsseldorf auf.« Wie stellte Szabo sich das vor? Harry hatte keinerlei Erfahrung mit dem Auffinden vermisster Personen. Vanessa konnte Gott weiß was zugestoßen sein.

»Wie wäre es mit dem Flughafen? Sie hat ihr Gepäck abgeholt und eine Zeitlang auf Adam gewartet. Als er nicht kam und sie ihn telefonisch nicht erreichen konnte, hat sie mich angerufen und mir mitgeteilt, dass sie auf unseren Ausweichplan zurückgreift. Dieses Telefongespräch war das letzte Lebenszeichen von ihr. Vielleicht hat sie zunächst nach einer Übernachtungsmöglichkeit gesucht. Klappern Sie die Hotels in Flughafennähe ab. Die Schalter am Hauptbahnhof. Sie kriegen das schon hin, Harry.«

»Selbst wenn ich sie finde. Ich glaube nicht, dass ich sie überreden kann, mit mir zurückzukommen.«

»Das brauchen Sie nicht. Ich will wissen, wo Vanessa steckt. Und ich will wissen, was sie sich dabei gedacht hat.«

Harry setzte zu einer Antwort an, doch jeder Satz, den er sagen wollte, begann mit einem »Aber«. Und er ahnte, dass der Boss kein »Aber« akzeptierte. Wenn Szabo sich einmal etwas in den Kopf gesetzt hatte, war er nicht umzustimmen.

»Enttäuschen Sie mich nicht.« Damit war die Sache für Szabo erledigt. Er nahm die Serviette vom Schoß und tupfte geziert seinen Mund ab, was zu seiner robusten Statur überhaupt nicht passte.

»Finden Sie heraus, dass Vanessa wohlauf ist. Schon diese Information wird mich ruhiger schlafen lassen.«

»Ich werde Auslagen haben.«

»Natürlich. Das hier ist für Spesen.« Szabo zog einen Umschlag aus seiner Brieftasche und schob ihn über den Tisch. »Sie kriegen zehntausend, wenn Sie Vanessa finden oder mir glaubhaft versichern können, dass es ihr gut geht.«

Harry nahm den Umschlag entgegen. »Ich fahre noch heute Vormittag.«

»Tun Sie das.« Szabo blickte auf seine Armbanduhr. »Ich muss los. Ich habe einen wichtigen Termin. Die Geschäfte nehmen keine Rücksicht auf meinen Kummer.«

»Wie viel Zeit habe ich, sie zu finden?«, fragte Harry schnell.

Szabo zögerte kurz. »Eine Woche? Wenn Sie bis dahin keine Spur von ihr haben, kommen Sie zurück.«

»Okay. Ich melde mich, sobald ich etwas herausgefunden habe.«

Harry schaute Szabo hinterher. Der Boss hielt im Eingangsbereich kurz an und wechselte ein paar

Worte mit dem Kellner. Harry wartete, bis er zur Tür hinaus war, dann schob er den Umschlag unter den Tisch und öffnete ihn, um das Geld zu zählen. Es würde reichen für eine Woche Hotelunterkunft, Kost und Logis und um den einen oder anderen Barkeeper zu schmieren, um sein Erinnerungsvermögen aufzufrischen. In dem Umschlag befanden sich auch Fotos von der schönen Vanessa. Die würde er brauchen, wenn er jemanden nach ihr fragte. Im Prinzip war der Auftrag nicht schlecht. In Kneipen abhängen, auf Szabos Kosten essen und trinken. Dann kam er wenigstens ein paar Tage raus aus der Stadt. Weg von den Geldeintreibern. Düsseldorf kam gut. Er glaubte nicht, dass er eine Chance hatte, Vanessa zu finden. Aber die Zehntausend brauchte er dringend.

Der Kellner schaute wenig interessiert zu ihm herüber.

»Ist der Schampus noch da, den der Boss nicht trinken wollte?«, fragte Harry.

Der Kellner guckte pikiert, gab aber keine Antwort.

War wohl besser so. Harry hatte schließlich einen Job zu erledigen und musste heute noch mehrere hundert Kilometer weit fahren. Er würde die Koffer packen, sich auf den Weg machen und am späten Nachmittag in Düsseldorf ankommen. Dort würde er etwas zu Abend essen und noch heute mit der Suche nach Vanessa beginnen.

Harry nickte dem Kellner zu. Der glotzte nur zurück. Harry stand ihm in der Hackordnung der Angestellten des Bosses wohl nicht weit genug oben. War nur der Handlanger vom Boss. Warte nur ab, du bist schneller draußen, als du den nächsten Drink abgeliefert hast, dachte Harry. Wenn du dir nicht merken kannst, worauf der Boss Wert legt, bist du blitzschnell weg vom Fenster.

Er verließ das Golden Shot und setzte sich in seinen Wagen. Den Umschlag mit dem Geld verstaute er im Handschuhfach. Erstmal nach Hause und die Reise planen, dachte er. Er stieß die Luft aus, schloss die Augen und überlegte, was er alles brauchte für eine Woche, und ob er irgendwelche Termine absagen musste. Da klingelte sein Smartphone. Er holte es aus der Jeanstasche und schaute aufs Display.

Sein bester Freund rief an.

3
Tom und Harry

Harry stand zehn Minuten später vor der Tür. Haargel hielt seine Vokuhila-Frisur in Form. Der eitle Gockel stylte sich jeden Morgen direkt nach dem Aufstehen ausgiebig, was ihn nicht davon abhielt, die längst überholte Mode der Achtziger zu bevorzugen. Sein knallbuntes Hemd trug er in die Jeans gestopft. Die Füße steckten in mit Nieten beschlagenen Cowboystiefeln. Harry sah nicht schlecht aus, aber sein Modegeschmack war katastrophal. An einem anderen Tag hätte sich Tom eine Bemerkung wegen Harrys Aufzug nicht verkneifen können. Heute registrierte er diese Dinge nur am Rande.

»Danke, dass du gekommen bist«, sagte er. »Ich wüsste nicht, was ich ohne dich tun sollte.«

»Gut, dass du mich angerufen hast, mein kleiner Freund.« Harry war zwei Monate älter als Tom und ritt seit ihrer Kindheit darauf herum, als wären es zwanzig Jahre. Mit zehn hatte es einen Unterschied gemacht; heute war es eine Floskel, die Tom nicht mehr hören konnte.

Harry marschierte direkt an ihm vorbei in die Küche und nahm Platz. »Setz dich«, sagte er, als wäre er selbst der Gastgeber. Er verschränkte die Hände auf dem Küchentisch und sah Tom erwartungsvoll an. Tom setzte sich ihm gegenüber.

»Jetzt erzähl mal. Was ist passiert?«

»Ich habe keine Ahnung, was passiert ist. Sie liegt einfach da.«

»Wo?«

»Mitten im Wald, ich kann dich hinführen.«

»Was hast du eigentlich so früh im Wald getrieben?«

»Ich war joggen, wie jeden Morgen«, sagte Tom.

»Das weißt du doch. Ich laufe täglich dieselbe Strecke. Gestern war die Leiche noch nicht da. Sie liegt ein Stück abseits des Weges im Unterholz.«

Harry forderte ihn mit einer Handbewegung auf, weiterzusprechen.

»Zwischen den Bäumen habe ich etwas Rotes gesehen und bin darauf zugegangen. Es waren ihre Shorts. Ich habe Vanessa nicht angefasst, aber ich habe deutlich gesehen, dass sie tot ist.«

»Bist du sicher, dass sie nicht nur bewusstlos ist? Du bist kein Arzt. Sie könnte noch am Leben sein.«

»Sie hat nicht geatmet. Mensch, Harry, ich habe meine eigene Mutter sterben sehen. Ich weiß, wie ein toter Mensch aussieht.«

»Ist sie verletzt? Hast du Wunden gesehen, Blut, Knochenbrüche … Ich meine, einen Grund, warum sie gestorben ist.«

»Mir ist nichts aufgefallen.«

»Wie ist sie angezogen?«

»Wieso fragst du?« Tom massierte seine Schläfen.

»Rote Shorts, braunes T-Shirt … ein goldenes Armband.« Jedes Detail der Toten hatte sich in sein Gedächtnis gebrannt. »Und Sandalen.«

Harry zuckte die Schultern. Er hätte Szabo fragen sollen, welche Garderobe Vanessa in ihren Koffer gepackt hatte, als sie nach Curaçao losgezogen war. Oder wohin auch immer. Einen lausigen Detektiv gab er ab.

»Es ist zweifellos Vanessa Kramer. Ich habe sie deutlich erkannt. Ich bringe dich hin, damit du dich selbst überzeugen kannst. Und dann …« Er schwieg kurz. »Ich wollte die Bullen nicht anrufen. Du weißt schon.«

Es war weit hergeholt. Tom Merten war ein Jogger, der eine Tote im Laub entdeckt hatte. Ihm war nichts nachzuweisen. Aber er wusste aus leidlicher Erfahrung, wie die Bullen tickten. Vanessa Kramer war eine Person des öffentlichen Lebens, eine VIP; der Druck der Öffentlichkeit würde die Bullen dazu zwingen, den Fall schnell aufzuklären, und wenn da ein vorbestrafter Bürger wie Tom Merten involviert war, hatten sie ihren Verdächtigen auf dem Silbertablett. Ein stundenlanges Verhör oder die Vorstellung, dass er mit einem Mordfall in Zusammenhang gebracht wurde, konnte er sich nicht leisten.

»Klar«, sagte Harry. »Weiß ich. Ich will die Bullen aber auch nicht anrufen. Ruckzuck finden die heraus, dass ich Vanessa kenne. Und wie soll ich erklären, was ich im Wald zu suchen hatte?«

»Du kannst Szabo informieren. Dann kann er sich darum kümmern.«

»Szabo wird ebenfalls wissen wollen, wann, wie und wo wir sein Mädchen gefunden haben. Er hat keinen Grund, dich zu decken, und ist genauso interessiert daran, herauszufinden, was passiert ist. Am Ende würden die Bullen doch vor deiner Tür stehen.«

»Natürlich«, sagte Tom resigniert. »So weit hatte ich noch gar nicht gedacht. Ich wusste nicht, was ich sonst tun soll. Ich kann sie ja nicht einfach da liegen lassen.«

»Es wäre die am wenigsten komplizierte Lösung«, sagte Harry.

»Es wäre nicht richtig.«

»Tom Merten, du bist zu gut für diese Welt«, sagte Harry. «Ich erzähle dir jetzt mal was. Als du angerufen hast, kam ich gerade von einem Gespräch mit meinem Boss aus dem Golden Shot. Szabo vermisst Vanessa seit zwei Tagen.«

»Und das sagst du mir erst jetzt?«, fragte Tom ungläubig.

»Ich wollte mich zunächst vergewissern. Mir das hier selbst anschauen.«

»Du musst es Szabo sagen.«

»Vanessa ist nicht einfach nur Szabos Mädchen«, sagte Harry. »Sie arbeitet für ihn. Macht Kurierdienste. Sie ist ein Muli. Eine Schluckerin.«

»Eine was?«

»Vanessa fliegt regelmäßig in die Karibik. Offiziell gibt sie vor, Urlaub zu machen, mietet sich in einem hübschen Hotel mit vier oder fünf Sternen und allem Firlefanz ein. Tut so, als würde sie Cocktails an der Poolbar trinken und am Strand nach

Muscheln suchen. In Wahrheit trifft sie sich mit Szabos Leuten. Schluckt Päckchen mit Kokain und bringt sie unbemerkt auf dem Rückflug nach Deutschland.«

»Das wusste ich nicht«, sagte Tom.

»Woher auch? So etwas posaunt man schließlich nicht in der Gegend herum. Szabo hat mir erzählt, dass er Vanessa vorgestern zurückerwartet hatte. Sie hat ihren Mittelsmann verpasst, der sie sonst am Flughafen abgeholt und sich um alles Weitere gekümmert hat. Das Zeug muss ja wieder raus, verstehst du? Also ist sie in den Zug gestiegen und direkt nach Hause gefahren.«

Toms Mund wurde trocken. »Willst du etwa sagen, dass …«

»Ja, will ich. Vanessa hat eine ordentliche Ladung Kokain im Bauch. Sie muss bis oben hin damit vollgestopft sein.« Er neigte abwägend den Kopf. »Das Zeug ist vermutlich hundertfünfzigtausend wert.«

Tom verschlug es die Sprache. Er hatte wenig Ahnung von diesen Drogenkurierdiensten. Er wusste, dass Szabo in Drogengeschäfte involviert war – das hatte Harry schon einmal angedeutet -, aber ihm war nicht klar gewesen, dass es diese Ausmaße erreichte. Und schon gar nicht hätte er gedacht, dass sich eine derart schöne Frau in dieses schmutzige Geschäft verwickeln ließ. Drogenpakete verschlucken und schmuggeln, das hatte er sich nicht als Job für jemanden wie Vanessa vorgestellt.

Er hatte sie für eine Diva gehalten. Er stellte sich vor, wie sie sich auf einer Couch aus Veloursleder räkelte, Szabo bei Laune hielt, teure Geschenke von ihm annahm und herumzickte, wenn ihr eine Kleinigkeit nicht passte. Sich vorzustellen, wie Vanessa mühsam ein Päckchen mit Kokain nach dem anderen hinunterwürgte, fiel ihm schwer.

Harry stand auf. »Ich will mir das jetzt ansehen. Hast du irgendwo Gummihandschuhe?«

*

Es war mittlerweile elf Uhr vormittags. Die Hundebesitzer waren mit ihrer morgendlichen Gassi-Runde durch. An Wochentagen hielt sich die Schar der Wanderer in Grenzen, anders als samstags oder sonntags. Dennoch bestand eine geringe Chance, dass ein Spaziergänger oder Tagesausflügler die Stelle passierte, von der aus Tom Vanessas Leichnam erblickt hatte. Jeden Moment konnte ihnen jemand begegnen. Oder selbst die Tote finden.

Ein älterer, grimmig dreinblickender Mann kam ihnen als Einziger entgegen. Sie grüßten ihn freundlich. Misstrauisch starrte er Tom und Harry an, ohne zu antworten. Tom beschlich sofort ein ungutes Gefühl. Er war mit seinem Freund zusammen unterwegs zu einer Leiche und wollte niemanden sehen, und schon gar nicht dabei gesehen werden. Viel lieber hätte er Harry den Weg beschrieben und ihn alleine losgeschickt. Er selbst kannte den Wald wie seine Westentasche, aber aus dem Stegreif war er nicht in der Lage, Harry die schmalen Pfade und Abzweigungen zu erklären, die man nehmen musste, um zur Fundstelle der Leiche zu gelangen. Zumal sich Harry, Stadtmensch mit Leib und Seele, im Wald nicht die Bohne auskannte.

Die Luft war merklich kühler und angenehmer als in der sengenden Junisonne in Toms Garten. Toms Haut juckte am ganzen Körper. Er hatte beim Joggen stark geschwitzt, und das Entsetzen über den Leichenfund regte seine Schweißproduktion zusätzlich an. Er stank regelrecht, das konnte er riechen. Er fühlte sich nicht wohl in seinem eigenen Körper, hätte seine juckende Haut am liebsten abgestreift, wie eine Schlange es tat.

Beide Männer schwiegen beim Gehen. Nur ihr Atem war zu hören inmitten der Geräusche des Waldes, dem Vogelgezwitscher und dem Flüstern der Blätter, dem Knacken der Zweige. Ein Eichhörnchen huschte verstohlen über den Weg, hielt kurz inne, witterte mit schief gelegtem Kopf in ihre Richtung und verschwand blitzschnell im Gebüsch. Harry bemerkte es nicht. Er betrachtete beim Laufen den Boden und schien tief in Gedanken versunken.

Auch Tom grübelte. Was würde er tun, wenn die Leiche mitsamt den Drogen mittlerweile von jemand anderem gefunden worden war? Wenn es im Wald von Polizisten und Spürhunden nur so wimmelte? Wenn plötzlich ein Beamter auf dem Weg stand und begann, sie auszufragen: *Was tun Sie hier, wir haben Schuhabdrücke in der Nähe der Leiche gefunden, vom Profil her Sportschuhe, könnte Ihre Größe sein, wir müssen Sie bitten, mitzukommen aufs Revier.* Tom versuchte, die Ohren zu spitzen wie ein Terrier. Aber er konnte keine ungewöhnlichen Geräusche vernehmen, kein aufgeregtes Stimmengewirr, keine heulende Polizeisirene. Der Wald war verlassen.

Dreißig Minuten später erreichten sie die Stelle, an der Tom das rote Stück Stoff zwischen den Bäumen aufgefallen war. Die Shorts leuchteten ihm entgegen wie ein trauriges Fähnchen.

Er blieb stehen. »Da ist sie.«

Harry hielt inne und starrte angestrengt in den Wald. »Ich hätte sie glatt übersehen, wenn du nichts gesagt hättest. Du hast verdammt gute Augen, weißt du das?«

Tom wusste nur, dass er Angst hatte. Er bereute seinen Entschluss, noch einmal zurückzukehren, aber nun war es zu spät für einen Rückzieher.

»Ich bin hier einmal mit Jenny gewesen«, sagte er.

»Deswegen habe ich genauer hingeschaut. Alte Erinnerungen.«

»Du bleibst hier stehen«, sagte Harry. »Falls jemand vorbeikommt.«

»Nein, ich gehe mit dir.«

Harry widersprach nicht. Nervös schaute er nach links und nach rechts. Niemand war zu sehen. Sie verließen den Weg und steuerten durch das Dickicht auf die tote Frau zu.

Harry stemmte die Fäuste in die Hüften und betrachtete schweigend die Leiche. Er wirkte wie ein Kommissar, der die Atmosphäre eines Tatortes in sich aufsaugte. Tom stand daneben und warf immer wieder unruhige Blicke zurück zum Weg. Niemand zeigte sich.

»Okay«, sagte Harry. »Okay. Es ist zweifelsfrei Vanessa, und sie ist zweifellos tot. Verdammt noch mal.« Sein Blick schweifte durch den Wald und blieb an dem Koffer hängen. »Schau mal, was da drüben liegt.«

»Ein Koffer. Hatte ich vergessen, zu erwähnen.« Tom knetete nervös seine Hände.

»Sie wird nicht wieder lebendig, egal, was du tust«, sagte Harry. »Aber die Bullen werden dir keine Ruhe lassen, wenn du sie rufst, das weißt du doch?«

Tom wusste das. Trotzdem hatte er sich insgeheim gewünscht, dass Harry ihn darin bestärkte, das einzig Richtige zu tun: den Fund zu melden. Aber er würde sich eine Menge Ärger einhandeln, denn die Bullen würden einem kleinen Gauner wie ihm nicht glauben. Sie würden auf Herz und Nieren überprüfen, was er die letzten Tage getan hatte. Tom war viel alleine gewesen und hatte in seiner Werkstatt vor sich hin gewerkelt, wie meistens, und es gab niemanden, der das bezeugen konnte. Vanessa war tot, daran gab es nichts zu rütteln; sie würde mit Sicherheit früher oder später gefunden werden.

Auch Harry war bei der Polizei kein unbeschriebenes Blatt. Er konnte es sich genauso wenig leisten, mit einer Leiche in Verbindung gebracht zu werden.

Dennoch. Tom wollte etwas für sie tun. Eine junge Frau lag tot im Wald. Käfer krochen über ihren Körper, Fliegen legten Eier hinein. In jeder Sekunde, in der sie da lag. So etwas hatte niemand verdient.

»Harry, ich denke, jemand hat Vanessa vergewaltigt«, sagte Tom mit belegter Stimme. »Dann hat er sie umgebracht und in den Wald geworfen. Ein Sexualverbrechen.«

»Nein«, sagte Harry. »Das glaube ich weniger.« Er legte den Kopf schief und lauschte. »Hörst du das?« Tom schaute sich erschrocken um. »Kommt jemand?« Dann vernahm er das leise Brummen eines weit entfernten Autos.

Harry spähte angestrengt zwischen die Bäume in Richtung der Böschung. »Was ist da oben?«, fragte er.

»Die Straße.«

»Dann kommt Vanessa von dort, oder?«

Im dichten Blattwerk konnte man das obere Ende der Böschung nicht erkennen. Sie führte zu einer schlecht ausgebauten und wenig frequentierten Straße. Die Stadt breitete sich wie ein U um dieses

Waldstück herum aus, und diese Straße bildete eine Abkürzung zwischen den beiden Ausläufern wie das rissig gewordene Gummiband einer Steinschleuder. Enge Kurven schlängelten sich durch den Wald, Wild wechselte rege von einer Seite zur anderen. Ein Zusammenstoß zwischen einem Wildschwein und einem Motorradfahrer im letzten Jahr, der für beide Parteien tödlich geendet hatte, hatte schließlich das Verkehrsaufkommen auf dieser Strecke auf wenige Autos täglich heruntergeschraubt. Die Einwohner bevorzugten die sicherere, längere Strecke durch die Stadt.

»Sie ist oben an der Straße entlanggegangen«, sagte Harry. »Sie wurde angefahren und ist abgestürzt.«
»Von wem?«
Harry rollte die Augen. »Du stellst Fragen. Woher soll ich denn das wissen?« Er machte sich auf, die Böschung zu besteigen. »Kommst du?«
Tom folgte ihm. Mücken schwirrten hektisch um sein Gesicht, angezogen von seinem klebrigen Gesichtsschweiß. Das Erklimmen der steilen Böschung erwies sich auch für den gut trainierten Tom als anstrengend. Die angenehm kühle Waldluft wich einer drückenden Hitze, je höher sie kamen. Die Hitze staute sich in Toms Körper wie ein Fieber, entfachte eine innere Panik und weckte den Wunsch, weit wegzulaufen. Immer wieder stiegen sie über umgestürzte Bäume und struppiges Gebüsch. Er war erleichtert, als sie den Waldrand mit

der Straße erreichten, fühlte sich aber auch wie auf dem Präsentierteller und wäre am liebsten ins schützende Gebüsch zurück geflüchtet.

Harry holte ein Taschentuch aus seiner Jeanstasche und tupfte geziert den Schweiß von seiner Stirn. Anschließend zupfte er gewissenhaft seine Frisur in Form.

Die Straße bildete hier eine langgezogene Kurve. Rot-weiße Hinweisschilder warnten Autofahrer vor der scharfen Biegung: Genau hier passierten die meisten Autounfälle, das wusste Tom. Es gab keinen Radweg, den ein Fußgänger hätte benutzen können. Unmittelbar hinter den Leitplanken führte die Böschung steil nach unten.

»Es ist eine unübersichtliche Stelle«, sagte Harry.

»An die Geschwindigkeitsbegrenzung von siebzig Stundenkilometern halten sich trotzdem die wenigsten. Wenn einer angerauscht kommt und einen Fußgänger erwischt, wird er — oder sie - die Böschung hinuntergeschleudert.«

»Warum sollte Vanessa diese Straße entlanglaufen?«, fragte Tom.

»Vielleicht, weil sie in der Stadt nicht gesehen werden wollte.«

Tom spähte die Böschung hinunter. Wenn ein Fußgänger mit Wucht von einem Auto gerammt wurde, konnte es gut sein, dass er über die Leitplanke in den Wald geschleudert wurde und den Abhang hinunterstürzte. Die Stelle mit den Holunderbüschen und den Kastanienbäumen und mit

Vanessa war von hier aus nicht zu sehen, dazu war das Gestrüpp zu dicht.

»Er hat Fahrerflucht begangen«, sagte Harry.

»Wenn es sich so zugetragen hat, wie du sagst«, sagte Tom. »Du kannst das nicht wissen.«

»Wie soll es sonst gewesen sein? Wenn Vanessa überfallen und weggeschleppt worden wäre, läge doch nicht ihr Koffer da unten. Sie ist irgendwo gegen geknallt und hat sich das Genick gebrochen oder irgendwelche inneren Verletzungen zugezogen, was weiß ich.«

Tom überlegte. Dieses Szenario war gut möglich. Der Fahrer war nach dem Aufprall panisch weitergefahren. Vielleicht war er auch ausgestiegen und hatte nach Vanessa geschaut. Vielleicht hatte er sie in seiner Verzweiflung sogar noch tiefer in den Wald hineingetragen, als er feststellte, dass sie tot oder schwer verletzt war. Damit man ihm nicht auf die Schliche kam.

Verstohlen blickte er die Straße entlang. »Lass uns verschwinden. Jeden Moment kann ein Fahrzeug kommen.«

»Es ist nicht verboten, hier zu stehen.«

»Der Fahrer könnte zurückkommen, wenn ihm aufgeht, was er getan hat. Wenn ihn sein Gewissen quält. Vielleicht sogar mit der Polizei. Dann möchte ich nicht hier herumstehen.«

»Okay, du hast recht.« Harry nickte.

Sie stiegen die Böschung wieder hinab. Obwohl Tom darauf achtete, sich nicht allzu sehr die Beine zu zerkratzen, konnte er die eine oder andere Schramme nicht vermeiden. Die Zweige schienen nach ihm zu greifen, ihn festzuhalten, ihre Dornen in sein Fleisch zu graben: *Hiergeblieben! Du gehörst zu uns.* Vanessa lag einsam in ihrem Bett aus Moos wie eine Schwerstkranke in einem vergessenen, grün gestrichenen Zimmer am Ende des Krankenhausflurs. Tom betrachtete ihre langen, glatten Beine. Sie waren perfekt, trotz der Leichenflecke an den Unterseiten. Tom konnte keine Kratzer an ihnen entdecken.

»Ich verstehe nicht, was sie auf dieser Straße zu suchen hatte«, sagte er. »Meinst du, jemand hat ihr das Kokain abgenommen und sie anschließend getötet? Dann hat er ihre Leiche hier abgelegt ...«

»So läuft das doch nicht, Tom. Du guckst zu viele Krimis im Fernsehen. Rauschgifthändler schmeißen Leichen nicht in den Wald, wo jeder sie finden kann und in ihrem Körper Spuren von Drogen nachgewiesen werden können. Die sorgen dafür, dass die Leiche nicht wieder auftaucht. Außerdem ist da der Koffer. Den hätten sie mit ihr verschwinden lassen.«

Tom musste an Betonklötze denken, die man an leblose Füße band und das ganze Paket in einem tiefen See oder Fluss versenkte. Das war eine ganz andere Geschichte als das bisschen Marihuana, mit dem er seinerzeit mit Harry zusammen gedealt hatte.

»Okay«, sagte er. »Das reicht. Wir gehen jetzt zurück und ich rufe anonym die Polizei an.«

»Und denen fällt natürlich nichts Besseres ein, als den Anruf zurückzuverfolgen.«

»Von einer öffentlichen Telefonzelle aus vielleicht.« Tom überlegte fieberhaft, wo es in der Stadt noch eine gab.

»Willst du das Geld ernsthaft den Bullen schenken?«

Tom bekam langsam eine Ahnung davon, was sein alter Kumpel vorhatte. Sein Magen verknotete sich.

»Du meinst, wir holen das Zeug aus ihr heraus, und rufen dann erst an?«, fragte er aufgebracht.

»Nein. Ich meine, wir holen es aus ihr heraus und rufen gar niemanden an. Wir verticken das Zeug. Basta.«

»Ich mache nicht mit«, sagte Tom.

»Wir teilen uns das Geld.«

»Nein.«

»Mach dir keine Sorgen«, sagte Harry. »Deine Hände bleiben sauber. Du bekommst dein Geld, den Rest erledige ich. Ich kenne da jemanden, der uns helfen kann. Ich lasse mich nicht erwischen. Und selbst wenn: Dein Name wird nicht fallen.«

»Das glaube ich dir sogar«, sagte Tom. »Du bist der loyalste Freund, den man sich denken kann. Trotzdem. Auf mich kannst du nicht zählen.«

Harry griff in seine Hosentasche und förderte die Gummihandschuhe zutage. »Vielleicht überzeugt dich eine kleine Kostprobe«, sagte er.

»Das willst du nicht wirklich tun, oder?«, fragte Tom panisch.

»Nein«, sagte Harry. »Ich will das nicht tun. Aber ich wäre blöde, wenn ich es nicht tun würde.«

»Harry, nein!«

Harry ignorierte ihn. Er kniete sich neben Vanessa und streckte vorsichtig seine Hand nach ihrem Schoß aus. Er zögerte, und Tom hoffte, dass er es sich anders überlegte. Aber dann schien Harry über seinen Schatten zu springen. Beherzt schob er seine Hand unter ihr Gesäß und bohrte zwei Finger in ihren Anus.

»Verdammt«, keuchte Tom. Er trat einen Schritt zur Seite und übergab sich ins Gebüsch.

»Um Himmels willen, Tom! Du Idiot!« Harry sprang auf.

Tom keuchte und wischte sich mit der Hand über den Mund. Vor dem Joggen gönnte er sich nur ein paar Tassen Kaffee. Er hatte eine wässrige, braune Brühe erbrochen. Sein Magen versuchte krampfhaft, etwas loszuwerden, was gar nicht darin war, und Tom würgte mehrmals heftig. Es schmerzte. Die saure Flüssigkeit brannte ätzend in seinem Hals.

»Ein Haufen Erbrochenes neben einer Leiche«, zeterte Harry herum. »Dümmer geht's wohl nicht. Warum stellst du nicht gleich ein Selfie von uns dreien ins Netz?« Er zerrte die Gummihandschuhe von den Händen und stopfte sie in seine Hosentasche. »Wir waren hier! Harry Roeder, Tom Merten und Vanessa, die Leiche.«

Unglücklich wischte sich Tom mit der Hand über den Mund. »Ich hätte nicht geglaubt, dass du zu so etwas fähig bist«, stammelte er.

»Was hast du denn gedacht? Dass das Kokain herauskriecht wie eine Kobra, während ich die Blockflöte spiele wie ein Schlangenbeschwörer?« Harry schnaubte. »Okay. Tut mir leid. Wir müssen deine Schweinerei wegmachen, so gut es geht.« Er hob einen Zweig vom Boden auf und wischte damit in den Büschen herum, auf die sich Tom übergeben hatte.

»Hier neben deiner gesammelten DNA können wir Vanessa eigentlich gar nicht liegen lassen.«

»Du willst sie von hier wegbringen?«

»Schon mal was von Spurensicherung gehört? Wenn Vanessa gefunden wird, wird jedes Blatt am Tatort untersucht.«

Tom wurde erneut übel. Er drehte sich um und ging zum Weg zurück. »Das ist nichts für mich«, sagte er. »Ich kann das nicht. Es tut mir leid. Ich hätte dich nicht herbringen sollen.«

Harry schob mit den Füßen das Laub hin und her, versuchte Toms Mageninhalt so gut wie möglich in den Waldboden einzureiben. Er raffte loses Blattwerk und Zweige zusammen und häufte beides über die Leiche. Bald war Vanessa vom Weg aus kaum noch zu sehen.

»Ich kümmere mich um alles Weitere«, sagte Harry. »Wir warten, bis es dunkel ist, dann komme ich wieder und bringe Vanessa von hier weg. Irgendwohin, wo ich in Ruhe den Stoff aus ihr herausholen kann.«

»Und was wird dann aus ihr?«, fragte Tom fahrig. Harry schwieg lange, bevor er antwortete. Dann sagte er: »Vielleicht werfe ich Vanessa in den Fluss. Das Wasser wird alle Spuren verwischt haben, bis sie an Land gespült und gefunden wird.« Er klopfte Tom sanft auf den Rücken. »Gehen wir.«

Tom warf einen letzten Blick zurück auf die Tote. Wie wunderschön sie war. Und er dachte an das unbarmherzige Wasser, das diesen exquisiten Körper auftreiben und in eine widerwärtige Wasserleiche verwandeln würde.

*

Die Sonne stand hoch am Himmel. Ihre Strahlen durchdrangen das Blätterdach und warfen bizarre Lichtfiguren auf den Waldboden, die zu tanzen schienen und ständig ihre Umrisse veränderten. Sie erinnerten Tom an einen verrückten Rorschach-Test aus Schattenklecksen. Überall glaubte er, Formen und Figuren in ihnen zu erkennen. Die Kühle des Waldes war einer drückenden, feuchten Schwüle gewichen. Kein Mensch begegnete ihnen auf dem Rückweg, worüber Tom sehr erleichtert war.

Sein Haus begrüßte die beiden Männer still und leer und mit von der Sonne aufgeheizten Räumen. Sie begaben sich in die Küche, wo Harry an den Kühlschrank trat und eine Flasche Mineralwasser herausnahm. Er setzte sie an den Mund und trank sie in einem Zug aus.

»Gott, habe ich einen Durst«, sagte er. »Scheiß-Hitze.« Er öffnete die Tür zur Veranda einen Spalt. Die hereinströmende Luft war noch wärmer, aber Tom beschwerte sich nicht.

»Kann ich vorerst bei dir bleiben?«, fragte Harry. »Szabo soll denken, ich wäre in Düsseldorf.«

»Sicher«, sagte Tom geistesabwesend. Er blickte aus dem Fenster. Über dem Dach des Schuppens ragten die Wipfel der Bäume auf, wippten ihm grüßend zu. *Wir wissen etwas, was du nicht weißt. Wir wissen, was mit Vanessa geschehen ist.* Der Wald war ihm immer freundlich erschienen, dunkelgrün, ein Kraft spendender Ort zum Auftanken, zum Sorgen abstreifen. Jetzt wirkte er geheimnisvoll und undurchdringlich.

»Meinst du, sie hat noch gelebt, nachdem sie abstürzte?«, fragte er mit belegter Stimme.

»Das muss uns egal sein, hörst du?«, sagte Harry.

»Ist es aber nicht.«

»Trinken wir erstmal einen Kaffee, und dann überlegen wir in aller Ruhe, was zu tun ist.« Harry

trat an die Kaffeemaschine und hantierte ungeschickt daran herum. »Wie geht die?«

Tom holte zwei Tassen von der Fensterbank und
zeigte Harry, wie man den Automaten bediente.
Schnell erfüllte der aromatische Geruch von Kaffee
die Küche. Tom schielte nach seinem Smartphone,
das auf dem Fensterbrett lag. Er fühlte sich unwohl
und dachte, dass er doch besser die Polizei gerufen
hätte. Allerdings wollte er jetzt, wo er von dem
Kokain wusste, noch weniger in die Geschichte
hineingezogen werden als zuvor.

»Woher weißt du eigentlich von den Drogen?«,
fragte er.

»Schon vergessen, warum du mich angerufen
hast? Ich arbeite für Szabo, Mann.« Harry pustete
in seinen Kaffee. »Vanessa ist von ihrer Tour nicht
zurückgekehrt. Szabo will, dass ich nach ihr suche.
Ich sollte herausfinden, ob sie die Gelegenheit beim
Schopf ergriffen und sich mit der Ware aus dem
Staub gemacht hat – oder ob es unterwegs einen
Zwischenfall gab, gleich welcher Art.«

»Eins der Päckchen könnte geplatzt sein, oder?«

»Darüber habe ich auch schon nachgedacht. Ich
hoffe, dass die Ware bei ihrem Absturz nicht be-
schädigt wurde.«

Seine Kaltschnäuzigkeit irritierte Tom. Ihm
entging jedoch nicht, wie Harrys hervorstehender
Adamsapfel beim Schlucken auf und ab hüpfte wie
ein Jo-Jo. Bei Harry war das ein Zeichen von Ner-
vosität. Wenn er etwas in Angriff nahm, das eigent-

lich eine Nummer zu groß für ihn war. Tom vermutete, dass Harry mit seiner schroffen Art seine Anspannung überspielte.

»Was hat dir Szabo dafür geboten, Vanessa mitsamt dem Kokain zurückzubringen?«, fragte er.

»Nicht genug.« Harry spie die Worte aus.

»Nimm es. Er wird bezahlen, wenn du ihn zu ihrer Leiche führst. Und dann habe ich kein Problem, einen kleinen Anteil zu nehmen, wenn du Geld von ihm bekommst.«

»Ich sagte: Er bezahlt nicht genug. Es wäre ein Klacks gegen den Erlös aus dem Verkauf des Kokains.«

»Aber Vanessa wird vermisst werden.«

»Von wem denn? Von Szabo? Der vermisst sein Geld, sonst nichts. Glaub mir.«

»Mir gefällt das nicht.«

»Vanessa war eine Bitch. Sie hätte keine Bedenken gehabt, das Zeug irgendwelchen Vierzehnjährigen anzudrehen, wenn sie dafür Kohle gekriegt hätte.« Harry fischte eine zerknüllte Packung Zigaretten aus der Brusttasche seines Jeanshemdes.

»Verdammt, ich brauche eine Kippe. Hast du einen Aschenbecher?«

»In meiner Küche wird nicht geraucht.«

Harry zündete eine Zigarette an und schnippte die Asche in seine leere Kaffeetasse, als hätte er Tom nicht gehört. Tom dachte daran, dass Harry und er zwar nicht mit vierzehn mit Dope zu tun gehabt hatten, aber mit knapp sechzehn. Sie hatten das Zeug selbst genommen und ein bisschen damit gehandelt. Er konnte sich nicht erinnern, was er getan hätte, wenn ein Vierzehnjähriger etwas hätte kaufen wollen. Vermutlich hätte er ihm bedenkenlos den Stoff angedreht. Aber das war Jahre her. Mittlerweile war er Vater und dachte ganz anders darüber.

Und hier ging es nicht um ein bisschen Haschisch und Speed, sondern, wenn er Harry Glauben schenkte, um eine beträchtliche Ladung astreines Kokain.

Harry blies den Rauch durch die Nüstern wie ein wütender Drache. »Wie geht es eigentlich deiner Tochter?«, fragte er.

Tom seufzte. Er hatte geahnt, dass Harry früher oder später darauf zu sprechen kommen würde. Harry wusste genau, welche Knöpfe er drücken musste, um Tom weichzuklopfen.

»Nicht so gut«, sagte er. »Sie sieht nur noch in Schwarzweiß-Schattierungen. Die Sehkraft ihres linken Auges beträgt gerade einmal dreißig Prozent. Jenny und ich warten verzweifelt auf den Anruf aus der Klinik. Wegen der Hornhauttransplantation.«

»Wollt ihr Yasmin das nicht ersparen? Ich dachte, sie hätte solche Angst davor.« Harry beugte sich vor. »Sie hat doch Albträume deswegen, oder nicht? Weil sie Angst hat, die Augen eines Toten zu bekommen?«

»Ja, sie hat große Angst«, sagte Tom resigniert. »Aber wir haben keine andere Wahl. Ohne die Transplantation würde Yasmin erblinden.«

»Ich dachte, es gäbe eine Alternativbehandlung.«

»Ich habe das Geld dafür nicht.«

Yasmin litt an einer seltenen Verformung der Hornhaut beider Augen. Ihre Mutter hatte eine Odyssee von Augenarzt zu Augenarzt hinter sich, bis die endgültige Diagnose gestellt worden war: Keratokonus. Die Krankenkasse genehmigte eine Hornhauttransplantation und lehnte den Antrag auf Kostenübernahme für die elegantere Verdickung der Hornhaut mittels Vitaminen und UV-Licht, Crosslinking genannt, ab. Weder Tom noch Jenny besaßen genügend Geld, um diese kostspielige Behandlung aus eigener Tasche zu bezahlen. Tom hatte das Harry schon mindestens fünfmal erzählt. Er wusste, warum sein Freund sich dumm stellte und jetzt auf diesem Thema herumkaute. Harry versuchte, ihn mit beiläufiger Grausamkeit daran zu erinnern, dass er dringend Geld brauchte.

»Ich kümmere mich darum, dass Yasmin die Transplantation erspart bleibt«, sagte Harry. »Mach dir keine Sorgen. Es wird alles gut werden. Vertrau mir.«

»Ich will nichts mehr davon hören. Ich gehe duschen«, sagte Tom und stand abrupt auf.

»Und ich gehe einkaufen. Dein Kühlschrank ist leer.« Harry erhob sich ebenfalls. »Worauf hast du Appetit?«

»Momentan auf gar nichts.«

»Ich bin gleich wieder zurück. Bleib anständig.«

Tom stellte den Wasserstrahl in der Dusche so heiß ein, wie er es gerade noch aushalten konnte. Er schrubbte sich zweimal gründlich von Kopf bis Fuß ab, wusch die hässlichen Ereignisse des Tages von seinem Körper. Anschließend fühlte er sich nicht erfrischt, sondern wie erschlagen. Seine Haut war dunkelrosa und brannte. Besser fühlte er sich nicht, aber wenigstens war er sauber. Tom kämmte seine blonde Mähne mit den Fingern durch, zog Arbeitsklamotten an und ging durch den Garten zum Schuppen. Er musste etwas tun, um sich abzulenken. Der Zaun musste gestrichen werden.

*

Der Schuppen war im Stil eines skandinavischen Hauses gebaut, mit falunrot lasierten Blockbohlen verkleidet und weißen Sprossenfenstern versehen. Vor der Tür standen eine Gießkanne und Gummistiefel. Bullerbü-Charme, hatte Jenny es stets scherzhaft genannt.

Innen herrschte pedantische Ordnung. Rechterhand auf dem Eisenregal lagerten Toms Werkzeuge und Arbeitsmaterialien. Am hinteren Ende stand eine große Werkbank. Es gab eine Stereo-Kompaktanlage und einen kleinen Kühlschrank, in dem Tom Getränke und Snacks aufbewahrte, wenn er sich stundenlang hier aufhielt. Er erledigte fast alle Reparaturen in und am Haus selbst, die Werkstatt war bestens ausgestattet, und wenn er in seinem Schuppen vor sich hin werkeln konnte, gelang es ihm immer, die Welt auszusperren.

Hinter der Tür bewahrte er die Eimer mit Farbe auf. In einem von Yasmins Bilderbüchern gab es einen weißen Lattenzaun, der das Haus einer glücklichen, sorglosen Familie umgrenzte, und Yasmin fand diesen Zaun so hübsch. Die weiße Farbe musste Tom jedes Jahr erneuern, aber das machte ihm nichts aus. Für Yasmin tat er das gern.

Tom schnappte sich einen Eimer und einen Pinsel und konzentrierte sich auf seinen Zaun. Die Arbeit tat ihm gut. Sie gab ihm das Gefühl, etwas Sinnvolles zu tun: sein Heim zu verschönern, damit Yasmin sich bei ihrem nächsten Besuch wohl fühlte. Es gelang ihm, sich abzulenken.

*

Harry blieb geschlagene zwei Stunden weg. Nachdem er die Einkäufe im Kühlschrank verstaut hatte, setzte er sich in den Schaukelstuhl auf der Veranda und legte gemütlich die Beine hoch.

»Wenn du versprichst, keine Nasen zu malen, kannst du mir helfen«, sagte Tom.

Harry zeigte die Zähne. »Du weißt doch, ich hab's nicht so mit Heimwerken.« Harry bewohnte in der Innenstadt eine geräumige Dachwohnung und ließ selbst die kleinste Reparatur durch einen Hausmeisterservice erledigen. Er schaukelte gemächlich vor sich hin und schaute Tom bei der Arbeit zu. Das war schon okay. Dann hatte Tom wenigstens seine Ruhe.

Irgendwann stand Harry neben ihm. »Feierabend«, sagte er. »Ich habe Sandwiches gemacht.«

Tom hätte ewig am Zaun weiterarbeiten können. Die einfache mechanische Arbeit hielt ihn beschäftigt, ordnete seine Gedanken, die sich zuvor so wirr gedreht hatten. Die Aussicht auf ein kaltes Bier überzeugte ihn schließlich. Er hatte den ganzen Nachmittag in der prallen Sonne gestanden und Farbdämpfe eingeatmet. Sein Kopf begann zu schmerzen, und es wurde Zeit, ein schattiges Plätzchen aufzusuchen.

»Wie spät ist es?«

»Halb sechs. Du musst etwas essen.«

»In Ordnung.«

Tom verstaute seine Arbeitsmaterialien und duschte noch einmal ausgiebig. Jetzt merkte er, wie durstig und hungrig er war. Harry bot Tom bereitwillig den Schaukelstuhl an. Tom setzte sich hinein und griff nach dem Bier, das Harry in einem Eimer mit gecrushtem Eis bereitgestellt hatte. Kühl und beruhigend, wie das Wasser eines Gebirgsbachs, rann es durch seine Kehle. Heilend. Reinigend. Die Schinken-Käse-Sandwiches sahen gut aus. Harry hatte sich richtig Mühe gegeben und sie herzhaft mit Frühlingszwiebeln, Tomaten und Radicchio belegt. Tom biss hinein und legte den Kopf in den Nacken. Er war so müde, dass er auf der Stelle einschlafen könnte, aber sobald er die Augen schloss, sah er die tote Vanessa vor sich, wie sie da im Wald gelegen hatte. Einsam, erniedrigt. Er wollte nicht von ihr träumen, aber er fürchtete, dass das heute Nacht der Fall sein würde.

Er verfluchte sich dafür, dass er die Leiche entdeckt hatte. Und er verfluchte sich für seinen Anruf bei Harry. Er hätte einfach abwarten sollen, bis Vanessa von irgendjemandem ohne Vorstrafenregister gefunden wurde.

Aber andererseits: Harry hatte Recht. Mit dem Geld wäre er einige seiner Sorgen los. Er könnte damit das Augenlicht seiner Tochter zurückkaufen. Mit dem Kokain zu handeln, wäre ein Verbrechen, das einem guten Zweck diente. Vanessa würde es nicht mehr wehtun. Aber es würde ein erkranktes Kind zu einem glücklichen, gesunden kleinen Menschen machen.

Tom schaukelte langsam vor und zurück. Er und Harry redeten nicht viel, sie saßen einfach nur da, tranken Bier und lauschten dem Zirpen der Grillen, die den Abend begrüßten.

4
Harry

Toms Augen fielen immer wieder zu. Als Harry ihn ansprach, dauerte es eine ganze Weile, bis Tom antwortete, und seine Stimme klang verwaschen.

»Du solltest ins Bett gehen«, sagte Harry.

Brav erhob sich Tom, aber er wirkte unsicher und wackelig auf den Beinen. Als er versuchte, sich an der Lehne des Schaukelstuhles abzustützen, wäre er beinahe gestürzt. Harry hakte ihn unter und half seinem Freund die Treppe hoch ins Schlafzimmer. Er hatte ein starkes Schlafmittel in Toms Badezimmerschränkchen gefunden und es in Toms zweitem Bier aufgelöst. Auf keinen Fall wollte er, dass sein Freund sich verletzte.

Tom fiel ins Bett wie ein nasser Sack. Er würde schlafen wie ein Toter. Hoffentlich.

Harry lehnte die Schlafzimmertür an und ging erneut nach draußen auf die Veranda, wo er einfach nur dasaß und wartete. Es war friedlich hier draußen am Waldrand. Friedlich, leise, dunkel und einsam. Genau das, was Harry heute Nacht brauchte. Im entfernten Nachbarsgarten sah man hin und wieder eine verstohlene Bewegung, als jemand die Beete goss, aber niemand achtete auf ihn oder auf Toms Haus. Die Leute hier draußen wollten ihre Ruhe haben. Es war genial. Der perfekte Ort für seinen Plan.

Um Mitternacht erhob sich Harry aus seinem Korbstuhl. Am Fuß der Treppe hielt er inne und lauschte nach oben, aber Tom schlief, wie zu erwarten war, tief und fest. Harry hörte keinen Mucks. Er nahm den Schlüssel vom Schlüsselbrett und zog leise die Haustür hinter sich zu. Sein Audi stand draußen am Straßenrand; es war unwahrscheinlich, dass Szabo oder einer seiner Männer hier vorbeikamen und den Wagen vor Toms Haus entdeckten, aber Harry wollte auf Nummer Sicher gehen. Er stieg in den Wagen, wendete und fuhr in die nächste Seitenstraße, wo er ihn in einer öffentlichen Parkbucht abstellte. Hier in diesem Wohngebiet würde der Audi nicht auffallen.

Harry holte die Sporttasche aus dem Kofferraum. Die Tasche hatte er an diesem Nachmittag erst gekauft, und ihren Inhalt ebenfalls. Zu Fuß ging er zurück zu Toms Haus und durchquerte den Garten. Der Mond schien hell genug, dass Harry seinen Weg fand, ohne zu stolpern. Er lächelte, als er daran dachte, wie Tom vor einiger Zeit beiläufig erwähnt hatte, dass der Schlüssel zum Schuppen unter einem Blumentopf auf dem Fensterbrett lag. Der gutgläubige, manchmal etwas einfallslose Tom.

Harry schloss die Tür zum Schuppen auf. Es war stockdunkel darin, aber er wagte kaum, das Licht einzuschalten. Nervös warf er einen Blick aus dem Fenster. Toms Haus lag schwarz und still vor ihm. Harry konnte nur hoffen, dass Tom nicht aufwachte und das Licht im Schuppen bemerkte. Er war jetzt schon mit der Situation überfordert.

Mit der Operation, die nötig war, würde er nicht einverstanden sein, schon gar nicht, wenn sie auf seinem Grund und Boden passierte. Er würde ausrasten, wenn er davon wüsste. Aber ganz ohne Unterstützung konnte Harry die Sache nicht durchziehen. Er brauchte Toms Scheune. Sie war beleuchtet, voller Werkzeug und lag abgeschieden am Ende der Straße: Sie war perfekt. Es blieb Harry nichts anderes übrig, als Vanessa herzuholen. Er würde sonst nicht an das Kokain herankommen.

Er nahm die Taschenlampe und ließ den Lichtstrahl über die Regalböden an der Wand schweifen. Tom besaß jede Menge Sägen und Zangen in verschiedenen Größen. Hier würde Harry alles finden, was er brauchte.

Im Baumarkt hatte Harry große Plastikmüllsäcke gekauft, die er ordentlich auf Toms Werkbank auslegte. Mit Isolierband klebte er die Enden sorgfältig aneinander, damit sie nicht verrutschen konnten. Am Rand der Werkbank drehte er die Müllsäcke zu kleinen Wülsten, bis eine Art Wanne entstand. Sehr provisorisch, aber er dachte, dass es funktionieren könnte.

Er nahm die Taschenlampe und marschierte in den Wald.

Nach wenigen Metern schien die Dunkelheit ihn zu verschlingen wie ein schwarzes Loch, das gierig alles einsaugte, was ihm zu nahe kam. Harry mochte den Wald nicht besonders. Für ihn waren Wälder Dschungel, Irrgärten mit verschlungenen Pfaden, heimtückisch und voller böser Geheimnisse. Dazu trieben sich bissige Wildschweine und Füchse herum. Am Nachmittag hatte er sich gründlich den Weg eingeprägt, hatte im Geist die Schritte mitgezählt, um die jeweiligen Abzweigungen zu finden. Trotzdem fürchtete er, sich zu verlaufen. Im Strahl der Taschenlampe sah alles anders aus als bei Tageslicht. Schließlich entdeckte er die Rille auf dem Waldweg, die er am Vortag mit der Schuhspitze gezogen hatte, um die Stelle zu markieren, wo er ins Unterholz eindringen musste.

Und dann lag die Leiche vor ihm, bleich wie der Mond, der majestätisch über den Baumwipfeln hing und die Szene ausleuchtete wie die Bühne eines makabren Theaterstücks.

Am Tage versteckten sich die Tiere im Wald, aber die Nacht gehörte ihnen, die Dunkelheit gab ihnen Deckung. Die Nacht war voller Augen; leuchtende Punkte, die Harry ausdruckslos anstarrten. Er schaltete die Taschenlampe aus und saß im Finstern mit einer Leiche, mit dem toten Mädchen vom Boss.

Er wollte das nicht tun, wollte ihre Totenruhe nicht stören. Aber ihm blieb keine andere Wahl.

Als Tom angerufen hatte, um ihm aufgeregt den Fund von Vanessas Leiche mitzuteilen, war in Sekundenschnelle ein Plan in Harrys Hirn gereift. Er würde sich das Kokain besorgen. Es würde nicht einfach werden. Es würde eine riesengroße Sauerei werden, im physischen wie im übertragenen Sinne. Aber, mein Gott, es war für einen guten Zweck, oder etwa nicht? Vanessa würde es nicht mehr wehtun. Ihr Tod war weder Toms noch Harrys Schuld, aber das Geld würde ihnen beiden zugutekommen.

Tom brauchte es für die Behandlung seiner Tochter. Und Harry brauchte es noch dringender als Tom. Denn wenn er nicht endlich seine Schulden bezahlte, war er fällig.

Vor einem halben Jahr hatte es ihn gepackt. Sein erster Besuch in einer Spielhalle endete mit einer Glückssträhne, er gewann etwas Geld und stand am nächsten Abend gleich wieder am Automaten. Als er ihn mit seinen letzten Jetons fütterte, stand Dennis neben ihm, ein zwielichtiger Typ, den Harry vom Sehen kannte. Harry war so versessen auf das Spiel, dass er gedankenlos die Spielmarken verwendete, die Dennis ihm zusteckte. Ruckzuck waren sie aufgebraucht, und wie aus dem Nichts tauchte Dennis wieder auf und lieh Harry immer mehr Marken und schließlich Geld, das Harry annahm in dem Glauben, es noch an diesem Abend, am nächsten, spätestens am übernächsten würde zurückzahlen können, denn irgendwann musste die Glückssträhne ja wiederkommen, irgendwann musste es einfach klappen. Wie eine Sucht zog es

ihn über einige Monate hinein in diese Welt des
Glitzers und der blinkenden Automaten und ratternden Spielkisten, aber Fortuna ließ ihn im Stich.
Dafür kam Dennis wieder, und er war nicht alleine.
Er passte Harry mit einer ganzen Bande von Typen
ab, die ihn tüchtig in die Mangel nahmen.

Harry schob seine Hand unter sein T-Shirt und
befühlte die Narben, die sie auf seinem Bauch hinterlassen hatten. Er schuldete Dennis fünfzigtausend, mit Dennis' Wucherzinsen mittlerweile achtzigtausend, und wenn er nicht bald das Geld zurückzahlte, würden sie ihn umbringen. Sie würden
ihn nicht einfach erstechen oder erschießen, sondern sie würden sich Zeit lassen, und es würde
sehr, sehr lange dauern, bis sie seine Leiche schließlich von einer Brücke in den Fluss schmissen.

Oder das, was davon übrig war.

Er hatte nichts, das er zu Geld machen konnte.
Der Audi war geleast. In seiner Verzweiflung hatte
Harry Szabo um Geld angebettelt, aber das war ein
Fehler gewesen. Natürlich hatte ihm Szabo nicht
geholfen. Szabo war alles andere als ein Wohltäter
vor dem Herrn.

Harry würde das Kokain so schnell wie möglich
verkaufen und seine Schulden zurückzahlen, damit
er endlich nicht mehr um sein Leben bangen musste. Das restliche Geld würde er Tom, seinem einzigen Freund, geben. Mit dem Spielen hatte er aufgehört und würde nie wieder damit anfangen.

Er drückte das Knöpfchen an seiner Armbanduhr. Die Ziffern leuchteten hellgrün auf. Es war Viertel nach eins.

»Wollen wir los?«, sagte er. Vanessa antwortete nicht. Natürlich nicht. Widerstrebend kauerte sich Harry neben ihren Leichnam und schob seine Arme darunter.

Er hätte eine Schubkarre mitnehmen sollen. Vanessa war sehr schlank, aber nach wenigen hundert Metern spürte Harry ihr Gewicht unangenehm auf der linken Schulter, über die er sie gelegt hatte. Mühsam balancierte er ihren Körper aus, während er gleichzeitig den Koffer tragen und mit der Taschenlampe den Weg ausleuchten musste. Es fiel ihm wesentlich schwerer, sich zu konzentrieren, als auf dem Hinweg. Die Strecke kam ihm nun viel weiter vor. Schließlich war er überzeugt davon, falsch abgebogen zu sein, und sein Herz raste panisch bei der Vorstellung, dass er stundenlang mit einer Toten durch den Wald irren würde.

Aber dann stieß er auf den schmalen Trampelpfad mit der von einem Blitz gespaltenen Eiche und beruhigte sich langsam. Immer wieder verlagerte er Vanessas Leichnam auf die andere Seite, weil seine Schultern und Arme schmerzten. Der tote Körper widerte ihn an. Aber da musste er durch. Das hier war erst der Anfang. Auf ihn und Vanessa wartete viel, viel Schlimmeres.

Harry war müde. Der Tag mit den Strapazen für sein Nervenkostüm und die geheime, nächtliche Unternehmung forderten ihren Tribut. Zu allem Übel begann das Licht der Taschenlampe schwächer zu werden, und Harry fürchtete schon, dass er bis zum Morgengrauen im Wald mit Vanessa ausharren musste. Im Dunkeln würde er den Weg nicht finden. Der Himmel war sternenklar, aber die dichten Baumkronen ließen nur wenig Mondlicht durch. Schließlich erreichte er den Waldrand und schaffte es bis zu Toms Haus, bevor der Lichtstrahl völlig erlosch.

Der Schuppen lag ein gutes Stück hinter dem Haus; der Leichengeruch würde nicht bis an die Straße dringen, selbst wenn Harry Vanessa einen oder zwei Tage dort verstecken musste. Und das Grundstück war umzäunt. Falls ein Hund die Witterung aufnahm, würde er nicht an der Tür kratzen können und sein Herrchen darauf aufmerksam machen, dass darin etwas nicht stimmte. Herrchen würde denken, dass Tom Merten Hühner hielt, wenn sein Vierbeiner Richtung Schuppen bellte.

Harry stolperte erschöpft in den Schuppen und ließ Vanessa von seiner Schulter auf die Werkbank mit den Müllsäcken rutschen. Sie landete mit lautem Poltern darauf, und Harry biss sich erschrocken auf die Lippen. Bloß nichts kaputt machen von der wertvollen Fracht. Er lehnte sich gegen die Werkbank und atmete mehrmals tief durch. Auf dem

Regal fand er einen Lappen und wischte sich damit den Schweiß vom Gesicht. Schließlich rubbelte er auch seine Haare trocken. Aus dem Kühlschrank nahm er eine Dose Limonade, riss sie auf und trank sie in einem Zug aus. Gott, tat das gut. Er warf die Dose achtlos in die Ecke. Dann wandte er sich Vanessa zu.

Er versuchte sich einzureden, dass er Vanessa einen Gefallen tat, dass er sie von einer giftigen Fracht befreite.

»Es tut mir leid«, flüsterte er dem Leichnam zu. Er trat zum Regal und inspizierte die Sägen und Zangen.

5
Tom

Das Schrillen des Telefons riss Tom aus dem Schlaf. Die Sonne schien gleißend zum Fenster herein und blendete ihn. Er fühlte sich verkatert und ihn schwindelte, als er aus dem Bett kroch. Dabei hatte er nur zwei kleine Flaschen Bier getrunken. Er taumelte mehr oder weniger die Treppe hinunter in die Küche und auf sein Handy zu, das in jenem Moment aufhörte zu klingeln, als er es ans Ohr hielt.

Jenny, stand in der Anrufliste. Ausgerechnet. Normalerweise hätte Tom seine Ex sofort zurückgerufen, aber heute zögerte er. Eine Diskussion mit Jenny würde ihn momentan überanstrengen. Sein Kopf dröhnte.

Als er auf der Toilette saß, fiel ihm ein, dass Jenny wegen der Hornhauttransplantation angerufen haben könnte. Vielleicht hatte sich das Krankenhaus gemeldet, weil ein Spender zur Verfügung stand. In diesem Moment klingelte das Handy erneut. Mit einer Hand zerrte er seinen Slip hoch und eilte in die Küche.

»Ja? Jenny?«, sagte er hektisch.

Ein Schnauben am anderen Ende. »Ja, ich bin es. Habe ich dich geweckt?«

»Natürlich nicht. Du weißt doch, dass ich immer früh auf bin.« Er schaute auf die Uhr und erschrak.

Sie zeigte Viertel nach neun. So lange hatte er schon ewig nicht geschlafen.

»Störe ich?«

»Du störst nie.« Okay, es ging anscheinend nicht um einen Termin für die Transplantation, denn dann wäre Jenny sofort zur Sache gekommen. »Wie geht's Yasmin?«, fragte er.

»Es geht so«, antwortete sie langgezogen. Tom sah Jenny in Gedanken vor sich, mit ihrem langen, glatten, honigfarbenen Haar, der kleinen, gebogenen Nase, den klaren blauen Augen. Wie sie sorgenvoll die Stirn runzelte, wenn es um ihre gemeinsame Tochter ging.

»Wegen ihr rufe ich an, Tom. Yasmin will dich besuchen.«

»Das ist großartig«, sagte Tom überrascht. »Aber nicht heute, oder?«

Mit dem Telefon am Ohr ging er zur Vorderseite des Hauses und warf einen Blick aus dem Fenster. Der Audi stand nicht mehr vor dem Haus. Harry schien es sich anders überlegt zu haben.

»Es geht um das ganze Wochenende. Ich will ein paar Tage verreisen. Meine Eltern wollten Yasmin zu sich nehmen, aber meine Mutter hat eine schlimme Sommergrippe erwischt, sie liegt krank im Bett. Ich dachte, dass du einspringen könntest?« Tom zögerte. Zweieinhalb Kilometer von hier entfernt lag ein totes Mädchen im Wald. Er hatte neben ihr gestanden und auf sie herabgeschaut. Hatte sie im Stich gelassen. Er fühlte sich hundeelend, weil er Harry angerufen hatte statt der Polizei. Es war kein günstiger Zeitpunkt für einen Besuch seiner Tochter.

»Tom? Bist du noch dran?«

»Ja, ich bin noch dran«, beeilte er sich zu sagen. »Vielleicht fahre ich mit Yasmin ein paar Tage weg. Wir könnten zelten am See.«

»Wie du meinst«, sagte Jenny. »Aber ich glaube, sie hat andere Pläne. Yasmin wünscht sich doch schon so lange ein Kaninchen. Wenn du ihr einen Stall baust, kaufe ich ihr eines.«

Tom konnte es sich nicht leisten, abzulehnen. Es wäre das letzte Mal, dass Jenny ihm ein solches Angebot machte. »Wann bringst du sie vorbei?«, fragte er.

»Das Flugzeug geht heute Abend, aber wenn ich sie dir heute Nachmittag bringen darf, könnte ich in Ruhe packen. Ich weiß, es ist sehr kurzfristig ...«

Tom schloss die Augen. »In Ordnung«, sagte er.

»Bring sie heute Nachmittag.«

»Ich gebe sie dir mal«, sagte Jenny. Es raschelte, als sie den Hörer weiterreichte.

»Papa?«

Tom spürte, wie sich seine Gesichtszüge entspannten. Er lächelte automatisch, und seine unangenehmen Gedanken verflogen beim Klang von Yasmins piepsiger Stimme. »Hallo, Prinzessin. Wie geht es dir?«

»Hat Mama gesagt, dass ich ein Kaninchen haben darf?«

»Ja, das hat sie.« Das war anscheinend schon beschlossene Sache.

»Baust du mir einen Stall dafür?«

»Bleibt der dann bei mir? Mitsamt dem Kaninchen?«

»Ja, wir haben doch in der Wohnung gar keinen Platz. Wir waren neulich in der Zoohandlung, Mama und ich. Das Schwarz-Weiße hat mir so gut gefallen. Es hat ein total weiches Fell, ich durfte es streicheln.«

Tom dachte, dass Yasmin das schwarz-weiße Kaninchen wahrscheinlich besser sehen konnte als ein braunes.

»Wenn du mir morgen den Stall baust, könnten wir es am Samstag schon holen. Mama gibt dir das Geld, hat sie gesagt«, sagte Yasmin.

»Langsam, langsam. Ich brauche dafür ein paar Tage. Wir könnten aber auch zelten gehen am See, Yasmin, und den Stall ein anderes Mal machen. Was hältst du davon?«

»Nein! Ich will bei dir zuhause bleiben.« Normalerweise hätte Yasmin diesen Vorschlag nicht ausgeschlagen. Sie liebte es, im See zu plantschen. Aber ein eigenes Kaninchen war natürlich etwas ganz anderes.

Tom rieb seine Augen. Sein Schädel dröhnte.

»Was ist, Papa? Du sagst gar nichts.«

»Entschuldige, Schatz. Ich habe nur überlegt, was wir für den Kaninchenstall alles brauchen.«

»Freust du dich, dass ich dich besuchen komme?«

»Und wie!«

Sie war einen Moment still. Yasmin war unwahrscheinlich sensibel. Sie spürte, dass etwas seine Gedanken beschäftigte.

»Okay … Bis nachher, ja?«, sagte sie. Er hörte Geraschel, dann war Jenny wieder dran, der der veränderte Tonfall in der Stimme ihrer Tochter ebenfalls nicht entgangen war.

»Ich hatte gedacht, das wäre eine gute Idee. Sie wünscht sich so sehr ein eigenes Haustier.«

»Ist es auch. Sie soll eines bekommen.«

»Ich hoffe, du hattest keine anderen Pläne für dieses Wochenende.«

»Hatte ich nicht. Bring sie her, wann immer es dir passt. Was wünscht sie sich zu essen?«

»Wenn du mit ihr im Garten Würstchen grillst, ist sie happy.«

»Super, Jenny. Ich freue mich riesig. Bis dann.«

Er legte auf. Es musste sich wirklich um einen Notfall handeln. Jenny gab Yasmin nur widerstrebend in Toms Obhut. Die Gelegenheiten, bei denen Yasmin bei ihrem Vater übernachtet hatte, konnte Tom an einer Hand abzählen. Jetzt wollte Jenny ihm ihre gemeinsame Tochter für ein ganzes Wochenende anvertrauen.

Ihre Beziehung hatte nicht sehr lange gehalten; als Jenny ungeplant schwanger wurde, zog sie sich von Tom zurück. Seit Yasmins Geburt musste Tom um jedes Treffen mit seiner Tochter kämpfen. Ein gutaussehender Gelegenheitsjobber mit verbre-

cherischer Vergangenheit, der wie ein Einsiedler-
krebs in seinem Elternhaus am Rande der Stadt
lebte, hatte die brave, wohlerzogene Jenny einst
magisch angezogen, aber zum Familienvater taugte
er in ihren Augen anscheinend nicht. Jenny fürchtete, dass sich Yasmin für ihren Vater schämen musste. Oder, schlimmer noch, dass seine kleinkriminel-
le Ader auf sie abfärben könnte.

Dabei wusste sie, dass Tom seine Tochter über
alles liebte.

Ein ganzes Wochenende mit seiner Tochter zu
verbringen, wäre normalerweise das Schönste gewesen, was er sich vorstellen konnte. An jedem
anderen Tag hätte er sich gefreut und in Gedanken
schon einen Entwurf für den Kaninchenstall angefertigt. Heute dachte er an das, was da draußen im
Wald lag und langsam verweste.

Nun gut. Aus der Sache mit Harry und Vanessa
war er draußen. Das ging ihn nichts mehr an. Er
würde versuchen, sich ein schönes, langes, unbe-
schwertes Wochenende mit seiner Tochter zu machen. Das hatte Yasmin verdient.

Aber hatte sie nicht auch einen Vater verdient,
der dafür sorgen konnte, dass ihr die Hornhauttransplantation erspart blieb?

*

Als er sich die Zähne putzte, erklangen Schritte auf der Treppe. Harry erschien im Türrahmen und grinste ihn an. Er trug nichts als einen Slip.

»Kaffee«, sagte Harry. »Ich brauche Kaffee.«

»Wenn du mich mit diesem Anblick verschonst, gibt es vielleicht welchen für dich«, sagte Tom.

»Ich hab nichts zum Wechseln mit.« Harry versuchte, sich neben Tom vor den Spiegel zu zwängen, um seine Frisur zu begutachten.

Tom spie die Zahncreme ins Waschbecken.

»Pfui Teufel. Das ist widerlich.« Harry verzog das Gesicht.

»Dein halbnackter Körper neben mir ist auch widerlich. Hol dir was zum Anziehen aus dem Schrank oben.«

Harry stieg brav die Treppe hoch. Tom schlurfte in die Küche und setzte Kaffee auf. Die Müdigkeit saß bleiern in seinen Knochen, und er war durstig. Er trank das Wasser direkt aus dem Hahn.

Harry kam zurück und setzte sich an den Tisch. Er trug ein dunkelblaues Polo-Shirt und eine Jeanshose von Tom. Tom stellte die Kaffeetasse vor ihm ab und lehnte sich gegen den Küchenschrank.

»Meine Tochter kommt heute Nachmittag her«, sagte er. »Sie bleibt übers Wochenende hier.«

»Ist nicht wahr.«

»Doch. Jenny will verreisen.«

»Dann willst du mich also loswerden«, sagte Harry.

»Rede keinen Blödsinn«, sagte Tom. In Wirklichkeit wollte er Harry natürlich doch loswerden, Harry und seine schräge Idee. »Vanessa gehört jetzt dir. Es tut mir leid, dass ich dich da hineingezogen habe, aber für mich ist die Sache erledigt. Ich will damit nichts zu tun haben.« Er trank einen Schluck Kaffee, der metallisch schmeckte. Kupferig. Wie Blut, dachte Tom, und leerte den Rest des Kaffees in die Spüle.

»Ich kann nicht nach Hause«, sagte Harry. »Wenn Szabo mitbekommt, dass ich noch in der Stadt bin …«

»Fahr nach Düsseldorf. Mach dir eine schöne Zeit. Mach ein paar Tage Urlaub.«

»Ich will das Kokain, Tom.«

Tom drehte sich zu Harry um. »Bist du gestern nochmal im Wald gewesen?«

Harry ging nicht darauf ein. »Eine Nacht noch«, sagte er. »Ich werde euch nicht stören. Es wird sein, als wäre ich nicht da. Morgen früh, wenn deine Tochter aufsteht, bin ich weg. Okay?«

Tom seufzte. Er hätte Harry am liebsten auf der Stelle weggeschickt. Er wollte alleine sein mit Yasmin, wollte sie für sich haben, und Yasmin würde es ähnlich gehen. Und schon gar nicht wollte Tom die Gesellschaft eines Mannes, der nebenbei eine derart miese Nummer abdrehte. Aber das konnte er nicht bringen. Harry hatte schon so viel für ihn getan. Sein ganzes Leben lang hatte er Tom immer wieder zur Seite gestanden. Harry war Toms einziger Freund.

»Okay«, sagte Tom widerwillig und spülte die Kaffeetasse mit der Hand aus, damit er Harry nicht in die Augen sehen musste. Es ist nur für heute, sagte er sich, morgen will er verschwinden, und dann habe ich drei Tage mit meiner Tochter. Drei Tage mit Yasmin, das klang wie Weihnachten. Harry hatte versprochen, sich unsichtbar zu machen; er wusste mit Kindern sowieso nicht viel anzufangen, er würde sicher nicht stören, wenn Yasmin und Tom sich einen schönen Abend machten.

»Du kannst deiner Tochter sagen, dass sie bald wieder richtig gut sehen kann«, sagte Harry.

Tom fuhr herum. »Das werde ich ganz bestimmt nicht tun. Halte du dich da raus. Bitte. Das ist eine Sache zwischen Jenny, Yasmin und mir.«

»Nun gut«, sagte Harry. »Hoffentlich erfährt sie niemals, dass ihr Vater zu feige war, um ihr die Operation zu ersparen, die sie so sehr fürchtet.«

6
Tom

Tom stand im Vorgarten seines Hauses und sah Jennys Peugeot entgegen, der die Straße entlangrollte. Durch die Scheiben konnte er eine Bewegung auf dem Rücksitz erkennen: Yasmin winkte wie wild. Er winkte zurück. Wie immer, wenn er seine Tochter sah, verspürte er einen bittersüßen Schmerz in seinem Herzen. Eine Liebe, die so heftig war, dass es körperlich wehtat.

Jenny fuhr langsam an ihm vorbei und hielt am Straßenrand an. Yasmin winkte weiter, ohne in Toms Richtung zu schauen. Sie sah nicht, wo er stand. Der Schmerz in Toms Brustkorb wurde krampfartig.

Er eilte über die Straße und riss die hintere Tür des Wagens auf. »Herzlich willkommen, junge Dame. Darf ich Sie in mein königliches Etablissement entführen?«

Galant reichte er ihr seinen Arm. Yasmin kicherte. Sie krallte sich an seinem T-Shirt-Ärmel fest und stieg etwas unbeholfen aus. Sie trug ein knielanges, violett gestreiftes Kleid mit Spaghettiträgern und dazu Sandalen. Sie war schön wie ein Engel. Ihre Fußnägel glänzten fliederfarben.

»Madame war zur Pediküre?«

Yasmin fiel ihm um den Hals. Tom hob sie hoch und drehte sich mit ihr im Kreis. Er atmete den Geruch ihres Haars ein, das ihm in langen Strähnen ins Gesicht wehte. Es roch sauber und nach warmer Milch. Kindergeruch.

»Papa, was heißt Pettiküre?«

»Deine Zehennägel. Sie sind toll.« Er setzte seine Tochter ab.

»Hat Mama gemacht.«

»Hallo, Jenny.« Tom wandte sich seiner Ex-Freundin zu.

»Danke, dass sie bei dir bleiben kann.« Jenny ging um den Peugeot herum und holte Yasmins kleine Reisetasche aus dem Kofferraum. »Ich hätte die Reise sonst absagen müssen.«

»Natürlich kann sie bei mir bleiben.« Schließlich lag es nicht an Tom, dass ihn seine Tochter nur selten besuchen durfte. Verdammt, er wäre der glücklichste Mensch auf Erden, wenn Yasmin dauerhaft bei ihm wohnen würde. Das würde seinem Leben eine Wendung verleihen.

»Du hast einen Urlaub verdient«, sagte er.

»Da sagst du was.« Jenny trat auf ihn zu und umarmte ihn kurz. Tom hätte sie gerne fest an sich gedrückt und musste sich beherrschen, es nicht zu tun. »Kommt rein, ihr beiden«, sagte er.

Sie gingen ins Haus. Tom lotste sie in die Küche.

»Möchtest du etwas trinken?«, fragte er Jenny.

»Hast du Tee im Haus?«

»Selbstverständlich.«

Jenny liebte grünen Tee. In ihren Frauenzeitschriften stand geschrieben, dass grüner Tee jung und gesund und schön halten sollte. Jenny glaubte an allen möglichen Mumpitz, auch wenn sie es nicht offen zugeben wollte. Tom fand, dass grüner Tee einfach nur muffig schmeckte und roch. Aber er bewahrte immer welchen zu Hause auf. Für den Fall, dass Jenny Lust auf eine Tasse hatte. So wie heute.

»Ich bringe meine Tasche hoch in mein Zimmer«, rief Yasmin.

»Warte, ich helfe dir«, sagte Jenny.

»Nein, ich kann alleine.« Yasmin klang trotzig.

Jenny seufzte. »Aber sei vorsichtig, ja?«

Tom hatte gründlich aufgeräumt und peinlich darauf geachtet, dass nichts auf dem Boden lag, worüber Yasmin stolpern könnte. Am liebsten hätte er das Mädchen die Treppe hochgetragen. In Jennys Treppenhaus war sie schon zweimal gestolpert. Hin und wieder übersah Yasmin eine Stufe. Gott sei Dank war nie etwas Schlimmeres passiert als ein blauer Fleck an Yasmins Knie und ein paar Tränen. Aber Tom und Jenny waren sich einig, dass sie dem Mädchen ihre Selbständigkeit belassen sollten.

Tom wartete mit dem Einschalten des Wasserkochers, der einen Lärm verbreitete wie ein Düsenjet auf der Startbahn. Konzentriert lauschten er und Jenny Yasmins Schritten auf der Treppe. Erst als Yasmin im oberen Stockwerk angekommen war, entspannten sie sich. Jenny atmete erleichtert aus.
Er kochte den Tee und goss sich auch eine Tasse ein, obwohl er ihn nicht mochte. Er freute sich,

dass sich Jenny ein paar Minuten Zeit für ihn nahm. Sie machte nicht den Eindruck, dass sie ihn mit Ratschlägen und Vorgaben, wie er das Wochenende mit Yasmin zu verbringen hatte, zutexten wollte. Dann hätte sie schon damit angefangen und eine Grundschullehrerrinnen-Miene aufgesetzt. Sie wäre in der Küche hin- und hermarschiert, hätte den Kühlschrank und die Vorräte, inklusive Haltbarkeitsdatum, inspiziert und überall ihren Senf dazugegeben. Aber das war nicht der Fall. Jenny wirkte eher gedankenverloren.

Tom setzte sich ihr gegenüber. »Wo soll's eigentlich hingehen?«, fragte er und pustete in seinen Tee. Er wusste, dass es Leute gab, die darauf schworen, ihn bei hohen Temperaturen heiß zu trinken, aber er hielt nicht viel davon.

»London.« Jenny schaute auf und lächelte ihn an. Ihre Augen glänzten voller Vorfreude.

»Das klingt richtig gut. Mit einer Freundin?«

»Ja.«

»Mit Julia?«

»Ja.« Jenny wich seinem Blick aus. »Es war eine kurzfristige Entscheidung. Deswegen bin ich auch so froh, dass du Zeit für Yasmin hast.«

»Fliegt ihr mit Ryanair?«, fragte er.

Jenny schüttelte den Kopf. »Mit Lufthansa.«

»Oho.« Tom nickte anerkennend.

Auf der Treppe erklangen erneut Schritte, zögernd, langsam. Tom sah Yasmin vor sich, wie sie mit ihren Kinderfüßen achtsam die nächste Stufe ertastete, mit einer Hand den Handlauf des Geländers umklammernd. Die Treppe war so verflucht eng und steil. Als er hörte, dass Yasmin sicher unten angekommen war, sprach er weiter.

»Schickes Hotel in der City?«

»Ja, es liegt in der Nähe des Towers.«

Yasmin kam in die Küche. »Mama fährt dort mit einem Riesenrad, das höher ist als alle anderen Häuser in London zusammen«, sagte Yasmin.

»Wir werden sehen, Schatz«, sagte Jenny.

Tom wusste, dass die Fahrkarten für das London Eye nicht gerade ein Schnäppchen waren. Er fragte sich, woher Jenny das Geld dafür nahm.

»Du hast versprochen, ein Foto für mich aufzunehmen von ganz oben«, sagte Yasmin. »Wenn dein Kopf über den Wolken ist.«

»Das ist er höchstens im Flugzeug«, sagte Jenny lachend.

»Willst du mal rausgehen in den Garten, Süße?«, fragte Tom seine Tochter. »Auf der Veranda liegt etwas für dich.«

Yasmin horchte auf. Eilig verschwand sie nach draußen. Tom wandte sich wieder Jenny zu.

»Ich hoffe, du hast jede Menge Spaß in London«, sagte er. Und dann: »Noch nichts vom Krankenhaus gehört?«

Jenny runzelte die Stirn. »Nichts. Falls sie anrufen, komme ich natürlich sofort zurück. Bitte, achte darauf, dass ich dich jederzeit erreichen kann. Es ist gar nicht so einfach, immer in Habacht-Stellung zu sein.«

»Du weißt, dass du das nicht alleine durchstehen musst«, sagte Tom weich.

Jenny ging nicht darauf ein. »Außerdem habe ich Angst vor dem Anruf«, sagte sie. »Angst vor Yasmins Reaktion.«

»Ja«, sagte Tom. »Ich weiß.«

»Sie träumt nachts von der Transplantation. Im Traum erscheint ihr ein Gesicht mit toten Augen. Ich erkläre ihr immer wieder, dass es nur ein hauchdünnes Häutchen ist, aber das glaubt sie mir nicht. Sie ist davon überzeugt, die kompletten Augäpfel eines Toten zu bekommen. Eine grauenhafte Vorstellung. Nicht nur für ein kleines Mädchen.«

Auf der Veranda stieß Yasmin einen Schrei aus. Jenny zuckte zusammen und sprang auf.

»Warte«, sagte Tom schnell. »Es ist alles in Ordnung.«

Yasmin stürmte herein. Im Arm hielt sie eine Barbie-Puppe. »Ist die schön«, krähte sie. »Sie saß auf diesem Gartenstuhl. Papa, hast du sie dort hingesetzt?«

»Ich? Kann mich nicht erinnern, das getan zu haben«, sagte Tom scherzhaft.

»Die wollte sie schon lange haben«, sagte Jenny.

»Ich weiß.«

»Dankeeeeee!«, rief Yasmin strahlend. »Darf ich im Garten mit ihr spielen?«

»Na klar.«

»Du hast dich dafür in Unkosten gestürzt«, sagte Jenny zu ihm.

»Nun hör schon auf. Es ist nur eine Barbie-Puppe. Eigentlich hatte ich sie für Yasmins sechsten Geburtstag gekauft, aber als ich hörte, dass sie übers Wochenende bei mir bleiben darf, wollte ich ihr eine Freude bereiten.«

»Das ist lieb von dir.«

»Yasmin soll sich fühlen wie eine Königin. Nächste Woche gibt's dann bei mir nur Wasser und Brot, aber für meine Tochter spiele ich gerne den Märtyrer.«

Jenny schüttelte lächelnd den Kopf. »Du Blödmann.«

»Ich liebe Yasmin«, sagte er. »Das weißt du.« Und dich, Jenny, liebe ich auch, dachte er. Ich habe dich immer geliebt und werde nicht damit aufhören.

»Ja«, sagte Jenny und betrachtete ihre Hände.

Tom räusperte sich. »Jenny, wenn es so weit ist, würde ich gerne mitkommen ins Krankenhaus«, sagte er.

Jenny sah auf. Sie zögerte einen Moment, dann sagte sie: »Okay.«

»Wie geht es dir sonst so?«, fragte er.

Jenny seufzte. »Die anstehende Behandlung bestimmt natürlich momentan unser Leben. Davon abgesehen: Es geht so. Ich habe ein schlechtes Gewissen wegen dieser Reise.«

»Das musst du nicht«, sagte er. »Genieße das Wochenende. Yasmin braucht eine glückliche Mutter.«

»Sie wartet voller Angst auf die Hornhauttransplantation, und ich fahre einfach in den Urlaub. Ich bin eine Rabenmutter.«

»Nach dem Kurztrip bist du dann wenigstens eine entspannte und zufriedene Rabenmutter.«

Jenny sah auf ihre Armbanduhr. »Ich muss los.«

Sie ging zu Yasmin in den Garten und verabschiedete sich ausgiebig mit vielen Küssen von ihrer Tochter. Gemeinsam gingen sie zu Jennys Wagen. Yasmin unterhielt sich angeregt mit ihrer Barbie-Puppe und erklärte ihr, dass sie irgendwann alle zusammen nach London fliegen würden. Und dass die Puppe natürlich mitkommen durfte.

Ein gemeinsamer Urlaub wäre etwas Wunderbares, dachte Tom. Nur sie drei. Plus Puppe. Endlich bekäme er die Gelegenheit, sich zu beweisen. Vielleicht würde er Jenny überzeugen, dass er ein guter Mann und ein noch besserer Vater sein konnte. Wenn sie erlebte, wie wohl sich Yasmin bei ihm fühlte. Es hätte so gut gepasst. Sie drei gäben eine tolle kleine Familie ab.

»Bis dann, Tom«, sagte Jenny. Und dann machte sie etwas, womit er nicht gerechnet hatte: Sie gab ihm einen Kuss. Nur einen winzig kleinen, einen schüchternen, trockenen Kuss auf die Wange. Es schmatzte nicht mal, es war eher ein Hauch. Aber es war ein Kuss. Wenn Tom nicht so überrascht gewesen wäre, hätte er Jenny einfach an sich gezogen und richtig fest auf den Mund geküsst. Als sie sich zu ihrem Auto umdrehte, wagte er es nicht mehr.

Der Tag war wie der gestrige drückend heiß. Die Klimaanlage seines alten Golfs funktionierte schon lange nicht mehr richtig, und Tom ließ alle Fensterscheiben herunter. Der hereinwehende Fahrtwind fühlte sich an wie ein Heißluftgebläse. Yasmin saß auf dem Rücksitz und hielt die neue Barbie-Puppe ans Fenster, damit Barbie sehen konnte, wohin sie fuhren. Die Puppe wollte sie gar nicht mehr aus der Hand legen. Irgendwann begann Yasmin laut, ein Lied von Helene Fischer zu singen.

Tom hatte noch einmal vergeblich versucht, Yasmin für den Baggersee zu begeistern, aber das Mädchen entschied sich für den Zoo. Sie wollte Tom die putzigen Kaninchen und Meerschweinchen zeigen.

Es gab keine freien schattigen Parkplätze mehr. Tom musste den Wagen in der prallen Sonne abstellen. Mit Grausen dachte er daran, wie heiß später die Sitze und das Lenkrad sein würden. Yasmins Kleid klebte schweißnass an ihrem Rücken, aber es schien ihr nichts auszumachen. Sie war bestens gelaunt.

Die Schlange vor dem Kassenhäuschen war lang, aber auf dem großen Gelände verteilten sich die

Besucher. Während Tom mit Yasmin die Wege entlangschlenderte, vergaß er seine Sorgen. Yasmin schleppte ihre neue Puppe die ganze Zeit mit sich herum und erklärte ihr die Tierarten. Wenn sie ein Tier nicht kannte, schaute sie fragend Tom an, der ihr geduldig die Schilder vorlas, die an den Gehegen hingen und Infos über die darin lebenden Exoten feilboten. Yasmin hörte aufmerksam zu und bat ihn hin und wieder, lauter zu sprechen, weil Barbie so kleine Ohren besaß.

Vanessa im Wald war weit entfernt; ein Unglück, das vor langer Zeit an einem anderen Ort passiert war und nichts mit Tom zu tun hatte. Tief in seinem Inneren versuchte ein düsteres Schuldgefühl, seine Stimme zu erheben, aber Yasmins helles Lachen vertrieb es wieder. Kinder verfügen über heilende Kräfte, dachte Tom. Woran man auch immer litt: Ihre Anwesenheit ließ einen gesunden und vergessen.

Bei den Kaninchen zeigte sich Yasmin so begeistert, dass sie beinahe über die niedrige Umzäunung ins Gehege gestürzt wäre. Jedes Mal, wenn eines der possierlichen Tiere an ihr vorbei hoppelte, jauchzte sie vor Freude. Als Tom jemand Yasmins Namen rufen hörte, drehte er sich um.

Ein Mädchen kam auf sie zu gelaufen. Lange, geflochtene, dunkelbraune Zöpfe. Zahnlücke statt linkem Schneidezahn. Sie blieb vor Yasmin stehen.

»Hallo, Yasmin!«, rief sie fröhlich.

Yasmin schaute verwirrt auf. »Oh … Hallo, Isabel!«

Zu Tom gewandt: »Papa, schau mal, wer hier ist!«

»Ich hab's schon gesehen«, sagte Tom lächelnd. »Grüß dich, Isa.«

»Hi.«

Isabels Mutter tauchte hinter dem Mädchen auf. »Hallo, Tom.« Ihre Begrüßung klang wesentlich frostiger.

»Hallo, Julia.« Tom nickte ihr freundlich zu. »Hast du deinen Koffer schon gepackt?«

»Wie bitte?«

»Nun, dein Flieger startet doch in wenigen Stunden.«

Julia runzelte die Stirn. Da kapierte Tom, und Enttäuschung stieg in ihm auf. Jenny hat mich belogen, dachte er. Sie hatte gesagt, sie wollte mit Julia nach London fliegen. Es ging ihn ja nichts an, mit wem sie verreiste. Direkt gelogen hatte sie ja nicht; eher geschummelt. Dafür konnte es eigentlich nur einen Grund geben: Sie flog mit einem Typen, von dem Tom nichts wissen sollte.

»Ich habe wohl etwas verwechselt«, sagte er lahm. Yasmin quatschte fröhlich mit ihrer besten Freundin. »Papa, können wir zusammen weiterlaufen?«, fragte sie.

»Klar, warum nicht?«, sagte Tom schnell. Vielleicht konnte er Julia aushorchen und etwas über Jennys Reisebegleitung herausfinden. Julia war Jennys beste Freundin aus Kindertagen, und die

Freundschaft ihrer gleichaltrigen Mädchen hatte die Frauen noch fester zusammengeschweißt.

»Wir wollten gerade gehen«, sagte Julia schnell.

»Bis demnächst, Yasmin.« Sie winkte mit den Fingern. »Kommst du uns bald wieder besuchen?«

»Mal sehen.« Yasmin war die Enttäuschung und Verwirrung über Julias Reaktion deutlich anzumerken. Julia hatte Tom nie gemocht und daraus keinen Hehl gemacht. *Von diesem Typen hast du dir ein Kind andrehen lassen? Er ist ein Dieb und ein Dealer!* Dass sie das nun an den Mädchen ausließ, ärgerte Tom. Die Welt könnte so einfach sein, dachte er verbittert, aber wir Erwachsenen machen es den Kindern so schwer. Und uns selbst auch.

»Schön, euch getroffen zu haben«, sagte Julia. »Wir gehen dann mal. Isa, komm jetzt!«

Isa schaute Tom an. Als würde sie sich fragen, warum ihre Mutter auf einmal so ungeduldig reagierte. Dann drehte sie sich um und ging mit Julia davon.

Toms gute Laune verflüchtigte sich. Früher oder später musste es passieren, es war sowieso ein Wunder, dass Jenny all die Jahre keine neue Beziehung eingegangen war. Es gab genügend Männer, die Interesse zeigten. Bessere Männer, als er einer war. Er hatte immer gehofft, dass er trotzdem Yasmins Vater bleiben würde. Dass es keinen neuen Papa geben würde. Und natürlich liebte er Jenny immer noch. Er empfand Eifersucht. Die Gedanken nagten unangenehm.

»Ich dachte, deine Mutter wollte mit Julia nach London fahren«, sagte er.

»Aber sie fährt doch auch nach London.«

»Ja, aber ich dachte …« Tom gab auf. Er sollte das nicht tun. Es fühlte sich hinterhältig und falsch an, Yasmin über Jenny auszuquetschen. Es fühlte sich an, als würde er Yasmin ausnutzen. Er würde seine Tochter verunsichern, wenn sie mitkriegte, dass Jenny ihn belogen hatte. Und überhaupt, wieso meinte er, er könnte Anspruch auf seine Ex erheben? Sie lebten seit fünf Jahren getrennt, davor waren sie nur ein paar Monate zusammen gewesen. Als hätte er nicht schon genug Mist gebaut in seinem Leben, benahm er sich jetzt auch noch wie ein Stalker.

»Gehen wir zu den Zebras?«, fragte Yasmin.

»In Ordnung«, sagte Tom resigniert.

Yasmin verputzte ein riesiges Eis und verkündete schließlich, sie hätte immer noch Hunger und wolle jetzt heim zum Grillen. Tom verließ mit ihr den Zoo und hielt am Supermarkt an, um Würstchen zu besorgen. Yasmin marschierte neben ihm durch die Regalreihen und plapperte ununterbrochen. Ihre Worte drifteten an ihm vorbei wie eine Frühlingsbrise. Er starrte in die Regale und konnte sich nicht entschließen, was er für das Wochenende einkaufen sollte. In Gedanken war er bei Jenny und ihrer Reisebegleitung, und auf dem besten Wege, sich selbst das gemeinsame Wochenende mit Yasmin zu vermiesen wegen einer Einbildung.

*

Im Haus war alles still. Harry schien nicht da zu sein. Vielleicht war er doch abgereist. Tom holte die Grillkohle im Keller, während Yasmin auf der Veranda den Tisch deckte. Im Keller war es angenehm kühl, und Tom überlegte, ob er einen Teil der Arbeit an dem Kaninchenstall hier unten erledigen könnte. Er räumte ein bisschen hin und her und überlegte, welches Werkzeug er dafür aus dem Schuppen holen musste. Von oben vernahm er Yasmins Stimme. »Papa?«, rief sie.

Als er mit der Grillkohle auf die Terrasse trat, stand Yasmin vor ihm und zog eine Schnute. Sie zeigte mit einer Hand auf den Schuppen.

»Da drinnen riecht es ganz doll«, sagte sie. »Als hätte jemand einen Stinker reingemacht. Ganz arg schlimm. Papa, du musst das saubermachen.«

»Wie bist du in den Schuppen reingekommen? Er ist abgeschlossen.« Yasmin war zu klein, um an den Blumentopf zu gelangen, und wahrscheinlich wusste sie nicht einmal, dass der Schlüssel dort lag.

»Die Tür war angelehnt.«

»Dann habe ich wohl vergessen, abzuschließen«, sagte Tom verwundert. Das passierte ihm normalerweise nicht; er achtete sorgfältig auf sein gutes Werkzeug. »Vielleicht ist ein Tier hineingekrochen und hat ein Häufchen gemacht. Ich kümmere mich darum.« Am Ende war eine Ratte darin verendet.

»Was wolltest du denn im Schuppen?«

»Ich wollte nachsehen, ob du schon angefangen hast mit dem Kaninchenstall, den du mir bauen willst.«

»Nein, wann hätte ich das denn machen sollen? Vielleicht morgen.«

»Nicht vielleicht. Du hast es versprochen«, sagte Yasmin.

»Wir fangen morgen an.«

»Ist gut.« Yasmin nickte. »Kommt das ins Haus, wenn die Tür offen steht?«, fragte sie dann ängstlich.

»Was denn?«

»Das Tier!«

Tom lehnte die Verandatür an. »Wenn wir später reingehen, machen wir die Tür zu.«

»Aber eben stand die Tür auch offen, als du im Keller warst und ich im Schuppen. Ich habe nämlich kein Tier dort gesehen. Was, wenn es schon im Haus ist?«

»Ich werde nachsehen«, sagte er. Er holte einen Besen aus der Besenkammer und strich damit durch die Küche, wobei er übertrieben aufmerksam in jede Ecke spähte. Yasmin stand in der offenen Küchentür und hielt sich vor Aufregung die Hände vors Gesicht, spreizte die Finger aber auseinander, damit sie nur ja nichts verpasste. Tom suchte mit dem Besen in der Hand das ganze Haus ab, dicht gefolgt von seiner Tochter. Dann stellte er den Besen in die Ecke der Veranda.

»Hier ist alles sauber«, sagte er. »Vermutlich ist es längst abgehauen.«

Yasmin schielte ängstlich zum Schuppen.

»Ein Schuppen ist sowieso nicht der geeignete Ort für eine Prinzessin«, sagte Tom. Er machte viel Aufhebens darum, die Holzkohle auf dem kleinen Grill zum Glühen zu bringen. Yasmin schaute gebannt zu und vergaß das Tier im Schuppen. Sie klatschte in die Hände, als Tom zwei Maiskolben zu den Würstchen auf den Rost legte und Brot röstete. Für sie war Grillen eine Sensation, weil es die Hausregeln auf dem Balkon von Jennys kleiner Wohnung in einem Mehrfamilienhaus nicht erlaubten.

»Hiermit eröffne ich die Grillsaison für dieses Jahr«, sagte Tom feierlich. Er spießte ein Würstchen auf die Gabel und biss vom Ende ab.

»Für mich ist es schon das zweite Mal«, sagte Yasmin. »Ich war letzte Woche schon zum Grillen eingeladen.«

Tom tat empört. »Junge Dame, das geht so aber nicht. Das Einläuten der Grillsaison ist nur dem Papa erlaubt. Wen müssen wir ins Gefängnis stecken, weil er dich ohne meine Erlaubnis verköstigt hat?«

»Ray«, sagte sie und versuchte ungeschickt, mit Messer und Gabel die Maiskörner vom Kolben zu lösen.

»Nimm ihn in beide Hände«, sagte Tom. »Einfach abbeißen. Wer ist Ray? Hast du etwa schon einen Freund?«

»Ja … er ist mein Freund. Ein bisschen jedenfalls.«

»Das ist ja unerhört. Was erlaubt der sich?«

Yasmin kicherte so sehr, dass sie ihre Gabel mit dem Würstchen fallen ließ. Jetzt lachten sie beide.

»Kennst du Ray aus der Schule?«

»Nein, er ist schon groß.«

Eine Ahnung beschlich Tom. »War Mama auch dabei?«

»Natürlich.«

Aha.

»Ist Ray Amerikaner?«

»Nein, er wohnt hier in der Stadt.«

»Ich frage wegen seinem Namen. Stammt er vielleicht aus Amerika, weißt du das? Oder aus England?«

Sie überlegte. »Hmm … glaube ich nicht. Er spricht ganz normal wie wir.«

Es drängte Tom erneut, Yasmin auszufragen. *Woher kennt deine Mutter Ray, trifft sie sich regelmäßig mit ihm?* Aber, obwohl ihm die Fragen auf der Zunge brannten, verkniff er sie sich. Es gehörte sich einfach nicht, seine eigene Tochter auszuquetschen.

»Nun, sieht so aus, als hätte ich einen Grillkonkurrenten«, sagte er schließlich und seufzte theatralisch.

»Nee.« Yasmin zog die Nase kraus. »Ray hat Steaks gegrillt. Die haben mir nicht geschmeckt. Sie waren innen noch ganz rot. Ruhmsteaks hießen die. Ich wollte sie trotzdem nicht. Ich hab dann nur Mamas Nudelsalat gegessen. Und Brot.«

»Es heißt Rumpsteak, Prinzessin.«

Habt ihr bei Ray zuhause gegrillt, Mama und du? Nur ihr drei? Er wagte nicht, zu fragen.

Nach dem Essen bereitete Tom Eisschokolade zu, die sie vor dem Fernseher bei einer Episode Hannah Montana tranken. Gegen neun rollte sich Yasmin im Sessel zusammen wie ein Kätzchen und schlief ein. Ihr Daumen wanderte in ihren Mund. Tom versuchte, ihn vorsichtig herauszuziehen, aber er steckte fest wie angewachsen. Tom musste schmunzeln. Er nahm Yasmin auf den Arm und trug sie die Treppe hoch in das ehemalige Schlafzimmer seiner Mutter, das er nach ihrem Tod in ein Kinderzimmer umfunktioniert hatte und für die unregelmäßigen Besuche seiner Tochter stets sauber und ordentlich hielt.

Yasmin war klatschnass geschwitzt. Tom legte sie aufs Bett, zog ihr Kleid aus und wusch mit einem Waschlappen ihr Gesicht und die klebrigen Hände sauber. Es schien ihr nicht zu gefallen, denn sie zog die Nase kraus. Tom holte ein Nachthemd aus ihrem Koffer und zog es ihr ungeschickt über den Kopf. Er deckte sie zu und drückte seiner schlafenden Tochter einen Kuss auf die Stirn. Wir haben vergessen, die Zähne zu putzen, dachte er. Wenn Jenny das wüsste, würde sie sich gleich wieder aufregen. Tom würde Yasmin am nächsten Morgen einbläuen, es nicht zu verraten.

Er lehnte die Tür zu Yasmins Zimmer an und ließ das Licht im Flur brennen. Falls sie in der Nacht aufwachen sollte und nicht gleich wusste, wo sie war, sollte sie sich zurechtfinden. Dann ging er nach unten, schaltete den Fernseher aus und betrat die Terrasse.

Zwei vergessene Würstchen, selbst fast schon Kohle, lagen verschrumpelt auf dem Rost. Tom warf sie weg, räumte den Tisch ab und machte den Grill sauber. Als er fertig war, setzte er sich in seinen Schaukelstuhl und trank ein Bier. Gestern hatte er mit Harry hier gesessen. Nun stürmten die Erinnerungen an den gestrigen Tag auf ihn ein wie ein Überfall.

Vanessa. War Harry nochmals bei ihr gewesen?

Was hatte er mit ihr gemacht?

Mit Hilfe seiner Tochter war es Tom gelungen, die Gedanken an Vanessa zu verdrängen. Aber jetzt krochen sie durch sein Gehirn, tasteten herum wie die Tentakel eines Kraken. Ob Vanessa noch im Wald lag? Hatte Harry sie weggeschafft? Wenn ja, wohin? Und wo steckte Harry?

Er beschloss, seinen Freund anzurufen. Tom wusste, dass seine Laune einen Tiefpunkt erreichen würde, wenn er mit Harry das Thema neu aufrührte. Aber er wollte wissen, wie die Sache ausgegangen war.

Im Haus fing Yasmin an, zu schreien.

Tom sprang auf und stieß seine Bierflasche um. Kullernd rollte sie über die Veranda. Das Bier floss schäumend heraus und benetzte die Dielen. Tom rannte durch die offene Terrassentür ins Haus. Jetzt weinte Yasmin, und zwar sehr laut. Bitte, lass sie nicht die Treppe hinuntergestürzt sein, dachte er flehend. Aber die Schreie kamen aus dem oberen Stockwerk.

Mit langen Sätzen jagte er die Stufen hoch. Yasmin saß aufrecht in ihrem Bett und presste die Barbie-Puppe an ihre Brust. »Da ist ein Mann im Haus!«, rief sie.

Tom setzte sich zu Yasmin aufs Bett. »Hast du wieder geträumt?«

»Nein! Ich habe ihn wirklich gesehen.«

»Es ist alles in Ordnung. Ich bin gerade durchs Haus gerannt. Da war niemand.«

Yasmin presste bockig die Lippen zusammen.

Wenn ich es doch sage.

Tom vermeinte, das Knacksen eines Fußknöchels zu vernehmen. Ein verstohlenes Huschen auf dem Flur. »Ich schaue mal nach, ja?«

»Lass mich nicht allein!«

»Ich bin gleich wieder bei dir, in Ordnung?«

Yasmin nickte zögernd. Tom stand auf und warf einen kurzen Blick in die Zimmer im Obergeschoss. Alles war ruhig. Er stieg die Treppe hinunter und ging auf die Terrasse. Dort zückte er sein Handy und wählte Harrys Nummer. Ein Klingelton ertönte. Tom drehte den Kopf in die Richtung, aus der er das Geräusch zu hören glaubte.

Harry schälte sich aus der Dunkelheit hinter der Hausecke.

Tom steckte sein Handy weg. »Was soll das?«, fragte er aufgebracht. »Yasmin hat sich total erschrocken. Du kannst doch nicht einfach mitten in der Nacht im Haus herumschleichen!«

»Du sagtest, es würde dir nichts ausmachen, wenn ich noch eine Nacht bleibe.«

»Was wolltest du in ihrem Zimmer?«, fragte Tom barsch.

»Ich wollte nachsehen, ob sie schläft.«

»Wozu?«

»Damit ich zu dir runterkommen kann?«, antwortete Harry. Es klang wie eine Frage.

»Und wo hast du die ganze Zeit gesteckt, zum Teufel?«

»Ich habe mich zurückgehalten. Ich wollte die Familienidylle nicht stören.«

»Die hast du gerade gestört. Yasmin hat nichts von deinem Besuch gewusst.«

»Dein Geschrei macht es auch nicht besser«, sagte Harry. »Da, sie ruft nach dir.«

»Papa?«, piepste es von drinnen.

»Du bleibst hier«, herrschte er Harry an. Harry zuckte die Achseln und setzte sich in den Schaukelstuhl.

Yasmin stand in ihrem Nachthemd auf dem Flur.

»Mit wem hast du gesprochen?«

»Das war im Fernsehen.«

Sie schwieg. Starrte ihn nur an mit ihrem kindlichen Trotz.

»Okay. Hör zu«, sagte er. »Ein Freund ist zu Besuch. Du kennst doch Harry. Ich hatte vergessen, dass er heute Nacht hier schlafen wollte. Er hat sich im Zimmer geirrt.«

»Du hast das wirklich vergessen?«, fragte Yasmin.

»Wenn Isabel mich besucht, vergesse ich nie, dass sie da ist.«

»Ich bringe dich jetzt wieder ins Bett«, sagte Tom.

»Möchtest du einen heißen Kakao?«

»Ja«, sagte Yasmin weinerlich. »Und Papa – schläfst du bei mir? Ich will nicht alleine sein. Ich habe Angst.«

»Du musst keine Angst haben, Prinzessin.«

»Habe ich aber.« Sie rieb sich die Augen und wankte leicht. Sie wirkte hundemüde.

Tom trug Yasmin in ihr Zimmer und legte sie ins Bett. Er zog die Decke hoch bis zu ihrem kleinen, runden Kinn.

»Nein, das ist zu warm«, sagte sie und schlug die Decke wieder zurück. Sie rutschte zur Seite. «Legst du dich zu mir?«

»Yasmin …«

»Bitte!«

»In Ordnung«, sagte er. »Ich muss vorher nochmal nach unten. Ganz kurz nur. Ich bringe Kakao mit. Dir und deiner Puppe.« Barbie saß auf dem Nachttisch und grinste ihn spöttisch an.

»Okay«, sagte Yasmin zögernd. »Aber danach bleibst du bei mir!«

»Das tue ich«, sagte Tom. »Bin gleich wieder da.«

Harry hatte einen Lappen organisiert und wischte unterwürfig das Bier von den Verandadielen.

»Tu mir einen Gefallen und bleib in deinem Zimmer heute Nacht«, sagte Tom. »Ich gehe jetzt ins Bett. Morgen würde ich gerne mit Yasmin alleine sein. In Ordnung?«

»Ich weiß nicht, wo ich hin soll«, sagte Harry.

»Fahr einfach nach Düsseldorf. Gute Nacht, Harry.«

Yasmins Augen hingen bereits auf halbmast, als Tom in ein frisches T-Shirt schlüpfte und sich zu ihr auf die Bettkante setzte. Unten klingelte das Telefon.

»Verdammt!« Er eilte in die Küche. Es klingelte noch fünfmal, bis er den Hörer in der Hand hielt, und da rief Yasmin auch schon wieder von oben nach ihm.

Es war Jenny am Telefon. »Ich wollte fragen, ob alles in Ordnung ist«, sagte sie. Leise Hintergrundmusik drang an Toms Ohren. Er sah Jenny vor sich in einer hübschen Hotelbar, mit roten Plüschsesseln und altmodisch gekleideten Bediensteten, die geschäftig herumeilten, um ihr jeden Wunsch von den Augen abzulesen.

»Ja, es ist alles in Ordnung.« Abgesehen von Harry, dachte er, und von dem, was da draußen im Wald liegt. Jenny berichtete kurz von ihren ersten Eindrücken in der britischen Hauptstadt. »Wir sind in einem sehr schönen Hotel«, sagte sie. Wir, dachte er, und schwieg bedrückt.

»Was ist los mit dir?«, fragte Jenny.

»Es ist schon nach elf!« Und draußen trieb sich Harry herum und heckte wer weiß was aus. Er beeilte sich, das Gespräch zu beenden. Jenny war Yasmins Mutter, sie hatte alles Recht der Welt, rund um die Uhr anzurufen und nach dem Wohl ihrer Tochter zu fragen. Aber nun war Yasmin schon wieder wach und ängstigte sich.

»Ich rufe morgen wieder an«, sagte Jenny. »Sieh zu, dass Yasmin schläft.«

»In Ordnung.«

»Gute Nacht, Tom.« Sie klang zärtlich. Unter anderen Umständen hätte Tom über den Unterton in ihrer Stimme stundenlang gegrübelt, aber momentan war er dazu nicht in der Verfassung. Er legte auf und eilte wieder die Treppe hoch zu seiner Tochter.

»Jetzt wird geschlafen«, sagte er bestimmt. »Mama hat angerufen. Sie meldet sich morgen wieder.«

Yasmin schwieg einen Moment. »Okay«, sagte sie und rutschte zur Seite. »Du hast versprochen, bei mir zu bleiben.«

Ich habe keine andere Wahl, dachte Tom. Bevor Harry nochmal auf die Idee zu weiteren Streifzügen durch das Haus kam, war es besser, wenn er nachgab. Tom schlüpfte unter die Bettdecke. Yasmin umklammerte ihn mit Armen und Beinen wie ein kleiner Krake, und Tom kuschelte sich fest an seine Tochter.

*

Die Sonne weckte ihn auf. Tom blinzelte mehrmals heftig, bis sich seine Augen an das grelle Licht gewöhnten. Sein Rücken schmerzte und fühlte sich verkrampft an. Yasmin lag mit ausgestreckten Armen und Beinen neben ihm, während Tom auf einem schmalen Streifen an der Bettkante zurechtkommen musste. So war es die ganze Nacht gegangen. Obwohl es schrecklich unbequem für ihn gewesen war, hatte er die Nähe zu seiner Tochter genossen. Er wollte sie nicht alleine lassen; sein Schlafzimmer lag im Untergeschoss, doch er hatte befürchtet, dass sie erneut aufwachen und Angst bekommen könnte. Außerdem war da Harry. Am Ende kam er wieder auf die idiotische Idee, im Haus herumzuspazieren und Yasmin zu Tode zu erschrecken.

Sein Arm lag unter Yasmin. Vorsichtig, um sie nicht zu wecken, zog er ihn heraus und stand auf. Es war ein wunderbarer Morgen. Vögel zwitscherten, der Himmel strahlte in einem hellen Blau. Tom sprang unter die Dusche, dann warf er einen Blick in Harrys Zimmer.

Harry lag auf der Seite und drehte ihm den Rücken zu. Er schnarchte leise. Tom trat näher, und Harry öffnete verschlafen ein Auge.

»Ich bin beim Bäcker«, sagte Tom. »Unterstehe dich, das Zimmer zu verlassen.«

Harry machte die Augen wieder zu.

Die Bäckerei lag nur wenige Straßen entfernt. Tom hätte gerne einen Spaziergang gemacht, aber er wollte sich beeilen, falls Yasmin in der Zwischenzeit aufwachte. Er nahm den Wagen.

Die Schlange vor der Theke reichte bis zur Eingangstür. Die alte Dame vor ihm in der Reihe konnte sich nicht entscheiden und überlegte in aller Seelenruhe eine kleine Ewigkeit, ob sie lieber zwei Dinkel- oder zwei Mohnbrötchen wählen sollte. Als sie sich endlich entschieden hatte, versuchte die Verkäuferin ihr zu erklären, dass sie ein drittes Brötchen umsonst dazu bekommen würde, wenn sie sich für drei gleiche von einer Sorte entschied. Die schwerhörige alte Dame brauchte bald eine Minute, bis sie verstand, was die Verkäuferin von ihr wollte. Unruhig trat Tom von einem Fuß auf den anderen. Dabei fiel sein Blick auf den Stapel

Tageszeitungen, der auf der Theke lag. Auf der Titelseite war Vanessa Kramer abgebildet.

Ihr schönes Gesicht nahm die halbe Seite ein. Sie lachte in die Kamera und wirkte sehr lebendig. *Vermisst*, stand in anklagenden schwarzen Lettern darüber, und Tom dachte, dass da nicht *Vermisst* stehen sollte, sondern *Tot*.

»Was hätten Sie denn nun gerne?«

Tom zuckte zusammen, als ihn die Verkäuferin ansprach. Sie klang ungeduldig, als hätte sie schon mehrmals gefragt. Tom stotterte eine Bestellung und nahm sich eine Zeitung. Der Artikel über Vanessa hatte ihn völlig aus dem Konzept gebracht. Er nahm die Brötchentüte entgegen und eilte zum Ausgang.

Als er die Bäckerei verlassen wollte, stellte sich ihm ein aufgebrachter Kunde in den Weg und machte ihn darauf aufmerksam, dass er versäumt hatte, zu bezahlen. Schuldbewusst eilte Tom zur Theke zurück und kramte hastig ein paar Münzen aus seiner Geldbörse, ließ sie fallen und robbte auf dem Boden herum, bis er sie zusammengesucht hatte. Alle starrten ihn an.

Mehrmals stammelte er eine Entschuldigung und beeilte sich, nach draußen zu kommen. Beim Ausparken schrammte er mit der Radblende am Bordstein entlang und hätte beinahe einem anderen Auto die Vorfahrt genommen. Seine Hände lagen zittrig am Lenkrad, und er war froh, als er heil zuhause ankam.

Er hätte es fast geschafft, die Gedanken an Vanessa zu verdrängen. Nun waren sie mit voller Wucht zurückgekehrt und wüteten in seinem Kopf wie ein Orkan. Und er wusste, dass es ihm nicht noch einmal gelingen würde, sie auch nur für eine Sekunde aus seinem Schädel zu verbannen.

Harry hielt sich trotz Toms Warnung bereits in der Küche auf und deckte den Tisch. Er grinste Tom entgegen, wurde aber ernst, als er den Gesichtsausdruck seines Freundes sah.

»Alles in Ordnung?«, fragte er.

»Was ist mit Yasmin?«, fragte Tom zurück.

»Schläft noch. Nehme ich an.«

Tom ließ sich auf einen Stuhl fallen und hielt Harry die zusammengerollte Zeitung unter die Nase.

»Steht etwas Wichtiges drin?«, fragte Harry.

»Vanessa ist auf dem Titelblatt.«

Sie schoben ihre Stühle nebeneinander. Tom räumte Teller und Tassen beiseite und schlug die Zeitung auf. Er schaffte es kaum, Vanessa anzusehen, aber es ließ sich nicht vermeiden. Das Foto ihres Gesichtes zog ihn magisch an. Wie die Mona Lisa starrte sie ihm direkt in die Augen, egal, aus welchem Winkel er das Bild betrachtete. Anklagend: *Du hast mich gefunden, du bist dafür verantwortlich, dass mein Tod gesühnt wird,* schien sie ihm sagen zu wollen. *Aber du hast mich einfach liegenlassen.*

Tom überflog den Artikel. Die Buchstaben verwandelten sich in schwarze Figürchen und tanzten frech vor seinen Augen. Harry neben ihm ließ sich nicht aus der Ruhe bringen. Er las aufmerksam.

»Ihre Eltern haben sie als vermisst gemeldet«, sagte er schließlich.

Tom fuhr hoch. »Du hattest gesagt, niemand würde sie vermissen.«

»Was glaubst du denn?«, gab Tom zurück. »Natürlich hat sie Eltern.«

Tom zwang sich, den Artikel noch einmal gründlich und konzentriert zu lesen. Es gab ein Foto von Vanessas Eltern, ein älteres Ehepaar, das sich am Arm hielt und ängstlich in die Kamera blickte. Vanessa sah keinem von ihnen ähnlich. Ihre Mutter war eine rundliche, attraktive, etwas altbackene Frau mit ordentlich gewelltem Haar und einem schlichten Kostüm. Eine Perlenkette zierte ihren Hals. Vanessas Vater trug einen Anzug, der vor zehn Jahren sicherlich gepasst hatte, jetzt aber etwas knapp saß. Seine beginnende Glatze versuchte er zu überkämmen. Auf Tom erweckten sie den Eindruck, als hätten sie sich extra für den Besuch des Zeitungsreporters zurechtgemacht. Ganz normale, einfache Leute, die vermutlich unglaublich stolz auf ihre wunderschöne, schillernde Tochter waren. Und am Boden zerstört, wenn sie von ihren Kontakten zur Drogenszene erfahren hätten. Die

Kramers machten einen freundlichen und sympathischen Eindruck. Der Anblick ihres Fotos war fast noch schwerer zu ertragen als der von Vanessa. Vanessa hatte täglich bei ihren Eltern angerufen oder war persönlich vorbeigekommen, berichteten sie. Von einem Tag auf den anderen herrschte Funkstille. Sie nahm weder das Telefon ab noch öffnete sie die Haustür, und auf ihrem Handy ging die Mailbox an. Die Polizei hatte die Tür zu ihrer Wohnung aufgebrochen, aber keine Hinweise auf ihren Aufenthaltsort gefunden. Es sah aus, als wäre sie kurz weggegangen.

»Wir wissen, dass ihr etwas zugestoßen ist«, wurde Vanessas Mutter zitiert. »Vanessa ist ein zuverlässiges Mädchen, sie hat sich immer gemeldet. Immer. Es ist nicht ihre Art, einfach unterzutauchen. Bitte helfen Sie uns, unsere Tochter zu finden!«

Tom rieb seine Schläfen.

»Warum steht da nichts von Curaçao?«, überlegte er laut.

»Ihre Eltern scheinen sie für ein Unschuldslamm zu halten«, erwiderte Harry. »Vanessa hat denen mit Sicherheit nichts von ihren Spezialreisen erzählt.«

»Wie lange war sie in Curaçao?«, fragte Tom.

»Wie lange dauert so eine Transaktion für gewöhnlich?«

Harry zuckte die Achseln. »Kann ich nicht genau sagen. Das Vorbereiten fürs Bodypacking und Hinunterschlucken der Bollos kann schon mal einen ganzen Tag dauern, aber wenn die Reise als Urlaub getarnt sein soll, wird sie wohl wenigstens eine Woche dort gewesen sein, denke ich.«

Unter dem Artikel stand die Telefonnummer der zuständigen Polizeibehörde mit der Bitte um Hinweise aus der Bevölkerung. Tom starrte zum Fenster. Es war egoistisch gewesen von ihm, so egoistisch. Er hatte nur an sich gedacht, als er die Tote im Wald ihrem Schicksal überließ. Es war unentschuldbar dumm gewesen, Harry zu rufen statt der Polizei. Das Foto und die Worte von Vanessas Eltern hatten ihn letztendlich überzeugt: Im Wald lag nicht einfach ein Drogenopfer, sondern ein Mensch, der über alles geliebt worden war. Jede Minute der Ungewissheit, des verzweifelten Wartens auf ein Lebenszeichen von Vanessa, musste für diese Eltern die reinste Folter sein. Sie hatten Gewissheit über den Verbleib ihrer Tochter verdient. Vielleicht war Vanessa ein verbrecherisches Miststück gewesen, aber um ihre Eltern hatte sie sich nichtsdestotrotz gekümmert.

Aber da war noch etwas, das er Harry fragen musste. »Liegt sie noch da, wo ich sie gefunden habe?«

»Ich habe sie weggebracht«, antwortete Harry.

»Wohin?«

»An einen sicheren Ort.«

Tom fragte nicht weiter. Jetzt war es definitiv zu spät, die Polizei zu informieren. Er würde damit leben müssen, dass er geschwiegen hatte.

Er zog die Zeitung an sich und zerriss das Titelblatt in kleinste Schnipsel.

»Papa?«

Tom fuhr erschrocken herum. Yasmin stand in der Tür und warf Harry einen schüchternen Blick zu.

»Komm rein, Prinzessin.«

»Warum hast du die Zeitung kaputt gemacht?«

»Weil … weil mal wieder jede Menge Mist darin steht«, sagte er gezwungen scherzhaft und kehrte die Papierfetzen mit den Händen zusammen.

»Komm, lass uns frühstücken.«

Yasmin setzte sich an den Tisch.

»Ich mache uns Eier«, sagte Harry. »Möchtest du Rührei oder Spiegelei, Yasmin?«

Sie schüttelte zögernd den Kopf. »Keins von beiden.«

»Mach dir keine Mühe. Ich habe keinen Hunger.«

Bei dem Gedanken an Rührei hätte sich Tom übergeben können. Der Zeitungsartikel lag ihm schwer im Magen.

Yasmin kramte in der Brötchentüte. »Papa, wo ist meine Zimtschnecke?«

»Die habe ich ganz vergessen, mein Schatz. Tut mir leid.« Tom beschmierte seiner Tochter eine Brötchenhälfte mit Erdbeermarmelade. Sie hielt die Hälfte mit beiden Händen und kaute schmatzend.

Harry zuckte die Achseln und räumte die Bratpfanne weg. Er hielt sich wie Tom an seinen Kaffee.

Das Schweigen wurde unangenehm. Yasmin hatte ihr Brötchen aufgegessen und malte mit ihrer Gabel unsichtbare Muster auf ihren Teller. Sie war ganz vertieft in dieses Spiel. Das Geräusch, das die Gabel verursachte, rief bei Tom eine Gänsehaut hervor. Leichenfinger, die an einem Sargdeckel kratzten: *Lasst mich heraus.*

»Wie lange bleibt Harry bei uns?«, fragte Yasmin nach einer Weile.

»Er reist heute ab«, antwortete Tom schnell. »Nach dem Frühstück.«

Harry warf ihm einen unergründlichen Blick zu.

»Hast du kein Haus?«, fragte Yasmin.

»Ich wohne in der Innenstadt«, antwortete Harry.

»Aber ich kann zur Zeit nicht in meine Wohnung. Ich habe … Handwerker. Der Boden wird neu gefliest.«

»Papa kann dir helfen. Du kannst Fliesen legen, nicht wahr, Papa?«

»Ja«, sagte Tom gedankenversunken.

»Dann helfen wir heute Harry!«

»Harry kommt sehr gut alleine klar«, sagte Tom. Er und Harry lieferten sich ein Blickduell über den Rand ihrer Kaffeetassen hinweg. »Wir wollten doch den Kaninchenstall bauen.«

»Ach so! Ja!«

»Du bekommst einen Kaninchenstall?«, fragte Harry. »Wo soll der aufgestellt werden?«

»Da vorne«, Yasmin deutete zum Fenster in Richtung Schuppen.

Harry durchblätterte die heil gebliebenen Überreste der Zeitung. Tom beobachtete ihn argwöhnisch. Er fürchtete, dass im Innenteil ein weiterer Artikel über Vanessa auftauchen könnte. Er hätte ihren Anblick nicht noch einmal ertragen. Aber Harry interessierte sich für die beiliegenden Werbeprospekte, fischte sie heraus und blätterte sie durch.

»Schau mal, Yasmin, was es im Baumarkt für ein schönes Kinderfahrrad gibt«, sagte Harry. »Hast du schon ein Fahrrad?«

»Nein«, sagte sie. »Ich darf erst fahren lernen, nachdem ich operiert worden bin.«

»Es ist gar nicht so teuer«, sagte Harry und zeigte erneut auf das Prospekt.

»Aber Mama sagt, ich darf nicht.«

»Du wirst bald behandelt werden, dann darfst du Fahrrad fahren. Dein Vater kauft dir eines.«

Tom knallte die Kaffeetasse auf den Tisch und starrte Harry böse an. »Was redest du da für einen Bockmist?«

»Das darf man nicht sagen. Es ist ein böses Wort«, murmelte Yasmin.

Harry ignorierte Tom. »Üben darfst du bestimmt schon. Wir passen beide auf, dass nichts passiert, dein Vater und ich. Nicht wahr, Tom?«

»Bitte, Papa!«, bettelte Yasmin.

»Nein«, sagte Tom. »Wenn Mama es nicht möchte, kaufen wir kein Fahrrad.« Er wandte sich an Harry. »Du wolltest doch gehen.« Er stand auf und räumte seinen unbenutzten Teller in den Schrank.

Erneut herrschte Schweigen am Tisch. Yasmin hielt den Kopf gesenkt und schniefte leise. Auf schlechte Stimmung reagierte sie sehr sensibel. Harry schien überhaupt nicht zu bemerken, dass er nicht erwünscht war. Wenn er so weitermachte, würde Tom ihn hinauswerfen müssen. Es würde zu harten Worten kommen, die er Yasmin ersparen wollte.

»Ich möchte mit meiner Puppe spielen.« Yasmin stand auf und ging in ihr Zimmer. Tom hörte ihre Schritte auf der Treppe und stand auf, um ihr zu folgen.

»Wo willst du hin?«, fragte Harry.

Tom antwortete nicht. Er folgte Yasmin in ihr Zimmer. Sie saß auf dem Bett und kämmte ihrer Puppe mit einer kleinen Bürste die Haare.

»Was wollen wir heute machen?«, fragte er und setzte sich zu ihr aufs Bett. »Sollen wir mit dem Kaninchenstall anfangen?«

»Ja«, sagte sie. »Sehr gerne.«

»Wir müssen aber nochmal los. In den Baumarkt.«

»Dorthin, wo es das Fahrrad gibt?«

Tom seufzte. Harry, du Idiot, dachte er. »Ja. Wir brauchen Bretter für den Stall. Aber, Yasmin, ich muss dich warnen. Die Arbeit ist ziemlich langweilig.«

»Das macht nichts«, sagte sie. »Ich schaue dir zu.«

Tom half Yasmin beim Zähneputzen. Gemeinsam suchten sie frische Sachen aus ihrem kleinen Koffer. Yasmin schlüpfte in rosa Shorts und ein weißes

T-Shirt und benutzte noch einmal die Toilette, als Tom sie darum bat.

Unten räumte Harry gerade die Spülmaschine ein.

»Zieh die Tür einfach hinter dir zu, wenn du gehst«, sagte Tom zu ihm. Das war klar und unmissverständlich. Harry sollte verschwinden. Er brachte eine Unruhe herein, die nicht gut war. Und er erinnerte ihn an Vanessa. Tom konnte das Gesicht seines Freundes nicht ertragen. Wo Harry Vanessas Leichnam hingeschleppt hatte, und was er mit ihr getan hatte, wollte er sich gar nicht ausmalen.

Ohne ein Wort des Abschieds verließ er mit Yasmin das Haus.

*

Im Eingangsbereich des Baumarktes standen die beworbenen Fahrräder. Yasmin stellte sich andächtig daneben und streichelte den Lenker und den Sattel. Bittend schaute sie zu Tom auf.

»Ein Fahrrad wäre schon toll«, sagte sie. »Das wäre fast genauso gut wie ein Kaninchen.«

Tom überlegte. In seiner Straße am Waldrand herrschte kaum Verkehr; dort könnte Yasmin das Fahren üben, ohne dass groß etwas passieren konnte. Er würde sowieso neben ihr herlaufen müssen. Außerdem sparte er sich die Arbeit an dem Stall in dem von der sengenden Sonne prall aufgeheizten Schuppen. Aber er fürchtete Streit mit Jenny. Sie

110

würde sich fürchterlich aufregen, wenn er gegen ihren Willen eines kaufte.

Doch das war nicht der einzige Grund. Ein Fahrrad kostete Geld, das er nicht hatte. Dazu kamen die Gedanken, was Mädchen auf Fahrrädern alles passieren konnte. Zum Beispiel konnten sie angefahren werden. Von Autofahrern, die sich nicht einmal die Mühe machten, auszusteigen und nachzusehen, was passiert war. Sondern das Gaspedal durchdrückten und sich aus dem Staub machten, so schnell es ging, und ein schwer verletztes Mädchen im Straßenstaub liegend zurückließen.

Damit war er wieder bei Vanessa. Ob sie noch eine Zeitlang gelebt hatte? Alleine im Wald, sterbend, sich vor Schmerzen windend, während sich Füchse und Dachse näherten und an ihr schnupperten, und Insekten über ihr Gesicht krabbelten?

»Papa?«

»Du bekommst kein Fahrrad«, sagte Tom schroff. Und dann etwas versöhnlicher: »Komm, wir holen die Bretter für den Kaninchenstall.«

»Ist gut«, sagte Yasmin. Sie schob ihre kleine Hand in seine, damit sie ihren Papa zwischen den Regalreihen nicht verlor, und hielt sich daran fest. Tom lud alles, was er für den Stall benötigte, auf einen Wagen und bezahlte an der Kasse. Dabei dachte er, dass er mit dem kleinen Fahrrad nicht viel teurer weggekommen wäre. Er musste unbedingt Arbeit finden, wenn er Yasmin hin und wieder etwas bieten wollte.

Du kannst viel schneller zu Geld kommen, flüsterte eine Stimme ihm zu. *Du hast eine Goldgrube gefunden. Wenn du schlau bist, behältst du den Schatz.*

Tom lud die Sachen in den Kofferraum und setzte sich auf den Fahrersitz. Die Temperatur im Wagen schien dreihundert Grad zu betragen. Trotzdem fuhr Tom nicht gleich los. Er dachte immer noch an Vanessa und an den Zeitungsartikel. Warum hatte sie ihren Eltern nicht erzählt, dass sie verreiste? Der Kurierdienst war als Urlaub getarnt gewesen, aber wenn man der Zeitung Glauben schenken konnte, hatten sie nichts davon gewusst. Vanessa hätte sich doch für ein paar Tage bei ihnen abgemeldet, damit sie sich keine Sorgen machten. Konnte man sich hundertprozentig darauf verlassen, was die Redaktion abgedruckt hatte?

Spielte es überhaupt eine Rolle?

Ja, das tat es, entschied er.

»Yasmin?«

»Ja?«

»Wir müssen einen kleinen Umweg machen.«

»Oh, nein«, stöhnte sie. »Ich habe Durst.«

»Es dauert nicht lange. Versprochen. Danach essen wir zu Mittag und dann fange ich mit dem Stall an.«

Tom ließ den Wagen an und fuhr durch die Stadt bis zum Bahnhof. Dort bog er in die Straße ein, die Vanessa nach Harrys Theorie entlanggelaufen sein musste. Warnschilder wiesen auf die gefährlichen

Kehren hin, dazu gab es Hinweistafeln auf Wildwechsel.

Als Tom die Kurve erreichte, hielt er am Straßenrand an und schaltete das Warnblinklicht ein. Es war kein anderes Fahrzeug zu sehen, und ihnen war auch keines entgegengekommen. Tom holte das Warndreieck aus dem Kofferraum und stellte es ein Stück weit hinter dem Wagen auf die Straße.

Es gab weder einen Seitenstreifen noch eine Parkbucht. Warum, zum Teufel, hatte Vanessa diesen Weg gewählt? Mit einer derart heißen Fracht im Leib? Die Straße bildete zwar die direkte Strecke vom Bahnhof zu dem Stadtviertel, in dem Szabo wohnte. Aber warum hatte Vanessa kein Taxi genommen? Oder jemanden angerufen, der sie abholte?

»Bleib im Auto sitzen«, sagte er zu Yasmin und kontrollierte die Kindersicherung. »Du darfst auf keinen Fall aussteigen. Ich bin gleich fertig.«

»Ist gut.«

Tom suchte die Fahrbahn nach Spuren eines Unfalles ab, konnte aber keine entdecken. Keine Scherben eines zertrümmerten Scheinwerfers, keine Reifenrückstände, keine Lacksplitter. Wie war das möglich? War der Fahrer zurückgekehrt, um alle Spuren zu beseitigen? Als Tom mit Harry hier gewesen war, hatte er überhaupt nicht darauf geachtet. Ganz durcheinander wegen dem Fund der Leiche, hatte er daran gar nicht gedacht. Aber Spuren eines Unfalles wären ihm aufgefallen. Harry hätte sie mit Sicherheit bemerkt. Schließlich hatten sie die Straße an dieser Stelle abgesucht.

Tom öffnete den Kofferraum und nahm eine der Holzleisten, die er im Baumarkt gekauft hatte, heraus. Schwungvoll warf er die Leiste die Böschung hinab. Sie überschlug sich einmal und blieb nach wenigen Metern im Dickicht hängen. Er kletterte hinunter, holte mühsam die Leiste wieder hoch und versuchte das Ganze noch einmal. Nach wenigen Metern knallte die Leiste gegen einen Baum.

»Papa, warum wirfst du das Brett in den Wald?«, rief Yasmin durch das geöffnete Autofenster.

»Ich will nur etwas ausprobieren. Bin gleich soweit.« Seine Tochter hielt ihn sicherlich für komplett verrückt.

Tom räumte die Holzleiste in den Kofferraum zurück. Er beeilte sich, einzusteigen, weil er zügig weg wollte. In der Kurve stand er äußerst ungünstig. Dennoch: Wenn Yasmin nicht dabei gewesen wäre, wäre er die Böschung hinuntergeklettert, um nachzuschauen, ob Vanessas Leichnam wirklich nicht mehr dort lag.

Tom hatte eine neue, befremdliche Erkenntnis gewonnen. Es war kaum möglich, einen größeren Gegenstand die Böschung hinunter zu werfen. Dazu wuchs das Gestrüpp zu dicht. Wie es sich nach einem wuchtigen Aufprall verhielt, wusste er nicht. Aber dabei hätte Vanessa am ganzen Körper Kratzer, Schrammen und Blessuren davontragen müssen, wenn sie durch das Gebüsch geschleudert worden wäre, und das war nicht der Fall. Tom erinnerte sich an ihre glatten Beine, im Tod grau verfärbt, aber unversehrt. Makellos, ohne einen Kratzer.

Hier stimmte etwas nicht.

Wie war Vanessa an den Fuß der Böschung gekommen?

»Papa, fahren wir jetzt heim?«, fragte Yasmin vom Rücksitz. »Mir ist heiß.«

»Natürlich.« Er ließ den Motor an und fuhr los.

*

Toms Smartphone lag auf dem Küchentisch. Das Display glotzte ihn vorwurfsvoll an und zeigte vier entgangene Anrufe. Alle von Jenny.

Er rief zurück. Sie meldete sich nach dem ersten Klingelton.

»Ich habe mir fürchterliche Sorgen gemacht. Warum nimmst du nicht ab?«

»Wir sind gerade aus dem Baumarkt zurück. Ich wollte dich sowieso anrufen.« Das war gelogen. Jenny hatte er ausnahmsweise völlig vergessen. Seine Gedanken kreisten um Vanessa und um Harrys Theorie des Autounfalls, an die er nicht mehr glaubte.

Ihr Schweigen klang wie das Luftholen für einen Anschiss, der es in sich hatte, also sprach er schnell weiter, um ihr zuvorzukommen. »Hier ist alles bestens. Wie ist London so?«

115

»Es ist wunderbar. Es würde dir gefallen.«

»Das würde es bestimmt.«

»Ist das Mama?«, fragte Yasmin.

»Ich gebe sie dir mal«, sagte Tom. Er verabschiedete sich von Jenny und reichte Yasmin erleichtert den Hörer. Eine heile Welt vorzugaukeln, fiel ihm ungemein schwer. Tom Merten, du musst dich ablenken, dachte er. Was da draußen geschehen ist, geht dich nichts an. Du musst deine dumme Nase nicht in irgendeine Drogenfehde hineinstecken. Kümmere dich lieber um deine Tochter und baue ihr diesen Stall, den sie sich so sehr wünscht.

Ihm graute vor dem Schuppen, und er war ziemlich sicher, dass es Yasmin in der stickigen, warmen Luft schnell langweilig werden würde. Vermutlich würde sie irgendwann im Garten spielen und er würde alleine am Stall arbeiten. Hoffentlich konnte er dabei wenigstens abschalten.

Yasmin plauderte fröhlich am Telefon mit Jenny. Tom trat hinaus auf die Veranda. Er durchquerte den Garten und griff nach dem Blumentopf. Der Schlüssel war weg. Tom suchte den Boden unter dem Fensterbrett ab, aber der Schlüssel war nirgends zu finden.

Das Gespräch mit Yasmin von gestern Abend fiel ihm ein. Sie hatte gesagt, die Tür des Schuppens sei angelehnt gewesen. Tom versuchte, sie zu öffnen, aber sie blieb verschlossen.

Er wischte mit dem Handrücken den Staub von der Scheibe und presste das Gesicht dagegen. Innen brannte Licht. Sein Herzmuskel verkrampfte sich schmerzhaft, als ihm einfiel, was Yasmin gestern Abend gesagt hatte.

Im Schuppen liegt ein totes Tier. Es riecht dort nach Stinker.

Tom ballte die Hand zu einer Faust und schlug gegen die Tür. »Mach sofort auf«, sagte er.

Innen hörte er Schritte. Der Riegel wurde aufgeschoben und die Tür geöffnet. Harry stand vor ihm und wirkte sehr schuldbewusst.

7
Jenny

Jenny flog zum ersten Mal in der Business-Class und hielt es für eine bombastische Erfahrung.

In der Economy-Class war sie sich immer vorgekommen wie in einer Sardinenbüchse. Nun, in diesem gigantischen, mit feinem Leder bezogenen Monstrum von einem Sessel hingegen fürchtete sie, zu verschwinden. Sie konnte bequem ihre Beine und die Arme ausstrecken, ohne ihrem Sitznachbarn den Ellbogen in die Seite zu rammen. Klein wie ein Kind kam sie sich in diesem Sessel vor, und sie staunte die ganze Zeit wie eines über die ungewohnte Aufmerksamkeit, die man ihr zukommen ließ. Auf längeren Flügen ließ sich der Sitz zu einem Bett umklappen, hatte Diana, ihre persönliche Flugbegleiterin, ihr erklärt. Nicht, dass Jenny das Bedürfnis hätte, auch nur ein Nickerchen zu machen. Diesen Luxus würde sie garantiert nicht verschlafen, und sie bedauerte, dass die Maschine bis zum Londoner Flughafen Heathrow nicht einmal zwei Stunden brauchte.

Wie eine Drohne um die Bienenkönigin schwirrte Diana um sie herum und versuchte ihr jeden Wunsch von den Augen abzulesen, den man auf einem so kurzen Flug äußern konnte. Zum ersten Mal in ihrem Leben trank Jenny Champagner, der nicht aus der vorweihnachtlichen Angebotspalette eines Discounters stammte. Sie bedankte sich immer wieder überschwänglich für diese ungewohnte Aufmerksamkeit, was Diana mit freundlich-professionellem Lächeln und bescheidenem Augenaufschlag quittierte.

Anfangs schämte sich Jenny für ihre billigen Klamotten. Sie war sicher, dass man ihr die einfachen Verhältnisse, aus denen sie stammte, an der Nasenspitze ansah. Aber hoch über den Wolken schien sich niemand für ihre ausgewaschenen Jeanshosen und die fadenscheinige Bluse zu interessieren. Jenny schwebte im wahrsten Sinne des Wortes im siebten Himmel.

Wenn nur Yasmin das erleben könnte, dachte sie. Wie ihr kleines Mädchen staunen würde!

Jenny hatte keine Ahnung, wie viel die Tickets gekostet hatten. Sie traute sich nicht, Ray danach zu fragen, denn sie war sicher, dass es sich um eine unanständig hohe Summe handelte, snobistische Geldverschwendung für eine Stunde und dreißig Minuten, inklusive hypermoderne Lounge und Rundumbetreuung am Flughafen, eine kurzfristige Hochstimmung für ihr Selbstwertgefühl, die sie durchaus genießen konnte - wenn sie versuchte, nicht darüber nachzudenken, was man mit dem Geld Wichtigeres anstellen könnte. Für Yasmins Crosslinking würde der Ticketpreis nicht reichen, aber es wäre eine fette Anzahlung.

Sie beugte sich hinüber zu Ray. Ihr neuer Freund hatte die Rückenlehne zurückgeklappt und döste halb liegend vor sich hin, mit der Bordzeitschrift über dem Gesicht. Für ihn war das hier alles selbstverständlich. Sein Glas Champagner stand unberührt vor ihm auf dem Tischchen.

»Ich glaube, die verwechseln da was«, zischte sie ihm zu, als sich keine der Flugbegleiterinnen in Hörweite aufhielt. »Die scheinen mich für Queen Elizabeth zu halten.«

Ein stahlblaues Auge linste unter der Zeitschrift hervor. »Wie kommst du darauf?«

»Na ja, wegen dem ganzen Aufhebens, das um uns veranstaltet wird.«

Ray brummte etwas Unverständliches und verschwand wieder unter der Zeitschrift. Kurz überlegte Jenny, das Glas von seinem Tisch zu schnappen und seinen Champagner auszutrinken, aber sie war sowieso schon viel zu aufgedreht. Nicht nur die Vorfreude auf diesen Städtetrip und die Begeisterung über die exzellente Betreuung in der Business-Class ließen ihren Puls wesentlich höher schlagen, sondern auch die Sorge trieb sie um. Zum ersten Mal ließ sie Yasmin so lange alleine.

Yasmin hatte schon einmal bei ihrer besten Freundin Isabel übernachtet und hin und wieder bei ihren Großeltern, aber Jenny war noch nie ohne ihre Tochter verreist. Und Yasmins Besuche bei Tom konnte sie an den Fingern abzählen. Nicht, dass Jenny ihrem Ex nicht vertraute. Sie wusste, Tom würde sich Mühe geben, den Aufenthalt für das Mädchen so angenehm wie möglich zu gestalten. Er liebte seine Tochter, das ließ sich nicht abstreiten.

Als Jenny unerwartet schwanger wurde, hatte sie sich eingeredet, dass ein Mann wie Tom kein guter Vater sein konnte. Ewig pleite, pendelte er von Gelegenheitsjob zu Gelegenheitsjob. Mittlerweile lebte er von Hartz IV, was ihn auch nicht weiter zu stören schien.

Abends saß er auf der Veranda, hörte Musik von irgendwelchen Hardrock-Bands und schaute stundenlang den Bäumen zu, deren Kronen sich sanft im Wind bewegten. So einen Vater hatte sie sich für ihr kleines Mädchen nie vorgestellt.

Aber er war nun einmal Yasmins Vater. Und Jenny hatte Tom einmal geliebt.

Zeit, sich von den Grübeleien abzulenken. Sie beugte sich hinüber und knuffte Ray in die Seite. Die Zeitung fiel von seinem Gesicht und landete auf dem Boden. Diana eilte geflissentlich herbei und hob sie auf.

»Isst du nichts?«, fragte Jenny und zeigte auf den leeren Porzellanteller auf ihrem Tisch.

»Flugzeugessen rühre ich nicht mal mit der Kneifzange an.«

»Es hat ausgezeichnet geschmeckt«, sagte sie. »Du müsstest mal das Essen in der Economy-Class probieren. Du schmeckst keinen Unterschied, egal ob du gerade das Essen im Mund hast oder die Pappschachtel.«

»Lieber würde ich aus dem Flugzeug springen.«

Jenny schmunzelte. Ray übertrieb es ein bisschen. Sie musste an den Grillabend letzte Woche auf der Terrasse seiner todschicken Penthouse-Wohnung denken, wo er eifrig damit beschäftigt war, die Rumpsteaks – natürlich vom Charolais-Rind – zuzubereiten. Yasmin hatte sich vor dem halbrohen Inneren geekelt und das teure Fleisch nicht essen wollen. Sie mochte gegrillte Würstchen viel lieber, was Ray überhaupt nicht verstehen konnte.

Die elfengleiche Diana tauchte vor ihr auf. »Wir landen in zwanzig Minuten«, sagte sie. »Wünschen Sie noch einen Snack?«

»Kein Platz mehr drin.« Jenny klopfte auf ihren Bauch. Sie lehnte sich in ihrem Monstersessel zurück und schnallte sich an.

*

Das Hotelzimmer war überaus komfortabel. Modern und trotzdem heimelig, mit einem Bett, so breit, dass eine halbe Fußballmannschaft darin Platz gefunden hätte, und einem Panaromafenster, das einen Blick auf die nächtliche Skyline der Londoner City bot. Der Abend dämmerte; in den Fenstern der Wolkenkratzer flammten nacheinander die Lichter auf wie Sterne an einem klaren Abendhimmel. Jenny betrachtete diesen wimmelnden Moloch von einer Stadt und fühlte sich ein bisschen fehl am

Platz. Sie hatte unwahrscheinliche Sehnsucht nach ihrer Tochter.

Yasmin würde es hier gefallen. Wie sie in diesem riesengroßen Bett herumtollen würde! Sie würde es mit Vergnügen als Trampolin benutzen.

Als Ray den Vorschlag gemacht hatte, nach London zu fliegen, hatte er wie selbstverständlich nur von ihnen beiden gesprochen. Jenny hätte gerne den Vorschlag gemacht, Yasmin mitzunehmen, aber an Rays Reiseplanung erkannte sie deutlich, dass ihre Tochter auf diesem Städtetrip seiner Meinung nach nichts zu suchen hatte. Den leisen Groll darüber hatte sie zunächst hinuntergeschluckt. Viele Frauen, die sie kannte, machten hin und wieder Urlaub von der Familie und fuhren ein paar Tage weg. Aber unabhängig von ihrer finanziellen Situation, die das bisher nicht zugelassen hatte, war das für Jenny nie in Frage gekommen. Als alleinerziehende Mutter eines Mädchens auf dem Weg zur Erblindung sah sie das ein wenig anders als ihre lebenslustigen, unbekümmerten Freundinnen.

Jetzt dachte sie darüber nach, warum sie Ray nicht einfach gefragt hatte, ob sie nicht zu dritt fliegen sollten. Sie hatte sich nicht getraut. Du hattest Angst, dass er nein sagt, dachte sie. Mit dieser direkten Antwort, dieser Ablehnung, hätte sie nicht umgehen können. Feige war sie der Frage aus dem Weg gegangen.

Ray trat von hinten an sie heran und umarmte sie.

»Wie gefällt es dir?«

»Ich möchte mal eben zuhause anrufen«, sagte Jenny.

»Zuhause?«

»Zuhause ist da, wo mein Kind ist«, sagte sie ein bisschen angriffslustig.

»Du solltest abschalten und die Reise genießen. Deine Tochter liegt doch sowieso schon im Bett, oder nicht?«

Sie heißt Yasmin, dachte Jenny. »Ich möchte wissen, ob es ihr gut geht.«

»Natürlich geht es ihr gut.«

Ray hatte keine eigenen Kinder und konnte ihre mütterliche Besorgnis nicht nachvollziehen. Er konnte nicht verstehen, dass man sich auch dann um sie sorgte, wenn sie friedlich im Bett lagen und schliefen und eigentlich gar nichts passieren konnte. Vielleicht war sie überfürsorglich, aber Jenny würde sich erst entspannen können, wenn sie noch einmal ein paar kurze Worte mit Tom gewechselt hatte.

»Ich habe Hunger«, sagte Ray. »Wollen wir ins Restaurant gehen?«

Sein fehlendes Verständnis ärgerte Jenny. Aber sie sagte nichts.

»In Ordnung.«

Jenny war noch von dem Essen im Flugzeug satt und wäre am liebsten auf dem Zimmer geblieben. Hätte sich in das wunderbar weiche und breite Bett gelegt, aus dem Fenster geschaut und telefoniert.

Mit Yasmin. Dummerweise schlief Yasmin sowieso bereits. Nun stell dich nicht so an, du undankbare Pute, schimpfte sie sich selbst. Andere Frauen können nur davon träumen, in ein solch schickes Hotel im Herzen Londons eingeladen zu werden.

*

Im Restaurant entschuldigte sich Jenny bei Ray und suchte die Toilette auf. Sie betrat eine Kabine, um ungestört telefonieren zu können, und wählte Toms Nummer. Es klingelte lange, bis er endlich den Hörer abnahm.

»Was gibt es, Jenny?«

»Ich wollte fragen, ob alles in Ordnung ist.« Sie saß auf dem hinuntergeklappten Deckel der Toilette und malte mit den Spitzen ihrer Sneakers unsichtbare Kringel auf die stilvollen Bodenfliesen. Aus ebenso unsichtbaren Lautsprechern hauchte Elvis Presley »Can't help falling in love with you«.

»Ja, es ist alles in Ordnung.«

So hörte er sich aber gar nicht an. Tom klang gereizt. »Yasmin hat schon geschlafen. Das Telefon hat sie geweckt.«

Aha. Der Teilzeitpapi war gestresst.

»Du solltest den Klingelton leise stellen, wenn sie ins Bett geht.«

»Werde ich nachher tun. Seid ihr gut angekommen?«

»London bei Nacht ist beeindruckend«, sagte sie.

»Wir sind in einem sehr schönen Hotel. Ich habe noch nicht einmal ausgepackt. Wir wollen gleich etwas essen. Wenn wir noch etwas bekommen. Aber ich glaube schon.«

Tom gab keine Antwort. Er ist anders als sonst, dachte sie. Die Sorge kochte in ihr hoch.

»Was ist los mit dir?«, fragte sie nervös.

»Es ist schon nach elf!« Vorwurfsvoll. Er führte sich auf, als hätte sie den Vorschlag gemacht, gemeinsam noch einen Marathon zu laufen.

»Herrgott, Tom! Wir sind gerade angekommen. Ich wollte mich einfach nur vergewissern, ob ihr einen schönen Tag verbracht habt. Und ob es Yasmin gut geht.«

»Natürlich«, sagte er. »Bitte entschuldige. Wir waren im Zoo. Yasmin hat es gut gefallen. Übrigens haben wir Julia getroffen.«

»Du klingst genervt«, sagte sie. »Du bist es halt nicht gewohnt, dass rund um die Uhr ein Kind da ist, das deinen Tagesablauf bestimmt.«

»Also, mit Yasmin ist alles bestens«, sagte er.

»Willst du sie sprechen? Das Klingeln hat sie eh geweckt.«

Es fiel Jenny schwer, abzulehnen. Aber sie kannte den chaotischen Schlaf-Wach-Rhythmus eines kleinen Mädchens zur Genüge. Ihre Stimme würde Yasmins Adrenalinspiegel in die Höhe treiben, sodass Tom seine liebe Mühe hätte, sie innerhalb der nächsten Dreiviertelstunde zurück ins Bett zu verfrachten.

»Ich rufe morgen wieder an. Sieh zu, dass sie schläft.«

»In Ordnung.«

Sie stellte sich ihn vor, wie er nervös mit dem Telefon in der Hand hin und her tigerte, mit diesen beiden kleinen Sorgenfalten auf seiner Stirn, die auftauchten, wenn ein Gerät in seiner Werkstatt kaputtging oder irgendetwas nicht so funktionierte, wie es sein sollte. Obwohl die Beziehung Jahre zurücklag, fühlte sie eine enge Vertrautheit. «Gute Nacht, Tom«, sagte sie leise.

Jenny steckte ihr Handy in die Handtasche und verließ die Kabine. Eine ältere Lady mit silbergrauem Haar wusch sich die Hände. Jenny nickte höflich. Sie wandte sich dem Waschbecken zu, in Gedanken bei ihrem Telefonat. Etwas war ganz und gar nicht in Ordnung. Sie hatte es Tom angehört. Er war kein guter Schauspieler, er war leicht zu durchschauen. Tom war ein ausgeglichener Mensch; bei allem Mist, den er in seinem Leben gebaut hatte, hatte er stets sein geduldiges und freundliches Wesen bewahrt. Heute hatte er regelrecht aggressiv geklungen, eine Abwehrhaltung, die sie sich nicht erklären konnte. Hatte es etwa mit Yasmins Besuch zu tun? Aber warum? Yasmin war ein liebes Kind, keines, das grundlos Dinge kaputtmachte oder Lügen erzählte oder sonst irgendwelchen sinnlosen Stress verbreitete. Und Tom hatte sich schon so lange gewünscht, dass sie ihn über mehrere Tage hinweg besuchte. Schließlich hatte er ihr dafür eigens ein Zimmer eingerichtet.

Was also war los?

Und wie fühlte sich Yasmin mit einem derart gereizten Vater?

Sie bemerkte, dass die ältere Lady sie von der Seite betrachtete. Sie hob den Kopf und versuchte, freundlich zu lächeln, in Erwartung auf Smalltalk. Where do you come from, und so weiter. Aber sie wurde überrascht.

»Are you okay?«, fragte die Lady. »You seem sad to me.«

»I'm alright, thank you«, stotterte Jenny überrumpelt.

»No«, sagte die Lady. «I think you aren't.«

Sie sagte leise noch etwas, das Jenny nicht verstand, aber es schien, als spürte die Lady Jennys inneren Zwiespalt. Jenny murmelte »Excuse me«, und beeilte sich, aus dem Waschraum zu kommen. Sie fühlte sich unangenehm durchschaut.

Ray blickte ihr erwartungsvoll entgegen. »Ich habe den Wein schon bestellt«, sagte er.

»Schön.«

»Gott, habe ich einen Hunger«, sagte er. »Ich denke, ich nehme das Lamm.«

Bei dem Gedanken an das Fleisch eines unschuldigen, wolligen Lämmchens, das ängstlich blökend seinem viel zu frühen Lebensende entgegenblickte, drehte sich ihr Magen um. Sie öffnete die Speisekarte und überlegte, welche Kleinigkeit sie essen könnte. Vielleicht einen Salat? Sie hatte überhaupt keinen Hunger, außerdem wusste sie, dass sie vor Völlegefühl kaum würde schlafen können, wenn sie jetzt noch etwas Festes zu sich nahm. Aber Ray gegenüber wäre es unhöflich.

Der Kellner brachte die Flasche und schenkte Ray einen kleinen Schluck Weißwein ein. Ray nippte an dem Wein und zog ihn mit einem schlürfenden Geräusch durch die Zähne. Jenny senkte den Blick. Sie kannte sich nicht gut mit Wein aus, trank ihn zwar ganz gerne, für sie existierten im Prinzip aber nur die zwei Sorten »schmeckt gut« und »schmeckt mir nicht so gut«. Mit diesen Ritualen, die Weinkenner für unverzichtbar hielten, konnte sie sich nicht anfreunden. Es wirkte snobistisch auf sie.

Ray nickte anerkennend, und der Kellner schenkte ihnen beiden Wein ein. Jenny probierte einen kleinen Schluck. Er gehörte der Kategorie »schmeckt gut« an. Mehr aber auch nicht, dachte sie, und dabei kostete die Flasche bestimmt eine ordentliche Stange Geld.

»Du hast lange gebraucht«, sagte Ray.

»Ich habe telefoniert. Ich wollte wissen, wie es Yasmin geht.«

»Ach so.« Ray ließ seinen Blick gelangweilt durch das Restaurant schweifen. Du könntest wenigstens fragen, ob mit Yasmin alles okay ist, dachte Jenny.

»Ihr Vater war so komisch am Telefon. Ich weiß nicht recht …«

»Dieser Merten.« Ein spöttisches Lächeln stahl sich in Rays Mundwinkel.

»Ja«, sagte Jenny. »Ich hätte gar nicht anrufen sollen. Jetzt bin ich unruhiger als zuvor. Ich hoffe, dass es Yasmin gut geht. Er klang gereizt. Das kenne ich sonst nicht von ihm.«

»Er ist eifersüchtig.«

»Ach, ich weiß nicht.« Wenn er wüsste, dass ich hier mit einem Mann sitze, wäre er es garantiert, dachte sie. »Vielleicht dachte er, ich wolle ihn kontrollieren.«

»Vielleicht wolltest du das ja auch. Du befürchtest, dass er sich nicht anständig um das Mädchen kümmert.«

»Doch, das tut er. Ich weiß es. Aber – Yasmin könnte ja auch krank werden. Fieber bekommen oder so.«

Rays Handy klingelte. »Entschuldige«, sagte er und nahm das Gespräch an.

Jenny fühlte sich mit ihren Sorgen alleingelassen. Sie wusste natürlich, dass Ray als Geschäftsmann immer erreichbar sein musste. Aber während sie sich zum Telefonieren diskret auf die Toilette zurückgezogen hatte, plärrte er unbeirrt am Tisch in den Hörer. Ray drehte sich von ihr weg. Seine Körperhaltung sprach Bände: Was er seinem Gesprächspartner sagte, ging sie nichts an.

»Der Fisch hängt also am Haken?«, fragte Ray mit einem zufriedenen Lächeln. »Das ist ja wunderbar.«

Jenny wusste nicht, wohin mit ihren Händen, und spielte mit ihrem Weinglas. Verstohlen schaute sie sich im Restaurant um. Auf dem Tisch lag eine Menge Besteck, und sie hoffe, sich nicht allzu sehr zu blamieren, wenn sie nach der falschen Gabel griff. Wie war das nochmal, von rechts nach links oder von links nach rechts? Aber sie wollte doch sowieso nur einen Salat.

»Was denn für ein Fisch?«, fragte sie.

»Was meinst du?«

»Du sagtest am Telefon, ein Fisch hinge am Haken.«

Ray winkte ab. Er hatte wohl keine große Lust, mit ihr geschäftliche Probleme zu diskutieren. Jenny blickte ihn erwartungsvoll an. »Es interessiert mich einfach, was du machst.«

»Ein Mitarbeiter gibt mir einmal täglich einen kurzen Lagebericht. Wir haben unseren eigenen Slang. Es würde dich langweilen.«

Jenny gab auf. Mehr würde sie nicht aus Ray herausbekommen. Sie fühlte sich irgendwie unwohl in diesem Restaurant, das mit den wuchtigen Kristallgläsern und der handbestickten Tischwäsche so ganz anders war als die urige Pizzeria daheim um die Ecke mit den Bierflecken auf den Holztischen, wo sie mit Yasmin hin und wieder essen ging. Sie hatte das Bedürfnis, zu reden, um sich abzulenken.

»Ich werde morgen früh gleich noch einmal zuhause … bei Tom anrufen«, sagte sie. »Wenn ich selbst mit Yasmin gesprochen habe, bin ich beruhigt. Hoffentlich ist alles in Ordnung.«

»Sicher ist es das«, sagte Ray. »Und nun genieße unseren ersten Abend in London.«

Das Essen wurde serviert. Jenny stocherte lustlos in ihrem Salat. Sie ärgerte sich ein bisschen, weil Ray ihre Ängste einfach so abtat. Oder übertrieb sie? Sie war nun einmal Mutter, und wegen ihrer Sehschwäche hielt sie Yasmin für besonders schutzbedürftig. Jenny plagte ein schrecklich schlechtes Gewissen, weil sie ihre Tochter übers Wochenende alleine ließ. Ihre Freundinnen hatten da viel weniger Probleme. Die scharwenzelten ständig in der Weltgeschichte herum und brachten die Kinder irgendwo unter. Ich hätte das öfter machen sollen, dachte Jenny, dann wäre es jetzt nichts so Ungewohntes. Ich sollte öfter auf Tom zurückgreifen.

Momentan konnte sie selbst nicht verstehen, warum sie ihm die Besuche ihrer gemeinsamen Tochter so häufig verweigerte. Er hätte ihre Sorge verstanden, dachte sie, und beobachtete Ray, wie er sich im Restaurant umsah, während er sich seinen Lammrücken schmecken ließ. Seine Blicke schweiften umher, nahmen alles auf. Nur mich sieht er nicht, dachte Jenny. Ich zerbreche mir den Kopf, und es scheint ihm ziemlich egal zu sein.

»Iss etwas«, sagte er nach einer Weile und zeigte auf ihren kaum angerührten Salat.

»Um diese Uhrzeit habe ich selten Appetit.«

»Daher deine wundervolle Figur.« Er strahlte sie an. Jenny lächelte und versuchte, sich zu entspannen. Später im Hotelzimmer, in diesem herrlichen, überbreiten Bett, gelang es ihr endlich. Ray war für sie da und er half ihr dabei.

*

Am nächsten Vormittag frühstückten sie ausgiebig. Jenny stellte fest, dass ihr das English Breakfast durchaus zusagte. Ihr Appetit war zurückgekehrt. Sie verdrückte mit Begeisterung Ham and Eggs und einen Bagel und trank Unmengen feinen schwarzen Tee. Sie wählte Toms Nummer, aber niemand nahm ab.

»Ich glaube, ich brauche einen Verdauungsspaziergang«, sagte sie.

Ray tupfte sich geziert mit der Stoffserviette den Mund ab. »Wollen wir ein bisschen an der Themse entlangschlendern?«

»Gerne.«

Die Londoner Morgenluft war kühl, und Jenny, die an die brütende Hitze der letzten Wochen in Deutschland gewöhnt war, fröstelte. Ray legte beschützend einen Arm um ihre Schultern und zog sie an sich, und sie genoss seine Wärme.

»Ich habe nur leichte Kleidung dabei«, sagte sie.

»Ich war einfach davon ausgegangen, dass das Wetter in Großbritannien ebenfalls hochsommerlich ist. Mit Regen hätte ich gerechnet – einen

Schirm habe ich eingepackt -, aber nicht, dass es kalt ist.«

»Dann gehen wir eben shoppen. In London kann man das ausgezeichnet.«

Für Ray war alles ganz einfach. Er hatte genügend Geld, um mal eben etwas zu kaufen, was ihm gefiel. Jenny hingegen musste jeden Cent umdrehen. Und selbst dann kam sie auf keinen grünen Zweig. Sie ahnte, dass ihr Koffer auf der Heimreise einige neue Kleidungsstücke enthalten würde. Ray verhielt sich sehr großzügig ihr gegenüber.

Sie bogen ab in eine Shopping Mall. Vor einem Juweliergeschäft hielt Ray inne. Im Schaufenster lag ein Ring. Ein wunderschöner, zierlicher Ring aus Platin mit einem tropfenförmigen blauen Edelstein.

»Sieh ihn dir an«, sagte Ray. »Er ist wie für dich gemacht.«

»Wir wollten nach einem warmen Kleidungsstück schauen, nicht nach einem Ring.«

»Gefällt er dir?«

»Er ist prächtig«, murmelte sie. »Der Preis ist es auch.« Ein winziges Preisschild, kaum lesbar, zeigte einen vierstelligen Betrag. Aber Ray schien das nicht zu interessieren. Er trat nervös von einem Bein auf das andere, wie ein Rennpferd, das gleich aus seiner Box preschen darf. »Lass uns hineingehen«, sagte er.

»Nein, Ray, bitte nicht!«

Aber Ray betrat bereits das Juweliergeschäft. Jenny blieb nichts anderes übrig, als ihm hinterherzueilen, um ihn daran zu hindern, mal eben mehrere Tausend Pfund für sie auszugeben.

»Ray, bitte!«

Ray unterhielt sich bereits angeregt mit dem Juwelier, der eifrig den Ring aus der Auslage holte und ihn Jenny auf einem samtenen Tuch präsentierte. Sie hatte keine Chance. Ray nahm ihre linke Hand und streifte ihr den Ring über den Finger.

»Es ist ein bisschen altmodisch, aber ich finde, wir sollten uns verloben.«

»Ray!«

»Der Ring passt wunderbar. Genau die richtige Größe.«

Jennys Herz klopfte vor Aufregung hoch im Hals, während der Juwelier das Pendant für den Mann heraussuchte und die Ringe in kostbar aussehende Schachteln verpackte. Ray bezahlte mit seiner Kreditkarte. Jenny fühlte sich überrumpelt und wusste nicht so recht, wie sie sich verhalten sollte.

»Wir kennen uns gerade einmal ein paar Wochen«, sagte sie atemlos, als sie wieder draußen waren. Der Ring war wirklich wunderschön, aber viel zu exquisit für eine einfache Frau, die sonst nur preiswerten Modeschmuck trug. Sie versuchte, sich einzureden, dass der Ring sich auffällig von ihren gewöhnlichen Klamotten abhob. Aber sie musste zugeben, dass das nicht stimmte. Der Ring stand ihr hervorragend. Als gehörte er an ihren Finger, wäre speziell für ihn angefertigt worden.

Trotzdem.

»Ein paar wundervolle Wochen kennen wir uns«, antwortete Ray. »Und jetzt hör auf, zu diskutieren, ich will nichts davon hören. Ich habe dir ein Geschenk gemacht, du hast es angenommen. Die Sache ist erledigt.«

»Dankeschön«, flüsterte sie. »Vielen Dank.« Aber wirklich überzeugt war sie nicht. Sie hatte das Gefühl, dass sie diesen Ring nicht verdiente.

Sie schlenderten gemächlich durch die City, ohne viel miteinander zu reden. Jenny ließ ihren Gedanken freien Lauf. Von ihren Freundinnen wurde sie um ihren gut betuchten Lover beneidet. Wie Tom war sie in sehr einfachen Verhältnissen aufgewachsen und sehnte sich nach finanzieller Absicherung. Nicht wegen Sterne-Hotels oder der Business-Class oder einem wertvollen Schmuckstück: Auf so etwas konnte sie verzichten, wenn sie es auch durchaus zu schätzen wusste. Sondern wegen der Zukunft ihrer Tochter Yasmin, der sie so gar nichts bieten konnte.

Jenny fragte sich, ob sie und Ray überhaupt zusammenpassten. Es war wie im Märchen. Sie, die hübsche, aber arme Kirchenmaus, und der wohlhabende Besitzer mehrerer Bars und Diskotheken, der sich in sie verliebt hatte. Der ihr jeden Wunsch von den Augen ablas. Das Aschenputtel und der Prinz. Sie hatte Ray in einer Bar bei einem Glas Wein mit einer Freundin kennengelernt, als er am Nachbartisch saß. Er hatte sie angesprochen und sich schnell zu einem hartnäckigen Verehrer entwickelt. Jennys Freundin kannte Ray vom Sehen und meinte, er sei eine regionale Berühmtheit, während Jenny noch nie von ihm gehört hatte. Für regionale Berühmtheiten hatte sie sich bisher wenig interessiert. Seit einigen Wochen war sie mit Ray zusammen, und nun verbrachten sie ihren ersten gemeinsamen Urlaub: Drei Tage London mit allem Drum und Dran. Einfach so.

Jenny sollte sich fühlen wie eine Königin, aber das Gegenteil war der Fall. Wollte sie sich überhaupt verloben? Nach der kurzen Zeit? Und war Ray der Richtige?

Warum hatte er sie nicht gefragt? Sie mochte es nicht, wenn über ihren Kopf hinweg bestimmt wurde.

Ray hatte es bestimmt nicht so gemeint, aber sie versuchte, sich vorzustellen, wie Tom sich bei einem Antrag angestellt hätte. Bestimmt hätte er schüchtern herumgedruckst und ihr einen billigen Ring präsentiert, bei einem Picknick im Wald, aneinander gekuschelt auf einer verschlissenen Picknickdecke, mit Vogelgezwitscher und dem Summen von Bienen und dem Gefühl, dass zwischen den Bäumen Rehe und Wildschweine das verträumte Geschehen beobachteten. Es wäre romantisch und liebevoll und sie wäre gefragt worden. Nicht einfach gekauft oder genommen, mit Hilfe eines teuren Geschenks.

Tom hätte sie *gesehen*.

Ich sollte dankbar sein, dass Ray so großzügig ist und mir das hier ermöglicht, dachte sie. Stattdessen spukte Tom in ihrem Kopf herum. Tom und die kurze Zeit, die sie miteinander verbracht hatten vor ein paar Jahren.

Schon zweimal hatte sie versucht, bei Tom anzurufen, aber da meldete sich niemand. Womöglich waren sie doch an den See gegangen. Sicherlich war alles in Ordnung. Aber woher kam nur dieses unbestimmte Gefühl, dass das nicht der Fall war? Tom war so abweisend gewesen, gestern Abend. Es war ungerecht von ihr gewesen, das sie ihm vorgeworfen hatte, mit dem Besuch des Mädchens überfordert zu sein. Ob er sauer auf sie war und deswegen den Hörer nicht abnahm? Nein, das war nicht seine Art, so kindisch führte Tom sich nicht auf. Er war nicht nachtragend, und Yasmin wartete doch auch bestimmt auf ihren Anruf.

»Was ist los mit dir?«, fragte Ray und riss Jenny aus ihren Gedanken. »Wir sind gerade an einigen Straßenkünstlern vorbeigekommen, und du hast keinen von ihnen bemerkt. Träumst du?«

»Tut mir leid«, stieß Jenny hervor. »Ja, ich glaube, ich träume. Das ist gerade alles schrecklich viel für mich …«

»Warum?«

Wie sollte sie ihm das beschreiben? Dieses Gefühl des Hin- und Hergerissenseins?

Momentan überwogen die Sorgen um Yasmin. Jenny hatte ein schlechtes Gefühl, das sie sich nicht

erklären konnte, und sie wusste, dass Ray ein Mann
war, der unerklärliche Gefühle mit einem verständ-
nislosen Kopfschütteln abtat. Aber sie hielt es nicht
mehr aus.

»Ich muss noch einmal zuhause anrufen«, sagte
sie.

»Lass uns in das Café da vorne gehen, dort
kannst du in Ruhe telefonieren.«

Jenny eilte voraus, setzte sich an einen kleinen
Tisch und holte das Handy hervor. Sie wollte gerade die Kurzwahltaste drücken, als ihr Handy klingelte. Tom, stand im Display.

»Ich habe mir fürchterliche Sorgen gemacht. Warum nimmst du nicht ab?«, sprudelte sie ohne eine
Begrüßung hervor.

»Wir sind gerade aus dem Baumarkt zurück. Ich
wollte dich sowieso anrufen.«

Der Kellner trat an ihren Tisch und schaute sie
erwartungsvoll an. Jenny winkte unwirsch ab.

»Hier ist alles bestens. Wie ist London so?«

»Es ist wunderbar. Es würde dir gefallen.«

»Das würde es bestimmt.«

»Ist das Mama?«, fragte Yasmin im Hintergrund.

»Ich gebe sie dir mal«, sagte Tom. Endlich bekam
Jenny die Gelegenheit, mit ihrer Tochter zu sprechen. Erleichtert atmete sie auf.

Es raschelte im Hörer. »Hallo?«, sagte ein piepsiges
Stimmchen.

»Yasmin, ich bin es. Mama.«

»Hallo, Mama!«

Ray hob demonstrativ die Achseln, als wollte er sagen: Siehst du, es ist alles bestens.

»Wie geht es dir, Schätzchen?«

»Gut. Wir waren heute im Baumarkt und haben uns ein Fahrrad angeschaut.«

»Ein Fahrrad. Soso.«

»Ein rotes.«

»Ich habe es schon öfter bei euch probiert«, sagte Jenny. Geht es dir gut?«

»Hmm.« Yasmin schniefte. »Geht so.«

Jenny horchte auf. »Yasmin, ist alles okay?«

»Ja. Aber ich freue mich, wenn du nach Hause kommst. Ich habe Heimweh nach dir.«

»Es heißt Sehnsucht, Schätzchen. Die habe ich auch. Und wie. Morgen Abend sehen wir uns wieder.«

»Erst.«

Jenny hörte, wie die kindliche Stimme etwas zittrig wurde. »Das geht ganz schnell vorüber. Es ist doch schön bei Papa!«

»Dieses Mal nicht so. Er schreit ganz laut.«

Jenny fuhr hoch. »Was sagst du da?«

»Er schreit ganz laut mit Harry herum. Er will ihn hinauswerfen, aber Harry weiß doch gar nicht, wo er hin soll.« Sie begann zu weinen.

Meine Güte, dachte Jenny, was ist bei denen los? Sie konnte sich nicht erinnern, Tom jemals laut gehört zu haben.

»Ich will mit deinem Vater sprechen«, sagte sie.

»Jetzt gleich.«

»Ich traue mich nicht raus!«

»Jetzt gleich, Yasmin!«

»Okay, Mama«, sagte Yasmin. »Ich gebe ihn dir mal.«

Ray spielte an seiner Armbanduhr herum und warf gelangweilte Blicke durch das Café. Der Kellner kam erneut auf sie zu. Jenny beachtete ihn nicht.

Es raschelte im Hörer. Jenny vernahm Hintergrundstimmen: Yasmin war nach draußen gegangen und kam den beiden Streithähnen näher. Jenny strengte sich an, aber sie konnte nicht verstehen, was gesagt wurde. Sie hörte zwei unterschiedliche Männerstimmen, die plötzlich verstummten. Es dauerte ein paar Sekunden, dann hörte sie Tom, der Yasmin bat, ins Haus zu gehen. Wieder raschelte es, als Yasmin den Hörer weiterreichte. Jenny hörte Toms hektischen Atem in der Leitung.

»Tom, was ist bei euch los?«, fragte sie erregt.

»Was soll bei uns los sein?«

»Ist Harry bei euch?«

»Ja, er ist hier.«

»Yasmin sagte, du hättest mit ihm geschimpft. Sie hat sich erschrocken.«

»Ähm … wir haben heftig diskutiert. Es ging um das Fußballspiel neulich.«

Jenny wusste, dass Tom sich nicht die Bohne für Fußball interessierte. Sie schwieg.

»Yasmin geht es gut«, sagte er.

»Ganz sicher?«

»Es tut mir leid, wenn ich laut geworden bin. Ich wollte Yasmin keine Angst einjagen«, sagte er. »Wie geht es dir?«

»Bis eben gerade ging es mir gut.« Sie überlegte.

»Tut mir leid, das war ein blöder Gesprächsanfang. Mir gefällt es richtig gut in London, aber ich vermisse Yasmin mehr, als ich dachte. Ich hatte mir eingebildet, die drei Tage würden wie im Flug vergehen, aber jetzt kommt es mir wie eine kleine Ewigkeit vor, bis ich meine Tochter wieder in die Arme schließen kann.«

»Wir haben ein tolles Wochenende«, sagte Tom ohne jegliche Begeisterung. Für Jenny klang er alles andere als überzeugend. »Wir wollten gerade mit dem Kaninchenstall anfangen.«

»Und es ist wirklich alles in Ordnung? Vermisst sie ihre Mami?«

»Kein bisschen. Ich glaube, sie hat dich schon vergessen.« Er lachte gekünstelt. »Jenny, es ist alles bestens. Willst du mit Yasmin sprechen?«

»Ich habe gerade mit ihr gesprochen, und sie ist gar nicht glücklich, dass Harry bei euch ist und ihr euch ständig anmeckert. Du hättest mir sagen können, dass er bei dir übernachten wollte.«

»Ich hatte es vergessen. Harry wollte sowieso gerade gehen.«

»Tom, was stimmt nicht mit dir?«

»Gar nichts. Blödsinn, ich meine natürlich, es stimmt alles.«

»Soll ich den Urlaub abbrechen und nach Hause kommen? Es würde mir nichts ausmachen.«

»Nein, wozu? Das brauchst du nicht. Es ist alles in Butter. Habe ich doch gesagt.«

Jenny überlegte.

»Nun gut«, sagte sie dann. »Ich rufe später nochmal an.«

»Okay.«

»Bis nachher.« Sie legte auf.

Der Kellner kam an den Tisch. Jenny bestellte einen Cappuccino.

»Du benimmst dich alles andere als damenhaft«, sagte Ray und machte sich an seinen Eiskaffee.

Jenny zuckte die Achseln. »Gib dem Kellner halt ein ordentliches Trinkgeld«, sagte sie barsch. Ray blieb gelassen, und sie bekam ein schlechtes Gewissen. Sie war unfair. Ray wollte ihr mit diesem Urlaub eine Freude bereiten. Es war nicht in Ordnung, dass sie ihre Gereiztheit an ihm ausließ. Das hatte er nicht verdient.

»Du bist nachdenklich«, sagte Ray plötzlich.

»Geht es dir nicht gut?«

»Irgendetwas stimmt bei Tom und Yasmin nicht. Ich spüre das.« Sie spielte an ihrem Ring herum.

»Ich kann es nicht genau erklären. Ich weiß, du hältst es für Unfug …«

»Ich würde es niemals wagen, die weibliche Intuition in Frage zu stellen.«

Jenny schaute auf. »Du glaubst mir?«

»Natürlich glaube ich dir. Ich merke es schon die ganze Zeit. Du bist nicht bei der Sache. Was stimmt denn nicht bei ihnen?«

Jenny seufzte. »Wenn ich das wüsste. Yasmin hat am Telefon erzählt, dass Harry Roeder zu Besuch ist und es zu einem Streit gekommen sei. Zum Teil habe ich das mitbekommen, weil die beiden so laut geworden sind. Ich habe keine Ahnung, worum es dabei ging, aber Yasmin hat Angst bekommen. Und Tom kenne ich alles andere als streitlustig. Warum brüllt er seinen Freund an, wenn Yasmin bei ihm zuhause ist?«

Ray schwieg. Als er zu merken schien, dass sie auf Antwort wartete, sagte er: »Ich weiß es nicht, Darling.«

»Ich werde heute Nacht kein Auge schließen können.«

»Wollen wir zurückfliegen? Heute noch?«

Jenny seufzte. Irgendwie fühlte sie sich verpflichtet, in diesem Urlaub nach Rays Wünschen zu funktionieren. Jetzt, mit dem edlen Verlobungsring am Finger, noch viel mehr als vorher.

»Das will ich dir nicht antun«, sagte sie.
»So hat unser Urlaub keinen Wert«, sagte Ray.

»Lass uns heute noch zurückfliegen. Aber unter einer Bedingung.«

»Die wäre?«

»Die Reise wird nachgeholt. Und dann bringst du deine Tochter bei einem anständigen Babysitter unter.«

Sie heißt Yasmin, dachte Jenny. Das weißt du doch.

»Gut«, sagte sie. »Ist gut.« Sie wollte aufstehen, aber Ray hielt sie zurück.

»Wir müssen noch bezahlen. Mach du das«, er zog seine Geldbörse aus der Hosentasche. »Ich buche uns derweil einen Flug.« Er begann zu telefonieren. Jenny wischte eilig die Tränen aus ihren Augen und winkte dem Kellner.

8
Tom

Es roch wie in einer Grabkammer. Die Luft war stickig, warm und gesättigt mit faulig-süßlichen Duftstoffen. Genauso roch es, wenn sich im Garten ein Tier zum Sterben unter einem Strauch verkroch und dort tagelang vor sich hin moderte, bis Tom den Kadaver entdeckte.

An der rechten Seite der Schuppenwand hingen, ordentlich aufgereiht, Toms Gartengeräte, eine Schaufel und eine Harke; daneben stand ein defekter Rasenmäher. Auf der linken Seite schimmelte eine ausrangierte Couch vor sich hin, die Tom an die kurze, glückliche Zeit seiner Kindheit, als sein Vater noch bei ihnen gelebt hatte, erinnerte, und die er wegzuwerfen nicht übers Herz brachte. Daneben lagerten mehrere Rollen große blaue Plastikmüllsäcke. Sie waren neu und gehörten da nicht hin. Der Mistkerl Harry war also gestern im Baumarkt gewesen. Deswegen hatte er so lange zum Einkaufen gebraucht.

Toms Werkbank nahm einen großen Teil der hinteren Schuppenwand ein. Harry hatte sie mit einer Plastikplane abgedeckt und Müllsäcke darauf ausgebreitet, auf denen die grausige Attraktion ruhte. Vanessa lag aufgebahrt wie in einem offenen Sarg. Ihr Kopf war leicht zur Seite geneigt, die gebrochenen Augen starrten an die Decke. Ihr linker Fuß ragte über den Rand der Werkbank hinaus.

Harry stand daneben und glotzte ihn an wie ein Schüler, der von seinem Lehrer bei einem unerlaubten, abscheulichen Experiment erwischt wurde.

Toms Gedanken fuhren Karussell. Er drehte sich um und trat aus dem Schuppen hinaus, um der stinkenden, toten Luft zu entgehen, und atmete mehrmals tief ein und aus. Er wollte Harry die Faust ins Gesicht rammen, ihm die Zähne einschlagen, die Nase brechen. In seinem Körper tobte eine ohnmächtige Wut, ein Wunsch nach roher Gewalt, wie er ihn nie zuvor erlebt hatte.

Im Augenwinkel nahm er eine Bewegung wahr. Harry war neben ihn getreten. Langsam drehte sich Tom zu seinem Freund um.

Harry stand mit in die Hüften gestemmten Händen da und blickte ihn herausfordernd an. Bereit, sich zu verteidigen.

»Bring sie zurück«, sagte Tom, mühsam beherrscht. »Dorthin, wo du sie gefunden hast. Auf der Stelle.«

»Wir brauchen deine Werkstatt. Anders kommen wir nicht an das Kokain heran. Wie soll ich sie denn operieren, wenn sie mitten im Wald liegt? Das ist doch Scheiße.«

»*Das hier* ist Scheiße!«, brüllte Tom. »Wie konntest du mir das antun? Es ist mein Haus, verdammt noch mal. *Mein* Schuppen. Nicht deiner. Du willst unbedingt das Kokain, also schaff die Frau weg und sieh selber zu, wie du an das Zeug herankommst. Aber schaff sie hier raus, sonst raste ich aus, Herrgott!«

»Schrei nicht so!«, zischte Harry. »Es ist unser Kokain, nicht meins. Du hast mich zu der Leiche geführt.«

»Ich will nichts mehr damit zu tun haben.« Tom schüttelte energisch den Kopf.

»Jetzt ist es zu spät«, sagte Harry. »Denk an das Geld, Tom. Denk an deine Tochter.«

»Meine Tochter«, Tom trat zwei Schritte auf Harry zu, der vorsichtig, in Habachtstellung, zurückwich. »Meine Tochter wird nicht noch einmal in die Nähe einer Leiche kommen, hast du das kapiert? Du schaffst alles raus. Auf der Stelle. Vanessa und das, was du sonst noch angeschleppt hast.« Er zeigte auf die Müllsackrollen. »Und ich werde dir nie wieder vertrauen, Harry, denn das, was du hier treibst, geht entschieden zu weit, nicht nur einen Schritt, sondern mehrere Kilometer.«

»Deine Tochter war übrigens gestern Abend hier drinnen«, sagte Harry. »Du musst dafür sorgen, dass sie nicht noch einmal hereinkommt.«

»Ich muss dafür sorgen?«, brüllte Tom. »Ich? Du schleppst eine Leiche in mein Haus und sagst mir rotzfrech ins Gesicht, dass ich sie gefälligst vor meiner Tochter verstecken soll?«

Er bemerkte, dass Harry einen nervösen Blick auf seine Fäuste warf. Sie waren geballt, die Knöchel standen spitz hervor. Er war kurz davor, Harry zu schlagen, zum ersten Mal in seinem Leben.

»Sei nicht so laut, Tom, bitte!«, sagte Harry beschwörend.

Tom schloss die Augen. Nimm dich zusammen, sagte er sich, und denk nach. Harry hatte recht. Es brachte nichts, wenn jemand die Polizei rief, weil Tom die ganze Straße zusammenbrüllte.

»Okay«, sagte er, »Okay. Genauso, wie du Vanessa hergeholt hast, bringst du sie auch wieder weg. Ich will kein Geld von dir, selbst wenn du einen Goldschatz findest. Ich gebe dir eine Stunde Zeit, zu verschwinden. Trage sie in den Wald und vergrabe sie irgendwo. Und wenn du damit fertig bist, kommst du zurück und machst sauber. Du wirst alles abschrubben, hast du das kapiert? Ganz, ganz gründlich. Und dann kaufe ich eine neue Werkbank, denn diese hier will ich nicht mehr haben.«

»Du kriegst die beste und teuerste Werkbank, wenn ich das Kokain verkauft habe. Das bin ich dir schuldig.«

»Ich will nicht die beste und teuerste Werkbank. Ich will einfach nur eine Werkbank, auf der keine tote Frau gelegen hat.« Toms Stimme brach. Er stand kurz davor, in Tränen auszubrechen. Tom Merten wollte weinen. Um das Mädchen, das hier lag, um das Leben, um das sie gebracht worden war. Und um das, was mit ihrer Leiche passierte, worin er, ohne es zu wollen, verwickelt worden war. Sein Heim, seine Zufluchtsstätte, war entweiht. Und sein bester Freund, sein einziger Freund, hatte ihn aufs Übelste verraten.

Toms Jugend war eine Welt voller Gesetzeswidrigkeiten gewesen. Er hatte gedealt und geklaut wie ein Rabe. Das konnte er nicht aus seiner Vergangenheit streichen, auch wenn es mehrere Jahre zurücklag. Aber hier, in diesem Haus, auf diesem Grundstück, war es immer rechtschaffen zugegangen. Das war jetzt vorbei. Harry hatte einen Eimer voll Dreck über diesem windschiefen Fachwerkhäuschen am Rande der Stadt ausgeleert, und er war in alle Ritzen geflossen. Dieser Stempel würde Toms Zuhause für immer anhaften. Vanessa würde Spuren zurücklassen, selbst wenn er und Harry noch so gründlich schrubbten und aufräumten. Tom würde immer Vanessa vor sich sehen, wenn er den Schuppen betrat, Vanessa ausgestreckt auf der Werkbank, mit ihrem gebrochenen, anklagenden Blick und ihrem schrecklichen Geheimnis, das sie in sich trug.

Harry hatte Toms Zuhause zerstört.

»Überleg doch mal«, sagte Harry in seine tosenden Gedanken hinein. »Dein Schuppen ist bestens ausgestattet. Hier habe ich alles, was ich brauche. Gib mir ein paar Stunden Zeit. Bitte. Ich verspreche dir: Bis morgen früh habe ich das Dope. Ich schaffe Vanessa von hier fort und räume gründlich hinter mir auf. Ich passe auf, dass nichts zurückbleibt. Mach dir keine Sorgen!«

»Ich soll mir keine Sorgen machen?«

»Sei leise! Du schreist schon wieder. Vanessa ist nun mal hier. Wenn ich sie jetzt wegschaffe, war alles für die Katz. Wenn du mir hingegen drei, vier Stunden Zeit lässt, bis ich das Kokain habe …«

»Hast du überhaupt eine Ahnung, was du mir da eingebrockt hast?«

»Unser Deal bleibt bestehen. Du kriegst die Hälfte.«

»Wir hatten nie einen Deal.«

»Warte ab, bis du das Geld in den Händen hältst und deiner Tochter sagen kannst, dass du ihr die teure Behandlung bezahlst.«

»Lass Yasmin da raus«, sagte Tom. »Lass sie um Gottes willen aus dem Spiel.«

»Es ist helllichter Tag«, sagte Harry beschwichtigend. »Ich kann Vanessa nicht hier hinaustragen, selbst wenn ich es wollte. Irgendjemand würde mich garantiert dabei beobachten. Gib mir Zeit bis heute Abend. Wenn es dunkel ist, bringe ich sie von hier weg, ob ich das Kokain habe oder nicht.«

Tom schloss die Augen. Er musste zugeben, dass Harry recht hatte. Sie konnten die Leiche nicht bei Tageslicht aus der Scheune schaffen. Auch dann nicht, wenn sie sie mit Plastikfolie oder einem Teppich oder sonst was umwickelten: Die Gefahr, gesehen zu werden, war zu groß. Eine junge Frau wurde vermisst, die Leute in der Stadt hielten die Augen offen. Zwei Typen, die ein mannsgroßes Paket ins Auto verluden, würden verdächtig erscheinen. Tom konnte nun überhaupt nicht mehr nachvollziehen, warum er nicht einfach die Polizei gerufen hatte. Seine Bedenken vom Vortag kamen ihm mittlerweile gehaltlos und banal vor. Die Bullen hätten ihn verhört nach allen Regeln der Kunst, das war klar, aber es gab keinerlei Beweise, dass Tom etwas mit der Tat zu tun hatte. Sie hätten ihn getriezt und gepiesackt, aber sie hätten ihn laufen lassen müssen. Es gab eine Person, die bestätigen konnte, dass Tom täglich diese Strecke ablief: Jenny. Sie kannte auch die Stelle, wo Vanessa im Laub gelegen hatte.

Genau dort war ihre gemeinsame Tochter gezeugt worden. Wieso musste er jetzt daran denken?

Er drehte sich zu Harry um.

»Sobald es dunkel ist«, sagte er. »Dann ist sie weg. Und du wirst wiederkommen und alle Spuren beseitigen. Wenn ich noch irgendein Fitzelchen finde, das auf Vanessa hinweist, bringe ich dich um.«

Harry wurde blass. Er schluckte. Sein Adamsapfel vollführte einen Sprung Richtung Kinn und zurück.

»Hinter dir«, sagte er.

»Das ist mein Ernst.«

»Tom! Deine Tochter!«

Tom verstand zuerst gar nicht, was Harry meinte. Nach einigen Sekunden machte es Klick. Langsam drehte er sich um. Ein eiserner Ring legte sich um seinen Oberbauch und zog sich schmerzhaft zusammen. Yasmin stand auf der Veranda und hielt den Telefonhörer ans Ohr gepresst.

»Ja, Mama«, sagte sie mit weit aufgerissenen Augen. »Ich gebe ihn dir.«

Nein, nicht jetzt, Jenny, dachte Tom, ich kann nicht mit dir sprechen, es tut mir leid, das geht momentan gar nicht.

Yasmin kam zögernd näher. Sie ließ Tom nicht aus den Augen, als wäre er ein Tier, ein aggressiver Hund, der jeden Moment zuschnappen konnte. Seine Tochter hatte Angst vor ihm. So hatte sie ihn noch nie angeschaut. Was hatte sie mitbekommen? Und was hatte Jenny am Ende der Leitung von ihrem Gespräch aufgeschnappt?

Er nahm Yasmin den Hörer aus der Hand. »Geh ins Haus, Prinzessin«, sagte er und strich ihr übers Haar. Seine Stimme bebte. »Sieh mal im Küchenschrank nach. Ich habe Marshmallows.«

Yasmin drehte sich um und ging gehorsam über die Veranda in die Küche.

Tom hielt den Hörer ans Ohr. Er setzte mehrmals zum Sprechen an, wusste aber nicht, wie er anfangen sollte. Jenny war außer sich. Sie hatte von dem Wortwechsel anscheinend nichts verstanden, aber Geschrei gehört, und sie war stinkig, weil er ihr nichts von Harrys Besuch gesagt hatte.

»Yasmin ist gar nicht glücklich, dass Harry bei euch ist und ihr euch ständig anmeckert. Du hättest mir sagen können, dass er bei dir übernachten wollte«, rief sie erregt in den Hörer.

Es fiel Tom schwer, sie zu beruhigen, da er selbst völlig aufgebracht war.

»Wir haben ein tolles Wochenende«, stammelte er. »Harry ist am Gehen. Wir wollten gerade mit dem Kaninchenstall anfangen.« *Vergiss es,* quäkte eine hämische Stimme in seinem Ohr. *Die Werkbank ist außer Betrieb. Wurde zum Friedhof umgewandelt.*

»Soll ich den Urlaub abbrechen und nach Hause kommen? Es würde mir nichts ausmachen«, sagte sie.

»Nein, wozu? Das brauchst du nicht.« *Bitte, Jenny, leg endlich auf,* dachte er, *ich halte dieses Theaterstück nicht mehr lange durch.*

Morgen war Sonntag. Morgen Abend würde Jenny sowieso herkommen und Yasmin abholen. Er fragte sich, wie er die Welt bis morgen Abend wieder in Ordnung bringen sollte. Es war ein Ding der Unmöglichkeit.

»Es ist alles in Butter. Habe ich doch gesagt.«

Jenny schwieg eine ganze Weile. »Nun gut«, sagte sie dann. »Ich rufe später nochmal an.«

»Okay.«

»Bis dann." Jenny legte auf.

Harry stand die ganze Zeit mit hängenden Armen daneben. Tom ließ ihn einfach stehen, drehte sich um und ging zurück ins Haus. Yasmin saß am Küchentisch und blätterte in dem Prospekt mit dem Kinderfahrrad.

»Hast du mit Harry geschimpft, weil er nicht weggehen will?«, fragte sie leise.

»Ja.« Und dann dachte Tom, dass ihr das vielleicht Angst einjagen könnte, und er sagte: »Harry hat sich die Werkbank ausgeliehen. Er will einen Schrank für seine Wohnung bauen. Wir können heute noch nicht mit dem Stall anfangen.«

»Okay.« Sie blätterte weiter. Ihre Nase küsste fast das Papier. Er würde mit Yasmin verschwinden müssen, aber wohin? Das Mädchen sollte nicht hier sein, in der Nähe dieses Schuppens, wo eine Leiche darauf wartete, geschändet und ausgeweidet zu werden.

Ich sollte sie schnappen und mit ihr an den See fahren, dachte er. Aber er wollte Harry auf keinen Fall alleine in seinem Schuppen lassen. Es war sein Grund und Boden, sein Haus, und was hier passierte, lag irgendwie in seiner Verantwortung.

Yasmin fing an zu weinen. »Ich will zu meiner Mama«, sagte sie. Tränen kullerten über ihre Wangen und tropften auf das Supermarktprospekt wie kleine Perlen.

»Oh, Prinzessin.« Tom nahm sie in den Arm. Es kostete ihn Überwindung, ruhig zu wirken, denn alles in ihm drängte danach, in den Schuppen zu gehen und Harry anzuschreien, etwas gegen die Wand zu werfen. *Mach das weg, mach das Ding im Schuppen weg, es ist böse, es hat dort nichts zu suchen.*

»Mama kommt morgen Abend, ja? Die Zeit geht ganz schnell vorbei. Du wirst sehen.«

»Es ist noch die ganze Nacht und ein ganzer Tag«, schniefte Yasmin. »Das geht nicht schnell vorbei.«

Tom seufzte. »Ich weiß, dass es gerade nicht so läuft, wie du es erhofft hattest. Du bist enttäuscht von unserem Wochenende, nicht wahr?«

»Nein. Es ist, weil du geschrien hast.«

»Ich werde nicht mehr schreien. Versprochen.«

Yasmin fing erneut an zu weinen. Tom nahm sie in die Arme, aber sie wollte sich gar nicht beruhigen. Für das Mädchen musste es furchtbar sein: Sie hatte sich gefreut, ein ganzes Wochenende mit ihrem Vater zu verbringen, und nun ging es gewaltig in die Hose. Wegen Harry. Tom hatte sich alle Mühe geben wollen, seine Rolle gut zu spielen, um Jenny zu überzeugen, dass er ein guter Vater war. Und nun das. Yasmin würde ihn vielleicht nie wieder besuchen wollen. Oder, wenn sie Jenny erzählte, dass ein fremder Mann nachts in ihr Zimmer gekommen war, würde sie nie wieder herkommen dürfen.

Tom warf einen Blick zum Fenster. Die Tür zum Schuppen war geschlossen. Wusste der Himmel, was Harry dort gerade trieb.

Yasmin schaute mit tränennassen Augen zu ihm auf. »Rufst du Mama an? Sie soll kommen und mich holen. Bitte.«

Es hatte keinen Sinn. Seine Tochter hatte hier nichts zu suchen. Nicht, solange eine Leiche auf dem Grundstück lag. Nicht, solange Harry hier herumschwirrte, der anscheinend völlig durchgedreht war. Tom würde nichts anderes übrig bleiben, als dafür zu sorgen, dass Harry Vanessa wegbrachte und alle Spuren beseitigte, sobald es dunkel war. Er würde hinterher sein müssen, und das konnte er nicht, solange sich Yasmin hier aufhielt. Yasmin war dabei schlicht und einfach im Weg. Es war viel zu gefährlich für das Mädchen. Wenn sie etwas mitkriegte …

Dieses Wochenende war seine Chance als Vater gewesen. Er hatte sie bereits nach weniger als vierundzwanzig Stunden versaut. Yasmin würde nie wieder zu ihm kommen dürfen, und Jenny würde sauer sein, wenn er sie aus dem Urlaub zurück zitierte. Stinksauer. Das musste er angesichts der katastrophalen Situation, die sich in seinem Schuppen abspielte, vernachlässigen. Tom verspürte Hass auf Harry, der bis gestern sein bester Freund gewesen war. Nicht nur, weil er dem toten Mädchen das antat und Tom damit in schlimme Bedrängnis brachte, sondern auch, weil er dieses einzigartige Wochenende mit seiner Tochter versaute.

Yasmins Kopf lag auf seiner Schulter. Tom schob sie behutsam von sich. Die Haare hingen ihr ins Gesicht. Sie war eingeschlafen. Ihr Mund stand leicht offen, und sein T-Shirt war an der Stelle, wo sie gelegen hatte, vollgesabbert.

Er nahm seine Tochter auf die Arme und trug sie vorsichtig die Treppe hinauf in ihr Zimmer, wo er sie ins Bett legte. Yasmin war gestern viel zu lange wach gewesen. Er hätte sich denken können, dass sie irgendwann einschlafen würde. Er zog ihr die Schuhe aus und stellte ein Glas Wasser auf den kleinen Nachttisch neben die Barbie-Puppe. Dann wartete er sicherheitshalber ein Weilchen, ob sie nicht gleich wieder aufwachte, aber Yasmin schlief tief und fest. Das war die Lösung. Wenn sie mehrere Stunden am Stück durchschlief, könnte Tom es vielleicht schaffen, Harry und sein grausiges Mitbringsel aus dem Haus zu befördern, ohne dass sie etwas davon mitkriegte.

Er stand auf, ging die Treppe hinunter und aus dem Haus durch den Garten auf den Schuppen zu.

9

Tom

Tom ließ die Tür des Schuppens nicht aus den Augen, als fürchtete er, sie könnte jeden Moment aufgestoßen werden. Ein Gespenst könnte herauskommen, eine tote junge Frau, umweht von Plastikplanen und Müllsäcken, den Mund zu einem stummen Schrei aufgerissen wie bei einer Scream-Maske. Sie würde auf ihn zukommen, bereit, ihn für das, was mit ihr passierte, zu verschlingen. Ihre Augen würden ihn anschauen, ohne zu blinzeln. Die ganze Zeit. Bis nichts mehr von ihm übrig war. Er starrte auf den Riegel der Schuppentür. Wenn er sich bewegte, würde Tom vor Grauen tot umfallen. Zögernd streckte er die Hand danach aus.

Die Neonleuchten an der Decke des Schuppens tauchten Vanessas Leichnam erbarmungslos in kaltes Licht. Die Haut schien grauer als gestern, und ihr Körper begann aufzutreiben. Die zuvor eingefallenen Wangen blähten sich auf. Leichengas, dachte Tom. In der aufgestauten Hitze des Schuppens durchlief die Tote die Stadien der Verwesung in Höchstgeschwindigkeit. Es stank bestialisch.

Harry saß neben der Werkbank auf einem Schemel und trank Coca-Cola aus einer Dose. »Ich habe die Cola aus dem Kühlschrank genommen«, sagte er. »Es war die Letzte. Ich hatte solchen Durst. Tut mir leid.«

Er entschuldigt sich wegen einer Cola-Dose, dachte Tom, aber dass er mir eine Leiche samt Drogendeal unterjubelt, scheint ihm kaum etwas auszumachen.

»Wo ist deine Tochter?«, fragte Harry.

»Sie ist eingeschlafen.«

»Schieb den Riegel vor. Nicht, dass sie noch einmal hereinkommt. Hat sie eigentlich irgendetwas gesagt wegen gestern?«

»Sie hat sich über den Geruch beklagt«, sagte Tom. »Sie dachte, hier läge ein totes Tier.«

»Wie gut, dass sie so schlecht sieht«, sagte Harry erleichtert. Er registrierte, dass sich Toms Gesichtszüge verhärteten, und sprach schnell weiter.

»Ich meine, es ist selbst am Tag ziemlich dunkel hier drin, und Yasmin hat das Licht nicht angeschaltet. Sie stand sekundenlang in der offenen Tür und ging dann wieder raus. Mich hat sie Gott sei Dank auch nicht gesehen. Ich kniete gerade vor dem Kühlschrank, halb von der Werkbank verborgen. Als die Tür aufging, bewegte ich mich keinen Millimeter. Sie hat echt nichts von mir mitbekommen.«

»Sie wird Jenny erzählen, dass es in meinem Schuppen stinkt«, sagte Tom.

»Eine Leiche wird das Letzte sein, was Jenny in deiner Scheune vermutet«, sagte Harry.

»Hoffentlich hast du recht.«

»Natürlich habe ich recht. Komm endlich rein. Du stehst an der Tür wie angenagelt.«

Tom antwortete nicht. Er öffnete die Tür einen kleinen Spalt breit und spähte nach draußen.

»Ist es möglich, dass sie aufwacht?«, fragte Harry.

»Alles ist möglich. Zumindest weiß ich das seit gestern.«

Harry verdrehte die Augen. »Deine Vorwurfshaltung nervt kolossal.«

»Du hast mir das schließlich eingebrockt«, sagte Tom.

»Ja, das hast du jetzt schon zehnmal gesagt. Wenn du mir ein bisschen helfen würdest, wären wir hier vielleicht fertig.« Harry stand auf. Er warf die Cola-Dose in den Papierkorb. »Und verriegle endlich die Tür.«

Tom gehorchte widerwillig. Er hatte Angst, dass Yasmin einsam und voller Angst im dunklen Haus herumtappte und nach ihm suchte, während er im Schuppen einer Leichenschändung beiwohnte. Wenn ich ein leichtes Beruhigungsmittel im Hause hätte, würde ich es ihr verabreichen, dachte er mit schlechtem Gewissen.

Langsam näherte er sich der Werkbank, setzte einen zögerlichen Schritt vor den anderen.

»Ich werde hier saubermachen«, sagte Harry beschwichtigend. »Keine Sorge. Aber erst, wenn ich die Ware habe. Es ist eine Sache von wenigen Stunden.«

»Und warum hast du es bis jetzt nicht geschafft?«, entgegnete Tom. »Wie lange hockst du schon im Schuppen? Und was hast du eigentlich die ganze Zeit getrieben?«

»Hier.« Harry hob ein dickes Buch vom Boden auf, das Tom bislang nicht aufgefallen war. »Ich bilde mich weiter.«

Tom warf einen Blick auf den Einband des Wälzers. *Bauchchirurgie.*

»Gestern gekauft«, sagte Harry.

Tom nahm das Buch in die Hand und lehnte sich gegen die Werkbank, um darin zu blättern.

»Autsch!« Er drehte sich um.

»Das Armband«, sagte Harry. »Du hast dich auf ihren Arm gesetzt. Zieh es aus.«

Mit spitzen Fingern fasste Tom den Armreif an. Er versuchte, ihn von Vanessas Arm zu ziehen, ohne die kalte Haut zu berühren - was nicht einfach war -, doch schließlich gelang es ihm. Der Reif besaß eine filigrane Form und schien aus echtem Gold zu sein, mit einem eingelassenen tiefblauen Stein in der Mitte. Ein Geschenk von Szabo, dachte Tom, und legte den Reif in ein Regalfach.

Harry sprach weiter. »Als du mit deiner Tochter draußen gesessen hast, hatte ich einfach nicht den Nerv, richtig anzufangen, obwohl die Tür verriegelt war. Ich hatte Angst, dass ihr etwas hört oder so.«

»Tut mir leid, dass wir dich nicht in Ruhe haben arbeiten lassen«, sagte Tom sarkastisch. »Warst du etwa die ganze Zeit hier drin?« Er zog ein Taschentuch aus seiner Jeanstasche und hielt es vor die Nase. »Gott, wie das riecht. Wie hältst du das bloß aus?«

»Bleibt mir etwas anderes übrig?«, sagte Harry gequält. »Zwischendurch war ich im Haus und habe eine Kleinigkeit gegessen. Nicht, dass ich großen Appetit hätte.«

»Ich würde dir helfen, wenn ich alleine wäre«, sagte Tom. »Ich meine, ich würde dir helfen, sie wegzutragen. Aber ich kann Yasmin nicht sich selbst überlassen.«

»Das musst du auch gar nicht«, sagte Harry. »Ich mache das schon. Aber ich habe nichts gegen ein bisschen Hilfe einzuwenden.«

»Ich will gar nicht wissen, was du vorhast«, sagte Tom angewidert.

»Zuerst einmal müssen wir sie ausziehen.« Beherzt packte Harry Vanessas Shorts und zog sie mit einem Ruck herunter. Sie hat sich rasiert, dachte Tom verworren. Sein Blick wanderte höher. An ihrem aufgeblähten Bauch verfärbte sich die Haut grünlich.

»Du musst mir helfen, ihre Beine auseinanderzuspreizen«, sagte Harry. »Möglicherweise hat sie auch ein Bollo in ihre Scheide eingeführt.«

»Ist sie nicht … ganz steif?«, stotterte Tom.

»Die Leichenstarre hat sich bereits gelöst«, erklärte Harry. »Nun mach schon!«

Tom winkelte Vanessas Bein im Knie an und stellte es auf. Jemand hat sie umgebracht, und wir vergewaltigen sie auch noch, dachte er. Konnte es ein schlimmeres Verbrechen geben? Ihm wurde übel. Er schloss die Augen.

»Mach die Augen auf, Mann. Du siehst nichts«, sagte Harry gereizt.

»Ich will nichts sehen. Ich will, dass dieser Albtraum vorbei ist.«

Harry schnaubte. Er stellte sich zwischen den Beinen auf und zupfte an seinen Einweghandschuhen wie ein Chirurg. Dann legte er die Finger an Vanessas Schamlippen und zog sie auseinander.

»Ich brauche Licht«, sagte er. »Schau, hier liegt eine Taschenlampe. Kannst du mir mal leuchten?«

Überrumpelt nahm Tom die Taschenlampe und schaltete sie ein. Er konnte sich selbst nicht erklären, warum er Harry bei seinem kranken Vorhaben unterstützte, aber er beleuchtete brav Vanessas Vagina, während er mit seiner freien Hand ihr Knie in Position hielt. Harry beugte sich nach vorne und versuchte in die dunkle Höhle von Vanessas Scham zu spähen.

»Lass das, bitte«, sagte er energisch. »Dieses Herumfuchteln mit der Taschenlampe. Es macht mich nervös. Halt sie einfach still.«

»Ich verstehe nicht, wie du so eiskalt sein kannst.«

»Reiß dich zusammen und halte die Lampe still!«

Tom starrte an die Decke des Schuppens. Er zählte die Sekunden und hoffte, dass gleich alles vorbei war. Diese junge Frau war alles andere als unschuldig gewesen; aber das, was ihr gerade angetan wurde, hatte sie nicht verdient. Niemand, außer einem unbekannten Autofahrer, wusste von ihrem Tod. Niemand wusste, dass sie hier lag. Und sie beide hatten nichts anderes zu tun, als an ihrem toten Körper herumzufummeln, in sie einzudringen und ihr etwas zu entreißen. Ob es da hingehörte oder nicht, das spielte keine Rolle. Sie hatten ihre Totenruhe gestört. Tom dachte, dass das fast so schlimm war wie Mord.

»Halte mir den Lichtstrahl nicht ins Gesicht«, sagte Harry. »Ich kann überhaupt nichts sehen.«

»Vermutlich ist da gar kein Kokain«, sagte Tom erstickt.

Harry beugte sich nach links und nach rechts, um von allen Seiten zwischen die gespreizten Schamlippen sehen zu können. Sein Ellbogen kam mehrmals bedrohlich nahe an Toms Gesicht heran. Bald würde er ihm versehentlich ein Veilchen verpassen. Aber das war Toms geringste Sorge. Er atmete durch den Mund, um diesen süßlichen Geruch nicht wahrnehmen zu müssen, und hatte das Gefühl, den Tod einzusaugen, ihn förmlich zu schmecken.

»Ich halt's hier drinnen nicht mehr aus«, sagte er.
»Ich muss aufhören.«

»Ist okay«, sagte Harry. »Okay.« Er streifte die Handschuhe ab und legte sie ordentlich auf die Plastikplane. »Holst du uns etwas zu trinken? Ich würde ja selbst gehen, aber am Ende erschrecke ich die Kleine wieder.«

»Ich gehe schon.« Tom stand mechanisch auf. Seine Knie zitterten und seine Beinmuskeln fühlten sich schwach an, als wäre er einen Marathon gelaufen. Seine schweißnassen Hände rutschten mehrmals am Riegel ab, als er die Tür öffnen wollte.

Im Haus war es ruhig. Tom zog die Schuhe aus und schlich die Treppe hoch. Yasmin lag regungslos in ihrem Bett. Nur ein paar Haarsträhnen lugten unter der Decke hervor, in die sie sich eingekuschelt hatte.

Tom holte Mineralwasser und ging zurück in den Schuppen. »Hier.« Er räumte die Flaschen in den Kühlschrank. »Bediene dich.«

Harry nahm eine Flasche und trank gierig wie ein Verdurstender. Er rülpste verhalten. »Tut gut«, sagte er. »Gott, ich brauche eine Dusche.«

»Nicht hier«, sagte Tom. »Ich will nicht, dass du bei mir duschst.«

»Tom, ich bin von oben bis unten eingesaut, verdammt noch mal!«

»Nein.« Tom blieb hart. Harry war stundenlang im Schuppen zugange gewesen. Er war voll mit Vanessas Ausscheidungen. Tom wollte nicht, dass Blut, Schleim und Körperflüssigkeiten der Toten an seine Duschwand spritzten und durch den Abfluss gurgelten. Das hatte spurentechnische Gründe, aber nicht nur.

»Ich bringe dir eine Schüssel mit Wasser und ein paar Handtücher«, sagte er.

»Besser als nichts«, sagte Harry lakonisch. »Lass uns nach draußen gehen. Ich brauche eine Pause.«

Trotz der schwülen Spätnachmittagshitze wirkte die Sommerluft nach dem Aufenthalt in dem stinkenden Schuppen regelrecht erfrischend. Tom und Harry setzten sich an einer schattigen Stelle ins Gras und tranken schweigend das Mineralwasser.

»Ich habe mir Geld geliehen«, sagte Harry nach einer Weile. »Und kann es nicht zurückzahlen.«

Tom blickte auf. »Kannst du die Raten nicht stunden lassen? Soviel ich weiß, geht das problemlos, dann hast du ein paar Monate Luft.«

Harry seufzte. »Mein kleiner Freund, du bist wirklich ein Dummerchen. Ich habe natürlich kein Geld von der Bank geliehen, sondern von Leuten, die keine Mahnung verschicken, wenn eine Rate ausbleibt.«

»Verdammt«, sagte Tom, und dann: »Verstehe. Deswegen bist du so wild auf das Kokain.«

»Scharf kombiniert«, sagte Harry. »Sherlock.«

»Warum willst du mir dann die Hälfte geben?«, fragte Tom. »Ich sagte doch gestern schon: Vanessa gehört dir.«

»Das habe ich nicht einfach so daher gesagt. Ich werde dir wirklich deinen Anteil geben. Du hast sie gefunden und du hast mich angerufen. Ich brauche achtzigtausend. Ich hab's verspielt.« Er zuckte die Achseln. »Bescheuert, nicht? Wie kann ein Mensch so bescheuert sein und so viel Geld verspielen?«

»Und wenn du wirklich einen Kredit bei der Bank aufnimmst, um es zurückzuzahlen? Die drehen dir wenigstens nicht den Hals um, wenn du in Zahlungsverzug gerätst.«

»Ich bin bei der Bank gewesen. Die geben mir nichts. Sie mögen keine Menschen mit Vergangenheit. Mit Vorstrafenregister und ohne festen Job. Keine Sicherheiten, verstehst du?«

»Bist du tatsächlich so pleite?«

»Meinst du, sonst wäre ich hier?«

»Nein, wahrscheinlich nicht.« Eine Idee nahm in Toms Kopf Gestalt an, eine Vorstellung, die so fürchterlich war, dass er sie kaum auszusprechen wagte.

Er schaute Harry an. »Bitte sag mir, dass du nichts mit Vanessas Unfall zu tun hast«, sagte er.

»Nein! Nein, verdammt noch mal. Denkst du etwa, ich hätte sie ermordet, um an das Kokain zu kommen?«, rief Harry aufgebracht. »Wie kommst du denn auf diesen Scheiß?«

»Harry, ich weiß gar nicht mehr, was ich denken soll.«

»Ich habe wirklich nichts damit zu tun. Das musst du mir glauben. Nach dem Gespräch mit Szabo dachte ich, Vanessa wäre abgehauen. Durchgebrannt. Mit dem Kokain und vielleicht mit einem anderen Typen. Dein Anruf hat mich völlig überrascht.«

»Das sind zu viele Zufälle auf einmal«, sagte Tom. »Irgendetwas stinkt an der Sache.«

Harry zuckte die Achseln. »Ich weiß es nicht. Ich weiß nur, dass mich Dennis' Schläger halb tot prügeln, wenn ich nicht bis nächsten Samstag Achtzigtausend bezahlen kann.«

»Warum tauchst du nicht irgendwo unter?«, schlug Tom vor.

»Wohin soll ich gehen? Und wie lange? Ich kann mich nicht mein Leben lang verstecken. Früher oder später würden sie mich finden.«

Tom hatte seinen Freund noch nie so verzweifelt gesehen. »Was ist mit Szabo? Kann er dir das Geld nicht leihen?«, fragte er.

»Szabo ist ein Gangster. Kein barmherziger Samariter.«

»Du könntest es probieren.«

»Niemals«, sagte Harry bitter. »Szabo mag keine Verlierer. Wenn ich ihm von den Schulden erzähle, wirft er mich den Wölfen zum Fraß vor. Mit einem Lächeln.«

Tom wusste nicht, was er sagen sollte. »Wie auch immer«, begann er zögernd. »Was machen wir mit Vanessa, wenn es dunkel ist?«

»Ich bringe sie weg.«

»Du stellst dir das so einfach vor. Wird es aber nicht werden. Das garantiere ich dir.«

»Ich mache das schon«, sagte Harry. Er klang nicht wirklich überzeugend.

»Willst du sie zurück in den Wald bringen?«

»Nicht in den Wald. Das wäre keine gute Idee. Falls sie gefunden wird, kann man herausfinden, dass sie bewegt worden ist, und das sollten wir versuchen, zu verhindern. Wir werden sie versenken. In einem See.«

»Nicht wir. Du.«

»In Ordnung. Ich.«

»Ihre Leiche würde niemals entdeckt werden«, sagte Tom. »Ich will das nicht. Das ist das Schlimmste, was einem Menschen passieren kann, meinst du nicht auch?« Er zwang sich, Harry anzusehen. »Spurlos zu verschwinden. Ich will das nicht. Hörst du?«

»Wir haben zwei Möglichkeiten«, sagte Harry.

»Erstens, das ist die beste und einfachste: Wir versenken Vanessa im Wasser. Einfacher als vergraben ist es auf jeden Fall. Keine Spur führt zu uns. Und darum geht es doch, oder? Wir haben Vanessa nicht umgebracht, aber wenn herauskommt, dass wir mit ihrer Leiche zugange waren, wird man uns den Mord anhängen. Kein Anwalt würde dich da rausboxen können.« Er hielt kurz inne. »Mal ganz davon abgesehen, dass du dir keinen guten leisten kannst.«

»Du auch nicht«, sagte Tom.

»Zweitens. Wir legen Vanessa in den Wald zurück. Selbst wenn wir sie waschen, besteht die Möglichkeit, dass irgendwelche Fasern, Haare oder sonst was an ihrem Körper haftenbleiben. Willst du es darauf ankommen lassen? Am Ende wird die Bevölkerung in der Stadt gescreent.«

»Da ist noch eine Sache«, sagte Tom. »Ich glaube nicht an Fahrerflucht. Ich war heute noch mal im Wald. Hab versucht, eine Holzleiste die Böschung runterzuschmeißen. Das klappt nicht. Die Bäume stehen zu dicht.«

»Du spinnst doch!«, rief Harry. »Da hast du die ganze Zeit Angst, erwischt zu werden, und dann machst du so etwas! Wo war Yasmin in der Zwischenzeit?«

»Auf dem Rücksitz.«

»Du bist verrückt.«

»Weißt du, was ich mich immer wieder frage?« Tom nahm einen Schluck aus der Wasserflasche.

»Warum hat Vanessa kein Taxi gerufen?«

»Keine Ahnung«, sagte Harry. »Vielleicht war gerade keines frei.«

»Warum hat sie dann nicht gewartet? Sie hatte Gepäck. Warum hat Szabo sie nicht vom Bahnhof abgeholt?«

»Sie sollte ihn während einer Tour nur im allergrößten Notfall kontaktieren. Falls sie geschnappt würde, sollte kein Kontakt zu Szabo nachzuweisen sein. Für jede Tour hat sie ein neues Prepaid-Handy benutzt.«

»Jemand anderes hätte sie abholen können«, sagte Tom. »Eine Freundin, ihre Eltern ...«

»Ihre Eltern?« Harry blickte belustigt auf. »Das ist nicht dein Ernst!«

»Warum denn nicht? Sie hätten Vanessa doch nur zu ihrer Wohnung oder zu Szabo fahren müssen.«

»Wenn du an Vanessas Stelle gewesen wärst«, sagte Harry. »Hättest du dich von deiner Mutter herumkutschieren lassen? Mit dem Bauch voller Kokain?«

»Nein. Ich hätte ein Taxi genommen. Warum hat Vanessa das nicht getan?«

»Mein Gott, Tom!« Harry zuckte genervt die Achseln. »Du stellst Fragen. Was geht es uns an, ob sie mit einem Taxi unterwegs war oder nicht? Vanessa wurde angefahren, von einem Typen, der Panik gekriegt hat und abgehauen ist. Entweder wir holen uns das Dope und verdienen einen Haufen Geld, oder die Bullen finden es, und wir gehen leer aus. Mehr braucht uns nicht zu kümmern. Ich habe andere Sorgen, verdammt noch mal.«

»Wir übersehen etwas. Ich weiß es.« Tom stand auf und öffnete die Tür des Schuppens.

»Was ist los?«, rief Harry.

Tom antwortete nicht. Sein Blick streifte die Regale, die Schränke und sämtliche Abstellmöglichkeiten in der Scheune. Schließlich entdeckte er Vanessas kleinen braunen Lederkoffer unter der Werkbank. Widerwillig kroch er darunter. Mit einer Hand hielt er die Nase zu, mit der anderen schnappte er den Koffer und beeilte sich, an die frische Luft zu kommen. Im Schneidersitz hockte er sich neben Harry ins Gras und öffnete die Verschlüsse des Koffers. Ordentlich zusammengefaltet, lagen Kleidungsstücke darin: hübsche Spitzenunterwäsche, ein Bikini mit Blumenmuster, Blusen und T-Shirts. Shorts und ein Strandkleid. An der Seite steckte ein Kulturbeutel. Tom nahm ihn heraus und inspizierte den Inhalt. Eine Haarbürste, Zahnputzzeug, Sonnenmilch. Nichts Ungewöhnliches für eine Reise in die Karibik, auch wenn der Strandurlaub nur ein Vorwand war. Und trotzdem stimmte etwas nicht.

Tom nahm einen Slip aus dem Koffer, hielt ihn an die Nase und atmete tief ein.

Harry sprang auf. »Hör sofort damit auf!«, rief er.

»Wie pervers bist du eigentlich?«

»Du musst gerade reden«, sagte Tom und nahm weitere Kleidungsstücke aus dem Koffer, um daran zu schnuppern. »Nicht getragen. Es ist alles sauber. Riech doch mal.«

»Ich verzichte. Herzlichen Dank.« Harry setzte sich wieder hin, hielt aber gebührenden Abstand zu Tom und schaute mit angeekeltem Gesichtsausdruck zu, wie Tom den Koffer durchwühlte. Es gab kein Kleidungsstück, das muffig oder nach Schweiß roch oder irgendwelche Flecken hatte. Der Bikini wirkte brandneu und ungetragen.

»Sie hat nichts davon angehabt«, sagte Tom.

»Selbst wenn sie nur ein oder zwei Tage unterwegs gewesen wäre, hätte sie sich umgezogen.«

»Es gibt einen Wäschedienst in einem guten Hotel. Den wird sie genutzt haben.«

»Trotzdem.« Tom legte den Kulturbeutel auf seinen Oberschenkeln ab und öffnete nacheinander die Fläschchen und Tuben. Bei der Sonnenmilch fand er, was er suchte. Die Öffnung der Flasche war mit einer silbrigen Folie versiegelt.

»Diese hier wurde kein einziges Mal benutzt«, sagte er.

»Sie hat sie eben neu gekauft, weil die alte leer war.«

»Das bezweifle ich.« Tom betrachtete die Rückseite der Flasche. Die Anwendungshinweise und Inhaltsstoffe waren in deutscher Sprache aufgedruckt.

»Mitgenommen, aber nicht benutzt. In der karibischen Sonne ohne Sonnenschutz?«

Harry zuckte die Achseln. »Seit wann spielst du den Bullen? Sherlock für Arme?«

»Irgendetwas ist da faul, Harry. Und da ist noch etwas. Die Stelle, an der ich Vanessa gefunden habe. Sie hätte ja überall liegen können, aber sie lag ausgerechnet dort, wo ich und Jenny damals ...«

»Du spinnst dir etwas zusammen.«

»Frag Szabo noch mal«, sagte Tom. »Tu mir den Gefallen. Du hast mir das eingebrockt, also will ich, dass du etwas für mich tust. Frag ihn, wie Vanessa vom Bahnhof nach Hause kommen wollte. Wann er das letzte Mal von ihr gehört hat, was genau sie gesagt hat. Ein Detektiv hätte diese Fragen vermutlich auch gestellt.«

Harry schüttelte zweifelnd den Kopf.

»Du kannst doch sagen, du würdest einen Zwischenbericht abliefern. *He, Boss, ich bin in Düsseldorf angekommen und bin auf einer heißen Spur, und was ich Sie noch fragen wollte: Wie war das mit Vanessa, welchen Zug wird sie genommen haben, ist sie vielleicht sogar per Anhalter gefahren?* So etwas in der Art.«

»Solche Dinge kannst du nicht einfach am Telefon besprechen, du Dummerchen. Zumal Szabo bis morgen Abend nicht erreichbar ist. Er ist in London.«

Tom fuhr hoch. »Er ist … wo?« Und dann machte es klick. »Wie heißt Szabo mit Vornamen?«, fragte er.

»Rajnald.«

»Jenny ist mit einem gewissen Ray in London.«

»Ja«, Harry druckste schuldbewusst herum. »Ich weiß. Szabo ist Ungar, aber er schämt sich für seine osteuropäische Herkunft. Wäre gerne ein Ami, und seine Freunde nennen ihn daher Ray.« Er hielt einen Moment inne, bevor er weitersprach. »Jenny macht seit ein paar Wochen mit Szabo herum. Mach dir keinen Kopf, ich glaube nicht, dass das Zukunft hat.«

»Warum hast du mir das nicht gesagt?«, rief Tom erstickt.

»Wozu? Du hättest dich doch nur aufgeregt. Mensch, Tom, ihr seid seit Jahren auseinander. Du und Jenny, wie lange ging das überhaupt mit euch? Höchstens ein paar Monate, oder? Sie hat dich sitzen lassen, schon vergessen?«

»Wir haben eine gemeinsame Tochter!«

»Ja«, sagte Harry und pulte an seinen Fingernägeln herum. Gott wusste, was er darunter hervorpulte. Hautfetzen von Vanessa möglicherweise. »Ja, das habt ihr. Darf sie deswegen nie wieder einen neuen Partner …?«

»Du hättest es mir sagen sollen!«

»Ich wollte dich nicht noch mehr aufregen. Ich weiß doch, dass du Jenny immer noch hinterhertrauerst. Glaub mir, mit Szabo wird es aus sein, bevor sie dazu kommt, dir davon zu erzählen.«

Tom stand auf. »Diese Stelle im Wald«, sagte er aufgebracht. »Wo ich Vanessa gefunden habe. An dieser Stelle wurde Yasmin gezeugt. Hast du das gewusst?«

»Nein«, sagte Harry.

»Findest du es nicht seltsam, dass Vanessa genau da gelegen hat?«

»Ein seltsamer Zufall ist das vielleicht. Mehr aber auch nicht.«

Tom schüttelte ungläubig den Kopf. Er erhob sich und klopfte Gras von seiner Hose. Harry hatte die ganze Zeit gewusst, dass Jenny mit diesem Szabo zusammen war, und er hatte es nicht für nötig gehalten, ihn darüber zu informieren. Dieser Verrat wog schwer und traf ihn genauso ins Herz wie das Schicksal des toten Mädchens, das im Schuppen hinter ihnen auf der Werkbank lag und mit gebrochenen Augen an die Decke starrte.

»Wo willst du hin?«, fragte Harry.

»Ich gehe ins Haus«, sagte Tom. »Ich bleibe bei Yasmin. Sieh alleine zu, wie du hiermit fertig wirst.«

Er drehte sich um und ging auf sein Haus zu.

Auf Zehenspitzen schlich Tom die Treppe hoch ins Obergeschoss und warf einen Blick in Yasmins Zimmer. Zwei dunkle Augen lugten unter der Bettdecke hervor. Die Decke wurde zurückgezogen, und Yasmins Kopf erschien. Schüchtern lächelte sie ihn an.

»Seit wann bist du wach?«, fragte er entgeistert.

»Ich habe schlecht geträumt«, sagte sie leise.

»Dann bin ich aufgewacht. Ich habe nach dir gerufen.«

»Ich war draußen. Ich habe dich nicht gehört. Es tut mir leid.«

»Es war ein ganz schlimmer Traum«, sagte sie.

»Von den Augen. Ich weiß.« Tom setzte sich auf die Bettkante.

»Nein«, sagte Yasmin. »Ich habe nicht von den toten Augen geträumt. Da war ein böser Mann. Ich habe ganz laut gerufen, damit du mich vor ihm beschützt, aber du bist nicht gekommen.« Ihre Stimme wurde zittrig. »Ich kann überhaupt nicht schlafen!«

Tom warf einen Blick zum Fenster. Die Sonne stand bereits schräg am Himmel, aber es würde noch eine Weile hell bleiben. Wie viel Uhr war eigentlich? Achtzehn, neunzehn Uhr? Wie ausgeruht war Yasmin nach ihrem Mittagsschlaf, und würde sie durchschlafen bis morgen früh?

»Liest du mir etwas vor?«, fragte sie. »Bitte!«

»In Ordnung«, sagte er resigniert. »Vorher muss ich aber duschen.«

Tom ließ die Badezimmertür geöffnet, damit er Yasmin im Blick behalten konnte. Er wollte seine Tochter nicht mehr aus den Augen lassen. Hatte das Gefühl, jeden Moment könnte jemand hereinkommen und sie ihm wegnehmen. Sein Leben zerstören. Er seifte sich gründlich ein, versuchte den ganzen Schmutz, mit dem er sich abplagen musste, abzuspülen, bevor er zu seiner Tochter ins Bett schlüpfte.

Er hätte nie gedacht, dass Yasmins Besuch einmal ungelegen kommen könnte, aber genau dieser Fall war eingetreten. Das Mädchen hatte hier nichts verloren. Was, wenn sie plötzlich in den Garten spaziert wäre, um nach ihm zu suchen?

Dass sie aber auch ausgerechnet jetzt hier sein musste! Es war der denkbar ungünstigste Zeitpunkt. Sein Leben plätscherte seit Jahren ohne ein großes Hoch oder Tief dahin. Die einzige Abwechslung waren Gelegenheitsjobs, die er annahm, wenn sich etwas Passendes bot, meistens auf dem Bau. Abends werkelte er in seinem Schuppen oder am Haus, oder er saß auf der Veranda und dachte an Jenny und Yasmin. Und plötzlich kam ein Drogenopfer in sein Leben und stellte von einem Tag auf den anderen alles auf den Kopf.

Ich hätte Jenny bitten sollen, nach Hause zu kommen, dachte er. Und es auf einen Riesenkrach mit ihr ankommen lassen. Das spielte keine Rolle angesichts der Tatsache, dass eine Leiche in seinem Schuppen ausgeweidet wurde und er keine Ahnung hatte, wie er mit der Situation umgehen sollte. Yasmin musste von hier weg.

Er konnte nicht die ganze Zeit hier sitzen und aufpassen, dass Yasmin schlief. Er musste in den Schuppen und dafür sorgen, dass Harry Vanessa wegbrachte und alle Spuren, die er im Schuppen hinterlassen hatte, beseitigte. Er hatte die wilde Entschlossenheit in Harrys Augen gesehen: Harry würde keine Ruhe geben, bis er das Kokain in der Hand hielt.

So verbissen, so verzweifelt hatte Tom seinen Freund noch nie erlebt. Der Harry, der im Schuppen dem armen Mädchen all das antat, war nicht der Mensch, den Tom seit der Schulzeit kannte. Gewalt war ihnen beiden stets ferngelegen. Im Gegensatz zu einigen ihrer Mitschüler hatten sich Tom und Harry nie geprügelt: Das war einfach nicht ihr Ding. Es war unter ihrer Würde. Konflikte hatten sie immer auf eine andere Art gelöst. Wenn es während ihrer Zeit als Dealer mit aufgebrachten Kunden Stunk gab, hatte Tom allein durch seine ruhige Ausstrahlung die Situation entschärft, während Harry das Reden übernahm. Harry hatte das drauf, jemanden mit Worten zu überzeugen. Doch jetzt schien er eine grausige Wandlung vollzogen zu haben. Jetzt schändete er ein totes Mädchen, das er dreist auf dem Grundstück seines besten Freundes versteckt hielt. Harry war ihm fremd geworden.

»Kommst du gleich?«, rief Yasmin.

Tom drehte den Hahn zu, trocknete sich ab und ging ins Kinderzimmer. Yasmin rutschte zur Seite, um ihm Platz zu machen.

Er nahm das Buch zur Hand, das sie ihm entgegenstreckte, und schlug es auf. Die dominante Farbe in diesem Bilderbuch war rosa. Rosa Pferde, rosa Wolken, rosa Kleidchen. Mehr als diese Farbe nahm Tom nicht bewusst wahr. Er fing an zu lesen, aber wenn man ihn gefragt hätte, hätte er kein Wort wiederholen können.

»Du hast die gleiche Seite zweimal gelesen«, beschwerte sich Yasmin.

»Tut mir leid«, sagte Tom.

Yasmin begann zu weinen. »Ich will zu meiner Mama«, sagte sie. Tränen rannen über ihre Wangen und tropften auf das rosa Pferd in ihrem Buch.

»Oh, Prinzessin.« Tom streichelte über ihr Haar. Es kostete ihn Überwindung, ruhig zu wirken, denn sein Inneres tobte. »Mama kommt morgen Abend, ja? Das geht ganz schnell vorbei. Du wirst sehen.«

»Sie soll jetzt kommen.«

Tom seufzte. »Du bist enttäuscht von unserem Wochenende, nicht wahr? Ist es wegen Harry?«

»Nein. Es ist, weil du heute Mittag so geschrien hast.«

»Ich werde nicht mehr schreien. Versprochen.«

Yasmin fing erneut an zu weinen. Tom nahm sie in die Arme, aber sie wollte sich gar nicht beruhigen. Für das Mädchen musste es furchtbar sein: Sie hatte sich gefreut, endlich ein ganzes Wochenende mit ihrem Vater verbringen zu dürfen, und nun ging es gewaltig in die Hose. Wegen Harry. Tom hatte sich alle Mühe geben wollen, seine Rolle gut zu spielen, um Jenny zu überzeugen, dass er ein guter Vater war. Und nun das. Wenn Yasmin jetzt noch Jenny erzählte, dass ein Freund von Tom mitten in der Nacht in ihrem Zimmer gestanden hatte, würde sie nie wieder herkommen dürfen.

Yasmin schaute mit tränennassen Augen zu ihm auf. »Rufst du Mama an? Sie soll kommen und mich holen. Bitte!«

Tom seufzte. »Okay«, sagte er. »Okay. Ich rufe Mama an.«

Yasmin gab keine Antwort. Ihre Augen waren geschlossen, ihre Atmung ruhig. Sie war eingeschlafen. Die neue Puppe hielt sie fest an ihre Brust gepresst.

Tom umarmte sie liebevoll. Ihr Herz pochte heftig an seinem Arm, kräftig und viel zu schnell. Genau wie sein eigenes. Wie zart sie ist, und wie zerbrechlich, dachte er, wie ein Vögelchen.

Er wollte Yasmin beschützen. Vor dieser Katastrophe da draußen im Schuppen, vor Harry. Aber auch bei Jenny schien sie nicht mehr in Sicherheit zu sein. Dieser Drecksack Szabo hat meiner Tochter blutige Steaks auf den Teller gelegt, dachte er.

Sie war bei ihm zuhause gewesen, bei ihm, dem
größten Verbrecher in der Stadt. Er musste unbedingt mit Jenny reden. Musste sie vor Szabo warnen. Aber würde sie ausgerechnet auf Tom hören?
Tom versuchte zu rekapitulieren, was geschehen
war, bemühte sich vergeblich, die Zusammenhänge
zu verstehen. Jenny hatte ein Verhältnis mit Szabo.
Dann wurde dessen Gespielin und Drogenkurierin
tot im Wald aufgefunden; an einer Stelle, die Jenny
und Tom kannten. Eine Stelle im Wald, die Tom
täglich aufsuchte. Wo seine Jogging-Strecke vorbeiführte. Wo er häufig eine Pause einlegte, innehielt,
sich auf den Waldboden legte und seinen Erinnerungen nachhing. Erinnerungen an den glücklichsten Tag seines Lebens, an dem er mit seiner großen
Liebe vereint gewesen war und sie gemeinsam neues Leben gezeugt hatten.

Vanessa hätte überall liegen können, aber sie lag
da, wo er sie mit Sicherheit finden würde. Aber
warum? Seine Augen tränten. Gott, war er müde.
Ohne es zu wollen, schlief Tom Merten ein.

10
Harry

Harry schaute seinem Freund hinterher, wie er mit kerzengeradem Rücken und geballten Fäusten zum Haus stapfte. Tom war stinksauer auf ihn, aber damit hatte Harry von Anfang an gerechnet. Wenn das hier schon für ihn eine Nummer zu groß war, war es für Tom ein ganzes Nummernkonto zu groß. Und mit dem weiteren Prozedere würde Tom erst recht nicht einverstanden sein. Um an das Kokain heranzukommen, waren härtere Maßnahmen vonnöten als ein bisschen Fingerbohren.

Alleine war Harry nicht in der Lage, dieses Ding durchzuziehen. Er brauchte Toms Scheune. Sein ganzes Leben lang war er für seinen jüngeren Freund da gewesen. Er hatte Tom alles beigebracht, was nötig war, um seine Jugend und Schulzeit mit einer alleinerziehenden und überforderten Mutter einigermaßen zu überstehen. Und jetzt war Tom an der Reihe, etwas für ihn zu tun. Tom musste seinen Plan unterstützen. Es war die einzige Möglichkeit.

Ob ihre Freundschaft seinen Vertrauensbruch aushalten konnte, stand in den Sternen. Harry konnte es nur hoffen. Sie kannten sich schon so lange.

Wie gestern hatte er das Bild vor Augen, als Tom nach Schulschluss auf allen vieren auf dem Schulhof herumkroch und Pokémon-Karten zusammensuchte.

»Oh, wie cool!«, rief Harry. »Du hast Glurak.« Er bückte sich, um die Karte aufzuheben. Blitzschnell schoss Tom auf ihn zu und entriss sie ihm.

»Ich wollte sie dir zurückgeben«, sagte Harry.

»Ich hätte sie nicht behalten, keine Sorge.«

Tom starrte ihn misstrauisch an. Bis jetzt hatte Harry mit diesem unauffälligen, stillen Jungen aus der dritten Klasse nur wenige Worte gewechselt. »Ich wusste nicht, dass du auch sammelst.«

Tom zuckte die Achseln. »Doch, schon.« Er bückte sich und hob die restlichen Karten auf. »Mein Schulranzen hat ein Loch. Sie sind rausgefallen.«

»Dann brauchst du einen neuen Ranzen.«

»Ich habe meiner Mutter schon gesagt, dass sie mir einen neuen kaufen muss. Die Naht an der Seite geht auf.« Tom zeigte ihm die Stelle und pulte demonstrativ mit dem Finger in dem Loch im Stoff.

»Sie wird dir keinen neuen kaufen«, sagte Harry.

»Ich war gestern mit meiner Mutter bei Penny. Deine Mutter stand vor uns an der Kasse. Ich habe gesehen, dass sie ihren Brillenbügel mit Pflaster geflickt hat.«

»Ja, die Brille lag auf der Couch. Ich habe mich draufgesetzt aus Versehen.«

»Sie hat kein Geld für eine neue Brille, würde ich meinen«, sagte Harry wichtigtuerisch.

Tom zögerte. »Ich weiß es nicht.« Er dachte angestrengt nach, als wäre ihm diese Idee noch nie gekommen.

»Meine Mutter kennt deine nämlich«, sagte Harry.

Seine Mutter hatte ihm noch erzählt, dass Toms Vater abgehauen war, und er überlegte, ob er mit diesem Wissen vor Tom prahlen sollte. Aber er wollte diesen Jungen nicht verletzen, denn er mochte ihn irgendwie.

»Hier.« Er griff in seine eigene Schultasche und zog seine Regenschutzhülle heraus. »Du kannst deinen Ranzen damit auslegen, damit dir nichts mehr herausfällt.«

»Das ist mega-cool. Danke.« Tom stopfte mit der Regenhülle das Loch zu. Gemeinsam schlenderten sie über den Schulhof zur Straße, und Harry entschied, einen kleinen Umweg zu machen und Tom ein Stück zu begleiten.

»Kennst du Schmidts in der Innenstadt?«, fragte Tom, als sie eine Weile schweigend nebeneinanderher gegangen waren. »Das Spielwarengeschäft?«

»Na klar kenne ich das.«

»Die haben einen Scout-Ranzen mit Darth-Maul-Motiv im Regal stehen«, sagte Tom. »Den wünsche ich mir. Ich hab's meiner Mutter erzählt.« Er kickte eine leere Cola-Dose vor sich her, die auf dem Gehweg lag. »Vielleicht kriege ich ihn zu Weihnachten, hat sie gesagt.«

»Bis Weihnachten dauert es doch noch ein halbes Jahr«, sagte Harry. »Bis dahin hat den längst jemand anderes gekauft.« Harry fand einen Schulranzen mit Darth-Maul-Motiv ein bisschen kindisch, aber er verkniff sich eine Bemerkung diesbezüglich.

»Da könntest du recht haben.« Tom zuckte die Achseln.

»Bis Weihnachten kannst du nicht mit dem kaputten Ranzen herumlaufen. Wenn ich dir Darth Maul besorge, kriege ich dann Glurak?«

»Wie willst du denn den besorgen? Er ist ziemlich teuer.«

Harry zwinkerte ihm zu. »Sagen wir einfach, ich kenne den Besitzer.«

»Echt?«, rief Tom begeistert. »Wie cool ist das denn!«

Harry kannte den Besitzer von Schmidts Spielwaren gerade mal vom Sehen. Er wohnte mit seinen Eltern in der Nähe des Ladens. Wenn neue Ware bei Schmidts angeliefert wurde, stand die Hintertür offen, während Herr Schmidt geschäftig zwischen dem Lieferwagen und den Verkaufsräumen hin- und hereilte und Kartons verstaute.

Drei Tage nach dem Gespräch mit Tom war es wieder soweit. Der Paketbote stand mit seinem Transporter hinter dem Laden. Der Fahrer unterhielt sich mit Herrn Schmidt. Harry eilte zur Eingangstür und öffnete sie; er wusste, dass Herr Schmidt das leise Klingeln des Glöckchens nicht hören konnte, wenn er sich hinten am Lieferanteneingang aufhielt. Er schnappte sich den Ranzen, setzte ihn auf, als wäre es sein eigener, und verließ das Geschäft. Er spazierte in gemächlichem Tempo um die Ecke, dann rannte er los bis nach Hause.

Am nächsten Tag besaß Tom einen nagelneuen Schulranzen von Scout mit Darth-Maul-Motiv, und Harry befand sich im Besitz seiner gewünschten Pokémon-Karte. Eine Freundschaft zwischen den Jungs begann, die lange andauern sollte. Tom und Harry entzündeten zusammen Lagerfeuer, schossen mit Knetkügelchen aus selbstgebastelten Blasrohren auf Vögel, die den lahmen Geschossen mit Leichtigkeit entkamen. Tom konnte bald nicht nur einen neuen Freund sein eigen nennen, sondern eine neue Fahrradklingel, neue Schulsachen und sogar ein paar coole Markenklamotten. Seine Mutter verbot ihm den Umgang mit Harry. Tom traf sich trotzdem weiterhin mit ihm.

»Es gibt Leute, die werden mit einem goldenen Löffel im Mund geboren«, sagte Harry eines Tages zu Tom. Mittlerweile war Harry fünfzehn und Tom vierzehn. Nach der Schule hingen sie oft noch zusammen am großen Springbrunnen auf dem Schulhof ab.

»Ja und?«, sagte Tom und versuchte, einen kleinen Stein über die Wasseroberfläche hüpfen zu lassen.

»Du musst ihn schräg werfen«, sagte Harry.

»Schau, so geht das.« Auch bei ihm klappte es nicht. Der Stein sank auf den Grund. »Es gibt zwei

Arten von Menschen. Gewinner und Verlierer. Gewinner besitzen den goldenen Löffel. Aber Verlierer sind arm, ihnen schenkt die Welt nichts. Sie müssen es sich besorgen.«

»Wo besorgt man einen goldenen Löffel?«

»Du kannst eines tun: Ein guter Mensch sein und alles richtig machen. Dabei stellt sich die Frage, was »richtig« bedeuten soll. Natürlich wollen die Gewinner, dass die Verlierer schön brav auf ihrer Verliererseite sitzen bleiben, damit sie den Gewinnern nur ja nichts wegnehmen. Und wenn es ein Verlierer zu etwas bringt, regen sich die Gewinner auf und tun so, als hätte er ihnen etwas gestohlen. Kannst du mir folgen?«

»Ich denke schon«, sagte Tom.

»Aber dir kann egal sein, was sie denken. Es ist dein gutes Recht, ein Stück vom Kuchen abzukriegen. Du kannst dafür sorgen, dass du auf die andere Seite gelangst. Zu den Gewinnern. Aber da kommst du nicht hin, wenn du mühsam Röcke säumst und Hosen kürzt wie deine Mutter in der Schneiderei, in der sie für einen Hungerlohn arbeitet. Du musst kreativer sein.«

Jetzt grinste Tom. »Meine Lehrerin meint, ich sei nicht besonders kreativ.«

»Dafür hast du ja mich.« Harry lächelte. Tom grinste noch breiter. Harry zog ein Päckchen aus seiner Hosentasche.

»Was hast du da?«, fragte Tom.

»Gras.«

»Was willst du damit anfangen?«

»Ich will es verkaufen.«

Wenige Stunden später wusste Tom, dass es Gras gab, das nicht auf dem Rasen hinter seinem Elternhaus wuchs, sondern mit dem sich ganz ordentlich das Taschengeld aufbessern ließ. Harry brachte ihm über das Dealen bei, was man wissen musste. Gemeinsam bauten sie sich einen Kundenkreis auf, aber Tom war und blieb der artige Junge, der alles richtig machen und alle Leute zufriedenstellen wollte.

Einmal beschwerte sich ein Kunde, Tom hätte ihm gestrecktes Gras verkauft, was Blödsinn war, denn sie vertickten nur astreines, sauberes Zeug. Tom wollte den Idioten zufriedenstellen und ihm eine Portion schenken. Harry konnte gerade noch verhindern, dass Tom übers Ohr gehauen wurde. Ein geborener Gangster war Tom nicht.

Aber genau das hatte die beiden Freunde einst in der Schulzeit zusammengeschweißt: Harry entwickelte Beschützerinstinkte für diesen tollpatschigen Jungen, der für ihn immer wie ein kleiner Bruder gewesen war. Ein gutaussehender Junge, an dem die Frauen zuhauf Interesse zeigten. Die Mädchen tuschelten hinter Toms Rücken, wenn er die Stufen zum Eingang der Schule hochstieg, doch Tom bemerkte überhaupt nichts davon. Die Schulschönheiten warfen ihm vielsagende Blicke zu und versuchten, zu flirten. Tom ignorierte sämtliche Annäherungsversuche. Bis ihm Jenny über den Weg lief, seine große Liebe. Dann war es um ihn geschehen. Tom wurde sauber. Er kehrte der Kleinkriminalität den Rücken und konzentrierte sich darauf, Jenny hinterherzurennen, die ihn schon nach wenigen Monaten abservierte. Im Prinzip kein Wunder, dachte Harry, denn Tom konnte ihr nichts bieten außer diesem windschiefen Häuschen am Arsch der Stadt, an dem er abgöttisch hing. Nun machte Jenny mit Szabo rum, das hatte Tom davon. Harry konnte es Jenny nicht verdenken, dass sie sich nach jemandem sehnte, der ihr finanzielle Sicherheiten bieten konnte. So waren Frauen nun einmal, und eine alleinerziehende Mutter hatte gute Gründe dafür. Schließlich hatte sie sich um ein Kind zu kümmern, und das kostete Geld. Geld, das Tom nicht hatte.

Wenn Tom auch nur den Hauch einer Chance wollte, Jenny zurückzugewinnen, brauchte er das Geld aus dem Erlös des verkauften Kokains. Er hatte Vanessa gefunden, mitsamt ihrer kostbaren Fracht. Das konnte kein Zufall sein, sondern eine göttliche Fügung, die er zu schätzen und zu nutzen wissen sollte, anstatt sie zu verschmähen wie ein störrischer Esel, dem die angebotene Karotte nicht gut genug war.

Zum einen würde Tom endlich die Behandlung für die Augenerkrankung seiner Tochter bezahlen können und zum anderen Jenny beweisen, dass er kein armseliger Taugenichts war, der sich nicht um seine Familie kümmerte.

Fast schien es, als hätte Vanessa nach einem nutzlosen und schmutzigen Leben als Gangsterliebchen und Drogenkurierin im Tode etwas Gutes tun wollen. Wenn Harry und Tom diese Gelegenheit ungenutzt verstreichen ließen, wäre Vanessa völlig umsonst gestorben. Wem nutzte es, wenn sie mit ihrer brandheißen, kostbaren Fracht für immer in einem Grab verschwand? Oder noch schlimmer: Wenn die Polizei das Dope bei ihr entdeckte und sicherstellte? Damit war niemandem geholfen, im Gegenteil, es würde eine Menge Fragen aufwerfen.

Und Harry würde der Erlös aus dem Verkauf des Kokains vor seinen Gläubigern retten, denn die brachten ihn bei ihrem nächsten Besuch möglicherweise um. Und sein Tod wäre im Gegensatz zu dem von Vanessa wirklich vollkommen umsonst.

Verdammt noch mal, sie brauchten beide das Geld.

*

Die Wirkung des Schmerzmittels ließ nach. Für Vanessas Transport in der Nacht hatte er die dreifache Dosis benötigt, und in seiner Hosentasche steckten nur noch zwei Tabletten. Danach hieß es, Zähne zusammenbeißen. Die Schmerzen, die Dennis' Leute ihm zugefügt hatten, waren schlimm gewesen, aber sie waren nichts gegen das, was ihm bevorstand, wenn er nicht in der Lage war, an das Kokain heranzukommen und es zu Geld zu machen. Zu dritt waren sie über ihn hergefallen: Dennis' Typen, breitschultrig, mit schlechten Zähnen, mit denen sie gnadenlos zubeißen konnten. Sie hatten Harry übel mitgespielt, weil er nicht in der Lage war, seine Schulden zu begleichen. Nicht nur mit den Zähnen.

Harry zog sein Shirt hoch und betrachtete die Narben, die sie auf seinem Bauch hinterlassen hatten. Und er konnte von Glück reden, dass die Narben nur seinen Bauch verzierten. Einer von ihnen, Bruno, hatte mehrfach Interesse bekundet, von seinen Eiern zu kosten, nur Dennis konnte ihn davon abhalten.

»Wenn er nächste Woche immer noch nicht bezahlen will, schenke ich dir seine Eier«, hatte Dennis gesagt, und da hatte sich Harry vor Angst in die Hose gepisst, was trotz aller Schmerzen das Schlimmste war, eine unerträgliche Demütigung.

Harry seufzte gepeinigt. Er setzte sich mit gespreizten Beinen auf den Boden neben die Werkbank und nahm das Chirurgie-Buch in die Hand, das er gestern bei seiner Einkaufstour durch die Stadt in einer Fachbuchhandlung erworben hatte. In der Buchhandlung waren ihm die Illustrationen einfach, klar und deutlich vorgekommen, aber jetzt sah alles fürchterlich kompliziert aus. Das Fachchinesisch verstand er nicht wirklich; er war gezwungen, sich anhand der Zeichnungen und Fotografien zu orientieren, aber es würde ihn gewaltige Überwindung kosten, den ersten Schnitt zu führen.

Natürlich musste er Vanessa aufschneiden. Es gab keine andere Möglichkeit, auch wenn ihm alles andere wesentlich lieber gewesen wäre. Mit behandschuhten Händen hatte er versucht, tief in ihrem Enddarm zu bohren, aber da war nichts außer Fäkalien und stinkenden, gärenden Flüssigkeiten. Resigniert blätterte er in dem dicken Wälzer. Lesen brachte ihn nicht weiter. Er musste den ersten Schritt tun.

Wenn Tom jetzt hereinkommt, dachte er, dann wird er völlig durchdrehen.

Harry legte das Buch zur Seite und stand auf. Zögernd trat er an die Werkbank und nahm das Fleischermesser zur Hand. Er kam sich vor wie bei einer schwarzen Messe, ein wahnsinniger Priester bei einem Blutopfer, und dabei spielte es keine Rolle, dass das Opfer bereits tot war.

Sanft setzte er das Messer am Bauch an. Die Haut gab elastisch nach; mehr passierte nicht. Harry erhöhte den Druck; die Klinge drang einige Millimeter ins Fleisch ein. Harry sah einen dünnen Schnitt, aus dem bräunliche Flüssigkeit austrat.

Ich brauche ein Skalpell, dachte er, ich will nicht anfangen müssen zu säbeln.

Harry drückte noch fester zu und zog die Klinge beherzt über Vanessas Bauchhaut. Die obere Hautschicht klaffte leicht auseinander. Er erweiterte die Wunde, Schicht für Schicht zertrennte er totes Gewebe, vorsichtig, denn er wusste nicht, wie tief er schneiden musste, damit er die Bollos unbeschädigt erreichte. Zentimeter für Zentimeter arbeitete er sich voran. Schweiß rann ihm in die Augen, der Gestank um Vanessa wurde schlimmer. Fliegen krabbelten auf seinen Armen; das Kitzeln machte ihn schier wahnsinnig. Mit jedem Zentimeter, den die Klinge tiefer in das tote Fleisch eindrang, schien sein Verstand weiter in die Hölle hinabzusteigen.

Ich halte das nicht aus, dachte er, so brauche ich Stunden. Wenn ich Vanessa in tausend kleine Stücke zerlege, dann drehe ich dabei durch.

Es musste schnell vonstattengehen.

Harry trat einen Schritt zurück und atmete mehrmals tief durch, pumpte die stinkende, faulige Luft in seine Lungen und stieß sie wieder aus. Sein Blick irrte durch den Schuppen, auf der Suche nach einem Gegenstand, der ihm die Arbeit erleichtern könnte. Im Regal stand Toms Kettensäge.

11
Tom

Das Schrillen an der Haustür weckte ihn auf. Tom fuhr hoch. Wie hatte er nur einschlafen können? Wie konnte das passieren? Es war dunkel. Kein blaugraues Dämmerlicht, sondern tiefste, schwarze Nacht vor dem Fenster. Nur der Mondschein tauchte Yasmins Zimmer in geisterhaftes Licht. Wieder schellte es.

Tom stand auf. Seine Klamotten klebten nass geschwitzt an seinem Körper. Er hatte sich eigentlich nur kurz an Yasmins Seite ausruhen wollen. Wer konnte das sein? Harry, der ihm erklärte, er hätte alles zu seiner Zufriedenheit erledigt? Vanessa wäre nicht mehr hier, sondern in einem sicheren Grab, in dem sie zur Ruhe kommen durfte?

Tom stolperte die Treppe hinunter. Die Tür zur Veranda stand sperrangelweit offen. In einem Punkt hatte Harry recht: Tom war ein Dummkopf. Die Leiche eines vermissten Mädchens lag in seinem Schuppen, und er veranstaltete einen Tag, besser gesagt eine Nacht der offenen Tür. Harry konnte also nicht an der Klingel sein. Er wäre direkt über die Veranda hereinspaziert.

Es konnte die Polizei sein, die nach Vanessa suchte und ihn befragen wollte. Die ihn verhaften würde vor den Augen seiner Tochter.

Es konnte Vanessa sein in einem weißen Totenhemd, die die Arme nach ihm ausstreckte, um ihn

in der Umarmung des Todes willkommen zu heißen.

Tom überwand seine Furcht und riss die Tür auf.

Er sah eine Frau in einem weißen Kleid und
schrie entsetzt auf.

»Mensch Tom, ich bin es nur! Was ist denn in
dich gefahren?«

Es war Jenny. Sie trug einen weißen Sommer-
mantel. Tom starrte sie an wie ein Gespenst. Sein
Gehirn erwachte nur langsam.

»Du bist also doch früher zurückgeflogen«, sagte
er.

»Ich hab's nicht mehr ausgehalten.«

»Komm rein«, sagte Tom und trat einen Schritt
zur Seite.

Jenny marschierte in den Flur. »Wo ist sie?«

»Sie liegt oben in ihrem Zimmer im Bett und
schläft.«

»Gut«, sagte Jenny erleichtert. »Machst du mir
einen Kaffee? Ich bin hundemüde.«

»Natürlich.«

Jenny ging voraus in die Küche. Plötzlich ver-
steifte sie sich und blieb stehen. »Warum ist die
Hintertür offen?«, fragte sie.

Shit, dachte Tom. »Ich muss vergessen haben, sie
zu schließen.«

»Vergisst du das öfter? Hast du keine Angst vor
Einbrechern?«

»Ich bin noch nicht lange im Bett gewesen.« Tom
fiel keine bessere Ausrede ein.

Jenny machte das Licht an und schloss die Tür.

»Und im Schuppen brennt Licht!«

Du meine Güte.

»Ich habe spät noch im Schuppen gearbeitet. Eigentlich wollte ich nur kurz nach Yasmin sehen, dabei bin ich eingeschlafen.«

»Und Yasmin war alleine im Haus, während du im Schuppen gearbeitet hast und die Hintertür offen stand?« Jenny klang eher streng als wütend. Tom gab keine Antwort. Jenny, wenn du wüsstest, was hier wirklich los ist, dachte er schuldbewusst.

»Entschuldige«, sagte sie dann. »Ich muss erstmal runterkommen. Nach unserem Telefonat habe ich es fast nicht mehr ausgehalten. Irgendein Gefühl sagte mir, dass etwas nicht in Ordnung ist. Ich wollte nur noch nach Hause, fühlte mich so hilflos. Und dann eingesperrt im Flieger – es war die Hölle.« Sie setzte sich und schaute ihn an. »Ich hätte gar nicht wegfahren sollen. Nicht ohne Yasmin. Das war ein Fehler.«

»Mach dir keine Vorwürfe.« Mein Gott, warum war er eingeschlafen? Unter diesen Umständen? Und warum brannte im Schuppen Licht? Wartete Harry etwa immer noch darauf, dass er ihm mit der Toten half? Und was, in Gottes Namen, hatte er die ganze Zeit mit ihr getrieben?

Jenny lächelte. »Kriege ich jetzt einen Kaffee?«

»Natürlich.« Tom schaltete die Maschine ein. Er war froh, dass Jenny sein Gesicht nicht sehen konnte, als er ein Tablett mit Tassen, Milch und

Zucker und ein paar Keksen richtete. Sie konnte gut in seinem Gesicht lesen und erkannte für gewöhnlich sofort, wenn etwas nicht stimmte.

Er warf einen Blick nach draußen, während der Kaffee durchlief. War da eine Bewegung im erleuchteten Fenster des Schuppens? Was, wenn Harry herüberkam, weil er Licht in der Küche sah? Harry mit seinen nach Verwesung stinkenden Klamotten?

»Erzähl mir von eurem Wochenende«, sagte Jenny.

Tom dachte angestrengt nach. Yasmin war am Freitag angekommen. Seitdem war so wahnsinnig viel passiert. Vanessa fiel ihm ein, und wie er sie gefunden hatte. Jenny, wie sie mit ihrem alten blauen Auto auf ihn zugefahren war. Yasmin mit ihrem Kinderkoffer vom Flohmarkt, in die falsche Richtung winkend auf dem Rücksitz. Ein anderer Koffer, mit unbenutzter Sonnenmilch und sauberer Wäsche.

»Es war eigentlich sehr schön«, sagte er, »aber irgendwann hat Yasmin Sehnsucht nach dir bekommen.«

»Das hätte ich mir denken können«, sagte Jenny und seufzte. »Und weiter?«

Wie, weiter? Was hatte er zuletzt gesagt? »Du siehst müde aus«, sagte Tom, weil ihm nichts anderes einfiel.

»Und du erst!« Jenny lächelte. »Total fertig siehst du aus. Was habt ihr beide denn getrieben? Los, setz dich.« Sie klopfte mit der Hand auf einen freien Stuhl, als wäre er ein Hündchen, das ausnahmsweise mit den Menschen am Tisch sitzen darf.

Tom servierte den Kaffee für sie beide und setzte sich gehorsam neben Jenny. »Im Baumarkt sind wir auch gewesen.«

»Im Baumarkt«, sagte Jenny schmunzelnd. »Ein beliebtes Ausflugsziel für kleine Mädchen. Kein Wunder, dass sie Sehnsucht nach ihrer Mama bekommen hat.«

»Es hat ihr gefallen. Sie möchte ein Fahrrad, sobald sie wieder richtig sieht.«

»Ich weiß.« Jenny nickte. »Ihre Freundinnen können alle schon längst fahren, nur sie nicht.«
Die Situation war unwirklich. Tom meinte, im falschen Film zu sein. Da saß er in seiner Küche mit seiner Ex-Freundin und sie tranken Kaffee, Yasmin schlief oben im Kinderzimmer, die Küchenuhr zeigte halb zwölf in der Nacht, sein Freund Harry fummelte an der Leiche einer jungen Frau herum und hoffte auf eine Stange Geld, damit er seine Schulden zurückzahlen konnte.

Er hob den Kopf. »Wir haben Julia im Zoo getroffen«, sagte er.

»Das sagtest du bereits.«

Du hast gesagt, du wärest mit ihr in London, aber das stimmt nicht. Nein, das klang unnötig vorwurfsvoll. Jenny war ihm keine Rechenschaft schuldig.

»Ich weiß, was du meinst«, sagte sie leise. »Tom – es gibt jemanden in meinem Leben. Ich wollte abwarten, ehe ich dir davon erzähle, es ist noch so frisch, und ich wusste gar nicht …«

»Ob es sich lohnt, von ihm zu erzählen«, sagte er bitter.

«Genau.« Sie nickte.

»Und – tut es das?«

»Ich weiß es nicht.« Sie lehnte sich zurück und betrachtete Tom abschätzend. »Aber ich denke schon.«

»Du klingst nicht wirklich überzeugt.«

»Das muss sich erst einspielen mit uns. Ich will das jetzt nicht unnötig ausführen.«

»Jenny, hör zu. Ray ist kein netter Kerl. Er ist ein Verbrecher der übelsten Sorte.«

»Soso, du weißt also über Ray und mich Bescheid.« Jenny fragte nicht nach, woher er das wusste. Sie musterte ihn eindringlich, als würde sie überlegen, ob er ihr womöglich hinterherspioniert hatte, mit wem sie sich traf. »Du irrst dich. Ray gehören etliche Kneipen und Diskotheken, und es gibt eine Menge Menschen, die darauf neidisch sind, Gerüchte verbreiten und dummes Zeug reden.«

»Er handelt mit Drogen.«

»Das sagst gerade du.«

»Jenny, es ist Jahre her, dass ich gedealt habe!«

»Ich weiß, dass es vor ein paar Monaten in einer seiner Kneipen eine Razzia gegeben hat und dabei

Kokain gefunden wurde. Ray hat die Kneipe sofort schließen lassen und sämtliche Mitarbeiter gefeuert. Er hat nichts von dem Stoff gewusst.«

»Das glaubst auch nur du«, sagte Tom wütend.

Jenny seufzte. »Tom, ich will mich jetzt nicht mit dir streiten.«

»Ich mache mir Sorgen. Um dich. Und um Yasmin.«

»Ray mag Yasmin.« Jenny klang trotzig wie ein kleines Kind.

Tom holte tief Luft und setzte alles auf eine Karte. »Ray Szabo hatte eine Freundin. Sie ist vor einigen Tagen verschwunden. Vanessa Kramer. Es stand in der Zeitung.«

»Das weiß ich. Sie waren vorher zusammen, aber das ist vorbei. Ray meint, Vanessa wäre wahrscheinlich durchgebrannt.«

»Ihre Eltern … ach, egal.« Tom winkte müde ab. Es hatte keinen Wert. Er würde sich noch um Kopf und Kragen reden. Außerdem, was musste er sich beschweren. Momentan hatte er ebenso viel Dreck am Stecken wie Szabo, mit dem, was auf seinem Grundstück passierte.

»Ich gehe Yasmin holen«, sagte er und machte Anstalten, aufzustehen.

»Weißt du was?«, sagte Jenny. »Ich bin schrecklich müde. Ich glaube, ich bleibe heute Nacht hier, dann brauchst du Yasmin nicht zu wecken.«

Tom warf einen Blick zum Fenster. »Jenny, das geht nicht.«

»Warum denn nicht?«, sagte sie überrascht.

Tom schüttelte nur den Kopf.

»Hast du etwa Angst vor Ray? Das brauchst du nicht«, sagte Jenny.

»Nein, ich denke einfach nur, dass es besser ist, wenn ihr beide jetzt geht.«

Jahrelang hatte er jedem Wiedersehen entgegengefiebert, hatte die Minuten gezählt, die er mit Yasmin oder Jenny verbringen konnte; jetzt waren sie beide hier, und sie standen im Weg. Tom hatte zu tun. Er musste die Spuren einer weiblichen Leiche entsorgen. Musste wahrscheinlich helfen, die Leiche wegzubringen, zu begraben, irgendwo zu beerdigen, im See zu bestatten.

Ein Mensch, der zu so etwas fähig war, hatte weder Jenny noch Yasmin verdient.

»Na gut.« Jenny stand auf. »Wenn du es nicht anders willst, zerre ich jetzt unser schlafendes Kind aus dem Bett.«

»Ich trage sie zu deinem Auto, falls sie nicht von alleine aufwacht, wenn sie deine Stimme hört.«

»Eigentlich ist es doch Unsinn, Tom … Warum sollen wir das schlafende Kind in der Gegend herumschleppen? Wenn sie in der Nacht wach werden sollte, kann ich immer noch mit ihr heimfahren.«

Jenny wollte unbedingt bleiben, das merkte Tom. Wie häufig hatte er von diesem Augenblick geträumt in den letzten Jahren? Jeden Tag und jede Nacht. Wie sehnlich hatte er sich gewünscht, dass Jenny zu ihm zurückkehren würde und für immer bei ihm blieb. Er kannte sie gut genug, um zu wissen, dass es nicht ihre Art war, auf der Couch eines Mannes zu übernachten, für den sie sich kein bisschen interessierte. Sie war nicht die Frau, die sich vor Müdigkeit irgendwo einquartierte. Und schon gar nicht in seinem Bett. Jenny schlief am liebsten zuhause.

Anscheinend war sie von einer Beziehung mit Szabo nicht tausendprozentig überzeugt. Manchmal lernte man den Ex erst zu schätzen, wenn sich etwas Neues auftat. Das schien bei Jenny gerade der Fall zu sein.

»Es geht nicht«, sagte Tom abrupt. »Ich gehe Yasmin holen.«

Jenny zuckte die Achseln und drehte sich weg. Tom wusste, dass es jetzt endgültig aus war mit ihnen. Er hatte die winzige Chance nicht ergriffen, hatte den Finger, den sie ihm reichte, abgewiesen. Aber er musste erst diese Sache ins Reine bringen. Diese schreckliche Sache im Schuppen.

Auf den Armen trug er Yasmin nach unten und setzte sie auf den Rücksitz von Jennys Auto. Das Mädchen fragte verschlafen, was los sei, ohne die Augen zu öffnen.

»Mama ist da, Liebling«, flüsterte Jenny und küsste ihre Wange. Sie drehte sich zu Tom um. »Wiedersehen, du sturer Esel.« Liebevoll boxte sie gegen seinen Bizeps.

Tom war nicht in der Lage, zu sprechen, sich zu entschuldigen oder sich von Yasmin zu verabschieden. Mit brennenden Augen schaute er Jennys Wagen hinterher, bis die Rücklichter am Ende der Straße um die Ecke bogen.

Tom war nichts anderes übriggeblieben, als diese Chance auszuschlagen. Das Risiko war zu groß, dass Jenny etwas mitbekam von dem, was im Schuppen passiert war. Oder immer noch passierte, denn warum sonst brannte noch Licht? Verdammt noch mal, er hatte Harry deutlich genug gesagt, dass er endlich zum Ende kommen und verschwinden sollte.

Tom holte tief Luft und trat auf den Schuppen zu. Er wusste, dass ihn etwas Schreckliches erwartete. Er spürte es. Die Tür war nicht verriegelt. Er riss sie sperrangelweit auf.

*

Harry stand vor der Werkbank und drehte ihm den Rücken zu. Unwirsch fuhr er herum, als er Tom eintreten hörte. Seine Kleidung war von oben bis unten mit einer grünlich-bräunlichen Flüssigkeit beschmiert. Selbst sein Gesicht wies schmutzigbraune Streifen auf. In der Hand hielt Harry ein großes Fleischmesser. Es stammte aus dem Messerblock in der Küche, und in einem Winkel seines Bewusstseins sah Tom Harry vor sich, wie er die Sandwiches mit Mayonnaise bestrichen hatte. Mit diesem Messer. Sein Magen verknotete sich.

»Ich bin gleich so weit«, sagte Harry. »Einen Augenblick noch. Aber ich könnte etwas zu trinken vertragen. Das Mineralwasser ist alle. Bringst du mir noch eine Flasche?«

Trotz seines starken Ekels und Widerwillens trat Tom langsam auf die Werkbank zu. Vanessa war nun vollkommen nackt. Ihre Kleidungsstücke lagen sorgfältig zusammengefaltet auf dem kleinen Lederkoffer neben der Werkbank. Daneben standen ihre Sandalen.

Die Plastikfolie bildete am Rand der Werkbank einen Wulst. So konnte nichts auslaufen von Vanessas Körperflüssigkeiten, denn die Zerlegung der Leiche befand sich in vollem Gange. Tom konnte einige Einschnitte auf ihrer Bauchhaut erkennen. Schließlich hatte Harry das Messer an ihrem Bauch angesetzt, wo er anscheinend versuchte, das sich zersetzende Gewebe Schicht für Schicht zu durchtrennen. Die austretenden Leichensäfte bildeten einen Flüssigkeitsspiegel um Vanessa. Sie badete in ihren eigenen, verrotteten Säften wie in einer Badewanne. Nichts tropfte herunter, so akkurat lag die Folie aus. Auch den Boden um die Werkbank bedeckte die Folie.

»Ich muss vorsichtig sein«, sagte Harry. »Wenn ich mit dem Messer die Päckchen zerschneide, ist das Dope im Arsch. Das wäre übel. Wenn es verunreinigt ist, kann ich es nicht verkaufen.«

Tom versuchte, durch den Mund zu atmen, aber selbst dann konnte er dem grauenhaften Gestank nicht entgehen, er konnte ihn regelrecht schmecken. Wie durchsichtiger Sirup drang er in seinen Mund und seine Nase. Tom schloss den Mund wieder, weil er das Gefühl hatte, die dicke, stinkende Luft zu trinken.

Seit Stunden hielt sich Harry mit einem verwesenden Leichnam im Schuppen auf, hatte sich mit ihm eingeschlossen. Allein der Sauerstoffmangel reichte aus, um vollkommen durchzudrehen. Tom trat einen Schritt zurück und atmete saubere Nachtluft ein, die von draußen hereinströmte.

»Hilfst du mir?«, sagte Harry. »Ich hab's gleich gefunden. Ich muss nur noch ein ganz kleines bisschen tiefer schneiden. Das Fachbuch ist viel zu kompliziert geschrieben, aber die Illustrationen haben mir weitergeholfen.«

Tom antwortete nicht. Er stand in der offenen Schuppentür und beobachtete Harry argwöhnisch. Harrys Augen rollten in den Höhlen, das Weiße kam überdeutlich zur Geltung. Wie bei einem verletzten Pferd, dachte Tom. Er hätte es mitbekommen müssen, dass sein Freund überschnappte. Harrys Sicherungen waren durchgebrannt, eine nach der anderen herausgeflogen, während Tom in Selbstmitleid gebadet und nichts davon mitgekriegt hatte.

»Ich habe das Messer hier angesetzt«, erklärte Harry und zeigte mit dem Finger auf Vanessas Oberbauch. »Aber es ist nicht so leicht, wie es in dem Buch aussieht. Selbst mit einem anständigen

Messer. Ich habe mich Schicht für Schicht vorgearbeitet, aber irgendwie sieht alles gleich aus. So würde es ewig dauern. Ich muss härtere Maßnahmen ergreifen.«

Harry bückte sich und griff unter die Werkbank. Tom registrierte etwas Orangefarbenes: Es war seine Motorsäge.

»Ich kann damit nicht umgehen«, sagte Harry. »Aber du. Wenn du Vanessa einmal in der Mitte durchschneidest, haben wir es einfacher. Das Kokain muss sich ungefähr hier …«, er zeigte auf Vanessas zerschundenen Unterleib, »hier befinden. Direkt darüber sägst du sie quer durch.« Er nahm die Motorsäge in die Hand und hielt sie Tom entgegen.

»Leg das weg«, sagte Tom. Er hatte seelenruhig verschlafen, wie sein bester Freund dem Wahnsinn verfallen war. Du musst jetzt Ruhe bewahren, sagte er sich.

»Leg die Säge an ihren Platz zurück. Wir werden niemanden aufschneiden. Wir werden Vanessa jetzt in diese Folie einwickeln und wegbringen. Verstanden?«

»Erst holen wir uns das Kokain«, sagte Harry.

»Wie schalte ich die ein?« Er fuchtelte ungeschickt mit der Motorsäge herum. Eindeutig hielt er ein solches Gerät zum ersten Mal in der Hand. Fehlte noch, dass er sich ins Bein schnitt.

»Du kannst damit nicht einfach einen Menschen in der Mitte durchschneiden, Harry, das funktioniert nicht. Die Säge ist für Holz und andere Materialien gedacht. Leg sie auf den Boden und komm her zu mir.«

»Du lässt mich hängen«, sagte Harry. »Na gut. Ich kriege das alleine hin.« Er schwenkte die Säge herum und setzte sie an Vanessas Bauch an.

Tom hatte nur einen Gedanken: Vanessa durfte auf keinen Fall weiter verunstaltet werden. Harry hatte ihr bereits schrecklich zugesetzt, und Tom musste dafür sorgen, dass ihr Körper nicht noch mehr geschändet wurde. Er sprang auf Harry zu und versuchte, ihm die Motorsäge aus den Händen zu reißen. »Gib mir die Säge«, sagte er und trat neben Harry. »Ich mache das schon.«

»Ich denke nicht daran«, sagte Harry bockig. »Du willst sie mir doch nur wegnehmen.« Er stemmte sich gegen Tom, der damit nicht gerechnet hatte. Reflexartig gelang es Tom, sich am Rand der Werkbank abzustützen. Nicht auszudenken, wenn er und Harry gestürzt wären, mit der Motorsäge zwischen ihnen.

»Du bringst uns noch um! Harry, gib mir die Säge!«

Harry fletschte die Zähne. Tom schien für ihn ein Gegner geworden zu sein. Nervös schwenkte er die Motorsäge nach links und rechts. Er schien nicht recht zu wissen, ob er Tom angreifen oder sich lieber Vanessa zuwenden sollte. Tom fürchtete, dass sich sein Freund versehentlich selbst eine Verletzung zufügte.

Abrupt drehte sich Harry um und hielt die Motorsäge erneut über Vanessa. Dieser Verrückte setzte tatsächlich an, sie zu zweiteilen. Harry tastete nach dem Einschaltknopf und drückte ihn. Die Motorsäge röhrte auf.

»Nein!« Tom sprang vor. Er trat kräftig aus und traf die Motorsäge. Harry ließ sie fallen. Beinahe wäre sie auf seinem Fuß gelandet. Der Motor ging aus. Geistesgegenwärtig beförderte Tom die Motorsäge mit einem erneuten Tritt aus Harrys Reichweite.

Harry hechtete hinterher. Tom sprang hastig vor und stellte ihm ein Bein. Harry stürzte und prallte mit der Brust auf das Gehäuse der Säge. Es musste ordentlich wehtun, aber darauf konnte Tom jetzt keine Rücksicht nehmen. Seine einzige Chance bestand darin, Harry außer Gefecht zu setzen, ihn notfalls k.o. zu schlagen. Dann würde er seinen Freund ins Haus schaffen und hoffen, dass er sich so weit beruhigte, dass man mit ihm reden konnte. Danach würde Tom überlegen, was zu tun war.

Harry stand mit schmerzverzerrtem Gesicht auf. Er presste eine Hand auf die Brust und schnappte nach Luft. Mit der freien Hand versuchte er, die Säge aufzuheben.

»Harry, hör auf«, sagte Tom gepresst.

»Lass mich in Ruhe.« Harry erholte sich schnell. Er kniete sich auf den Boden und fummelte an der Motorsäge herum, aber sie wollte nicht anspringen.

»Harry …« Tom legte Harry die Hand auf die Schulter. Es sollte beruhigend und versöhnlich wirken, aber Harry ließ die Säge los und fuhr blitzschnell herum. Er schlug Tom mit der Faust ins Gesicht.

Tom taumelte überrascht einen Schritt zurück. Harry setzte nach und stieß ihn heftig vor die Brust, und Tom stolperte und stürzte rücklings zu Boden.

Plötzlich war Harry über ihm. Harry mit seinem verschmierten, irrsinnig verzerrten Gesicht. Er umschloss Toms Kehle mit beiden Händen und drückte zu. Tom wurde die Luft abgeschnitten. Er spürte, wie Harrys Daumen in Richtung seines Kehlkopfes wanderte. Seine Hände fuhren hoch, und er mühte sich ab, Harrys Finger von seinem Hals zu lösen, aber er schaffte es nicht. Harrys Gesicht war ganz nah an seinem, seine Augen starrten direkt in die von Tom. Er wird mich doch nicht umbringen, er ist mein Freund, dachte Tom. Aber er muss loslassen, ich bekomme keine Luft. Seine Lunge krampfte sich bei dem Versuch, einzuatmen, schmerzhaft zusammen, in seinem Kopf begann das Blut zu rauschen. Hör auf, bitte, Harry, ich kann nicht mehr. Du bringst mich noch um. Er wollte etwas sagen, wollte mit Harry reden, aber er war nicht in der Lage, seine Lippen zu bewegen, geschweige denn, einen Ton herauszubringen. Harry schien entschlossen zu sein, ihn umzubringen.

»Es ist mein Kokain«, flüsterte Harry. »Ich wollte mit dir gemeinsame Sache machen, aber du kommst mir dauernd in die Quere. Du wirst mich nicht daran hindern.«

Tom winkelte das rechte Bein an. Es gelang ihm, eine wuchtige Drehung zu vollführen, bis er auf Harry zu liegen kam. Die Hände um seinen Hals lockerten sich.

Tom drosch mit letzter Kraft seine Faust seitlich an Harrys Kopf. Verblüfft ließ Harry seinen Hals los. Tom rollte sich weg und sog gierig die Luft ein. Auf der Seite liegend, ließ er Harry nicht aus den Augen, erwartete einen weiteren Angriff. Harry war nicht mehr zurechnungsfähig.

Harry sprang auf und drehte sich zu der Motorsäge um. Er bückte sich, um sie aufzuheben.

Mühsam rappelte Tom sich auf. Der Luftmangel schwächte ihn immer noch. Er taumelte und versuchte, sich irgendwo festzuhalten. Dabei bekam er den Griff der Hacke zu fassen, die mit den anderen Gartengeräten an der Wand hing. Tom zog sich am Schaft der Hacke hoch und riss dabei die Aufhängung aus der Verankerung. Krachend und scheppernd fielen Gartengeräte zu Boden. Der Griff eines Spatens traf ihn schmerzhaft am Kopf, aber Tom ließ die Hacke nicht los. Er rappelte sich auf. Breitbeinig stand Harry vor ihm. In seinen Augen funkelte die Kampflust. Er hielt die Motorsäge wie eine Waffe, drehte sich mit Schwung und versuchte, Tom das Gehäuse an den Kopf zu dreschen.

Tom konnte sich gerade noch wegducken. Er fuhr hoch und schwenkte die Hacke in einem eleganten Bogen gegen seinen Freund.

Es knackte, als hätte man eine Kokosnuss mit der Axt gespalten. Die Spitze der Hacke riss Harrys Kopfhaut auf und drang in seinen Schädelknochen ein. Harry riss verblüfft die Augen auf. Blut floss wie aus einem Springbrunnen über seinen Hals und auf sein Shirt. Sehr viel Blut. Harry ging auf die Zehenspitzen und begann zu tänzeln wie eine Primaballerina, kerzengerade, als hinge er an einem Faden, der ihn aufrecht in die Höhe zog.

»Harry, mein Gott«, stammelte Tom. »Hock dich hin, wir müssen das verbinden ...«

Harry vollführte eine Drehung und tänzelte auf Vanessa zu. Es war vermutlich keine Absicht. Sein Körper schlug aus purem Zufall diese Richtung ein, aber Tom steckte bis in die Zehenspitzen voll mit Adrenalin, und sein Wille, Harry von Vanessa fernzuhalten, war übermächtig. Harry durfte sie nicht noch einmal schänden, schneiden, nicht einmal berühren. Tom musste ihn aufhalten. Er warf sich gegen Harry und stieß ihn von Vanessa weg.

Harry fiel um wie ein Stein. Sein Kopf knallte auf den Boden. Es gab ein Geräusch wie bei einer aufplatzenden Melone. Er riss seine Augen noch weiter auf. »Ooh«, sagte er. »Ooooh ...«

Speichel spritzte aus seinem Mund. Seine Gliedmaßen begannen zu zittern und sich zu verkrampfen. Ein Krampfanfall. Oh Gott, ich habe sein Gehirn verletzt, dachte Tom, das habe ich nicht gewollt, ich wollte ihn doch nur aufhalten.

Tom warf die Hacke achtlos in die Ecke und kniete sich neben seinen Freund. Harrys Hinterkopf schlug mehrmals hintereinander wuchtig auf den Boden. Blutspritzer besprenkelten die Holzdielen um ihn herum wie schwarzer Regen. Verzweifelt schob Tom seine Hände unter Harrys Schädel, um die Wucht des Aufpralls zu mindern. Die Haare seines Freundes fühlten sich glitschig an vor Blut, irgendwie fleischig, als wäre nicht nur Blut ausgetreten, sondern auch Gewebe. Kann das verheilen? dachte Tom. Heilt das folgenlos aus?

Der Krampfanfall ließ nach. Harry rollte wild mit den Augen. Tom beugte sich zu ihm hinunter.

»Ich lasse dich kurz alleine«, stammelte er. »Ich hole den Erste-Hilfe-Kasten, okay?«

Harry schaute ihn an, und dann rollte sein rechtes Auge nach oben und das linke nach ganz außen. Tom warf den Kopf in den Nacken und schrie seine Verzweiflung hinaus.

Wir brauchen einen Krankenwagen, dachte er, aber vorher muss ich Harry aus dem Schuppen schaffen, denn hier können die Sanitäter nicht hereinkommen. Er bückte sich zu seinem Freund hinunter, brachte seine Lippen ganz nahe an dessen Ohr. »Ich hole Hilfe«, flüsterte er panisch. »Ich komme gleich wieder, ich versprech's dir!«

Er wollte Harrys Kopf ablegen, aber er konnte sich nicht überwinden, den blutenden Schädel mit der klaffenden Wunde mit dem schmutzigen Boden in Berührung zu bringen. Und dann quoll etwas aus der Wunde, versuchte, sich aus dem blutigen Spalt hinaus zu zwängen wie bei der Geburt eines wahnsinnigen Parasiten. Als wollte der Wahnsinn aus Harry hinausfahren, aber Tom wusste es besser: Es war Harrys Gehirn. Er drückte seine glitschigen, blutüberströmten Hände gegen den Spalt. Ihm war klar, wenn er losließ, würde Harrys Hirn herausspritzen. Das durfte er nicht zulassen. Die Tür des Schuppens stand offen; wenn er lange genug laut um Hilfe rief, würde ihn vielleicht sogar jemand hören, würde jemand hereinkommen, um zu sehen, ob er helfen konnte, und er würde die tote Vanessa sehen, und dann ...

»Es tut mir leid«, flüsterte Tom. »Es tut mir so leid.«

Harry fing urplötzlich an, laut und tief und schnaubend ein- und auszuatmen. Seine Atemzüge gingen gleichmäßig wie ein Uhrwerk, auf Tom wirkte es ähnlich nervenzerfetzend wie ein tropfender Wasserhahn, und er hoffte, dass es gleich aufhörte, aber Harry atmete weiter wie eine Maschine. Er verdrehte seine Augen nicht mehr. Sie wirkten klar, aber verwundert, als fragte er sich, wie es so weit hatte kommen können, als suchten sie die Antwort darauf, wie das passieren konnte, warum er mit eingeschlagenem Schädel auf dem schmutzigen Boden dieses Schuppens lag, anstatt mehrere hunderttausend Euro für astreines Kokain von irgendeinem Dealer einzustreichen.

»Es wird alles gut«, flüsterte Tom in Harrys blutendes Ohr. »Weißt du was, *ich* hole uns das Dope. Vielleicht habe ich mehr Glück als du. Ich hole es, dann heben wir Vanessa ein schönes Grab im Wald aus, und anschließend machen wir mit dem Geld eine Sause, was meinst du? Nur wir beide, Harry.« Harrys Blicke irrten umher, als suchten sie Hilfe, jemanden, der alles wieder in Ordnung brachte. Als Tom glaubte, das pfeifende, blubbernde Geräusch beim Luftholen würde ihn wahnsinnig machen, hörte Harry auf zu atmen.

»Nein! Nein, nein! Harry, wach auf, bitte!«

Aber Harry war wach. Er atmete nur nicht. Mit weit geöffneten Augen schaute er Tom an. Fragend, als wolle er eine Erklärung für das alles.

»Atmen, bitte, Harry, du musst atmen!«, schrie Tom. Aber Harry atmete nicht. Er schaute einfach nur Tom an, mit diesem fragenden Blick. Vor seinem Mund bildete sich eine große, blutige Blase. Sie platzte auf. Blutstropfen spritzten in Toms Gesicht.

»Bitte, Harry, bitte …«

Dann setzte diese schreckliche, maschinenartige Atmung wieder ein. Ich muss etwas tun, dachte Tom, ich muss irgendetwas tun. Vorsichtig bettete er Harrys Kopf auf seine Knie, schlüpfte so schnell wie möglich aus seinem T-Shirt und wickelte es als behelfsmäßigen Verband um Harrys Schädel. Das

Blut durchtränkte das Shirt sofort. Würde es halten? Würde es das geschwollene, wahnsinnige Gehirn davon abhalten, sich aus dem Wundspalt herauszudrücken, weil es sich in diesem verletzten Schädel nicht mehr wohl fühlte?

Siedend heiß fiel Tom Harrys Handy ein. Er fuhr mit der Hand in Harrys vordere Jeanstasche und ertastete das schmale Gehäuse. Er zog es heraus, und es glitschte aus seiner blutverschmierten Hand und schlitterte über den Boden des Schuppens. Tom wischte die Hände achtlos an seiner Jeans ab und hechtete hinterher. Er würde einen Krankenwagen rufen und dann Harry aus der Scheune und auf die Straße hinausschaffen, wo die Sanitäter ihn einladen konnten. Er drückte die 1-1-2, dann wurde das Display dunkel. Der Akku war leer.

»Scheiße, Scheiße, Scheiße!«, jammerte Tom.

Er musste ins Haus gehen und mit seinem eigenen Handy telefonieren. Er beugte sich über Harry, um ihm Bescheid zu sagen, dass er gleich zurück sein würde, als ihm auffiel, dass Harrys Atmung erneut ausgesetzt hatte. Seine Augen starrten gebrochen zur Decke. Harry war tot.

12
Ray Szabo

Rajnald Szabo hasste es, zu verlieren.

Es hatte eine Zeit gegeben, in der er sich für einen geborenen Verlierer hielt. Als er als Kind ungarischer Einwanderer in Deutschland ankam, die Sprache seiner Mitschüler nicht verstand und sich wie ein Außenseiter fühlte. Einsam stand er auf dem Schulhof, während die anderen Kinder bolzten und Freundschaften schlossen und über den Jungen lachten, mit dem man sich nicht unterhalten konnte. Die Erinnerungen an das unbeschwerte Leben in seiner alten Heimat erloschen wie die Flamme einer heruntergebrannten Kerze; wenn er an seine Kindheit zurückdachte, was er gewöhnlich vermied, schien sie in diesem fremden neuen Land zu beginnen.

Die Familie Szabo integrierte sich in Deutschland schnell, aber die ersten Wochen und Monate prägten den kleinen Rajnald. In dieser Zeit fasste er einen festen Entschluss: Nie wieder würde er zu den Verlierern gehören. Ab jetzt würde er nur noch gewinnen und auf der Sonnenseite des Lebens stehen.

Was sich der einsame, verunsicherte Siebenjährige schwor, hielt er sein ganzes Leben lang. Ray Szabo stand kurz vor seinem vierzigsten Geburtstag, und er hatte erreicht, was er wollte. Er gehörte zu den wohlhabendsten Männern der Stadt. Mit

Beharrlichkeit und Durchsetzungsvermögen hatte er es zu etwas gebracht. Es galt, jede Situation zu seinen eigenen Gunsten zu nutzen. Wer das hinkriegte, hatte es geschafft, was Szabo mit Fug und Recht von sich behaupten konnte. Seine Kneipen und Bars liefen bestens, aber das war Nebensache; Schmuckwerk, um sein eigentliches Geschäft, mit dem er eine Menge Geld verdiente, zu verschleiern. Seine Angestellten kuschten, er konnte sich auf sie verlassen. Ray nannte sie seine Schäfchen. Hin und wieder verirrte sich eines seiner Schäfchen, und dann wurde es Zeit, einen scharfen Hund darauf anzusetzen, der das Schäfchen an seinen Platz zurückscheuchte. Wenn das nicht ausreichte, musste er leider auch einmal zum Beil greifen und das Lamm schlachten. So wie neulich. Bedauerlich, sehr bedauerlich.

Aber war das Schlachten eines Lammes in der Bibel nicht mit einer rituellen Opferung, der Erlösung, gleichzusetzen? Szabos Lämmer mussten sterben, damit er seine Hände in ihrem Blut reinwaschen konnte. Sie mussten sterben, wenn sie versuchten, ihn in den Schmutz zu ziehen. Seine weiße Weste zu beflecken. Wie Jesus Christus am Kreuz, starben sie für die Sünden anderer.

*

Auf dem Flughafen Heathrow ging es an diesem Abend verhältnismäßig ruhig zu. Die nächste Ma-

schine mit zwei freien Plätzen startete in einer
Stunde. Eigentlich passte Ray Szabo die vorzeitige
Rückreise ganz gut. Er hatte einiges zu erledigen.
Zuhause lag das geschlachtete Lamm in seinem
Blut.

Jenny, seine frisch gebackene Verlobte, hielt ihn
für einen großzügigen Wohltäter, der ihr zuliebe
seinen Urlaub abbrach. Das konnte ihm nur recht
sein.

So kurz nach Vanessas Verschwinden eine Reise
nach London anzutreten, barg ein gewisses Risiko.
Vor dem Hinflug hatte er schon mit einem Polizei-
beamten über Vanessa gesprochen und den Unwis-
senden gespielt. *Nein, er hatte keine Ahnung, wo sie sich
herumtrieb. Sie denken doch nicht an ein Verbrechen? Gott,
das ist ja entsetzlich.* Zuvorkommend teilte er dem
Beamten die Adresse des Londoner Hotels mit, in
dem er mit Jenny unterkommen würde, und überließ ihm seine Handynummer, mit dem Angebot,
jederzeit anzurufen, falls es weitere Fragen geben
sollte. Allerdings bezweifle er, dass er in irgendeiner
Form weiterhelfen könne.

Szabos persönliche Bekanntschaft mit dem Polizeidirektor, der in seinen Bars ein- und ausging,
wirkte sich natürlich vorteilhaft aus. Auf dem örtli-
chen Polizeirevier gab es niemanden, der nicht
wusste, dass Szabo und der Polizeidirektor auf Du
und Du standen.

Genau wie sie alle wussten, dass Ray Szabo ein
Mann war, der nicht verlor.

Sein persönlicher Schutzengel war der Polizeidirektor jedoch nicht. Er mochte gelegentlich ein Auge zudrücken oder eine Ermittlung, in der Szabos Name fiel, in eine andere Richtung lenken. Aber Freigetränke und kostenloser Zugang zu diversen Etablissements garantierten Szabo keinen Freibrief. Und der Mord an Vanessa war eine heikle Angelegenheit. Ihr Verschwinden konnte Szabo trotz aller Vorsicht in den Fokus der Ermittlungen rücken.

Vanessa, dieses dumme Weibsbild, hatte es tatsächlich gewagt, ihm zu drohen, als Szabo klarstellte, dass sie nicht seine zukünftige Ehefrau sein würde. Sie war jahrelang mit ihm ins Bett gestiegen, sie hatte für ihn gearbeitet, und zwischendurch hatte sie eine Zeitlang bei ihm gewohnt; als Gegenleistung finanzierte Szabo ihren Lebensunterhalt, und das nicht zu knapp. Sein festes Mädchen war sie nie gewesen. Insgeheim hatte sie wohl die ganze Zeit auf die Ehe mit Szabo gehofft.

Sie wurde bitter enttäuscht, als Szabo ihr eröffnete, dass eine andere Frau in sein Leben getreten war, mit der er in den Hafen der Ehe einzulaufen gedachte. Da war Vanessa ausgerastet und hatte gedroht, zur Polizei zu gehen. Und nicht nur damit. Sie hatte versucht, ihm ein Kind anzuhängen.

Frauen, dachte Szabo. Sie waren einfach zu emotional. Ein geprellter Mann hätte an ihrer Stelle ein Pokerface aufgesetzt und wäre direkt zur nächsten

Polizeidienststelle marschiert, um auszupacken. Vanessa wusste eine Menge über Szabo, mehr als genug, um ihn mit ihrer Aussage für den Rest seines Lebens hinter Gitter zu verfrachten. Aber dieses dumme Schaf blökte die Drohung hinaus und servierte Szabo die Warnung auf dem silbernen Tablett. Vermutlich hätte man ihr sowieso nicht geglaubt. Szabos Anwälte hätten das Kokain schniefende Luder, das das Leben des seriösen und glaubwürdigen Geschäftsmannes aus reiner Boshaftigkeit zerstören wollte, in der Luft zerrissen. Aber er wollte es nicht darauf ankommen lassen. Er hatte keine Ahnung, ob sie über die Jahre hinweg nicht etliche Beweise gegen ihn gesammelt hatte.

Also hatte er dafür sorgen müssen, dass Vanessa verschwand. Für immer. Der gewaltsame Tod einer derart schönen Frau war eine Schande, reine Verschwendung eigentlich, wo so viele unansehnliche Menschen den Erdball bevölkerten. Aber Szabo hatte keine andere Möglichkeit gesehen, als sie aus dem Weg zu schaffen. Früher oder später hätte sie den Mund aufgemacht.

Er beobachtete Jenny von der Seite. Normalerweise hatte sie ein feines Gespür, reagierte sehr sensibel und hätte gemerkt, dass er sie taxierte, zumal er direkt neben ihr stand. Seine Hand berührte ihre, doch sie merkte es kaum. Jenny wirkte angespannt wie eine Löwin, die Gefahr für ihren Wurf witterte. Sie stand kerzengerade am Schalter der Airline, mit weit geöffneten Augen, bebenden Nasenflügeln und zusammengepressten Lippen. Ihre Antennen hatten aufgefangen, dass in Tom Mertens Haus etwas nicht stimmte. Sie sorgte sich um das Mädchen. Szabo wusste, dass die Kleine in Sicherheit war. Das Problem lag bei ihrem Vater.

Jennys emotionale Verbindung zu ihrem Ex hielt Szabo schlicht und einfach für zu eng. Sie konnte ihm noch so oft versichern, dass sie Tom nur unregelmäßig traf, und das auch nur wegen ihrer gemeinsamen Tochter. Gemeinsamer Nachwuchs schweißte zusammen, und Szabo spürte, dass da mehr war. Er musste sie nur ansehen, wenn sie mit diesem Merten telefonierte; ihre Stimme wurde weich, ihr Blick zärtlich. Ein Gefühl, dass sie sich selbst nicht eingestehen wollte, weil Tom eine verdammte Null war, ein armseliges Nichts, und Frauen mochten nun einmal keine Verlierer. Aber auch wenn sie es selbst nicht wahrhaben wollte: Jenny liebte Tom. Und das gefiel Ray Szabo gar nicht.

Vermutlich würde Jenny niemals zu Tom Merten zurückkehren, aber Szabo hatte beschlossen, diese Frau zu ehelichen, und er würde keine Frau heiraten, deren Gefühle einem anderen gehörten.

Durch Vanessas Eifersuchtsdrama hatte das eine das andere ergeben. Szabo sah eine wunderbare Möglichkeit, zwei Fliegen mit einer Klappe zu schlagen. Wie er Tom Merten aus dem Weg räumen und gleichzeitig dafür sorgen konnte, dass Jenny nie wieder einen zärtlichen Gedanken an diesen erbärmlichen Nichtsnutz verschwenden würde.

Er legte Jenny den Arm um die Schultern. Sie schaute gehetzt zu ihm auf.

»Danke, dass du mit mir zurückfliegst«, stammelte sie. »Ich habe so ein schlechtes Gewissen. Du hast dir mit diesem Urlaub solche Mühe gegeben, und ich breche ihn einfach vorzeitig ab. Wegen eines dummen Gefühls …«

»Ohne dumme Gefühle wären wir zwei nicht zusammen«, sagte er lächelnd. Sie lächelte gequält zurück.

»Ich sagte bereits, dass ich der weiblichen Intuition vertraue«, sagte er.

»Danke.« Sie klang erleichtert.

Wie sich das alles so wunderbar ergeben hatte. Die vorzeitige Heimreise ließ ihn in Jennys Augen fürsorglich und selbstlos erscheinen. Der Prinz, der aus einem Aschenputtel eine strahlende Prinzessin machte. Der reichste Mann der Stadt heiratete eine alleinerziehende, mittellose Mutter mit einem kränklichen Kind - das würde den Leuten gefallen. Gott sei Dank war die Kleine nicht so krank, wie Jenny manchmal tat. Er hatte bereits Kontakte zu Augenärzten geknüpft, die das Crosslinking erfolgreich durchführten – die besten Augenärzte, die in Deutschland praktizierten, natürlich -, und sie hatten garantiert, dass Yasmin nach dem Eingriff dauerhaft ihre Sehkraft zurückbekommen würde. Ein blindes Kind hätte Szabo nicht akzeptiert, aber Yasmins Erkrankung galt als heilbar.

Er legte keinen besonderen Wert darauf, Vater zu werden, aber es unterstützte seinen Plan, als Wohltäter aufzutreten, vorzüglich.

Szabo war nicht entgangen, dass sich bei dem Polizeidirektor ein gewisses Misstrauen eingeschlichen hatte. Sie aßen weiterhin regelmäßig miteinander zu Abend und diskutierten über exzellente Weine. Aber der Direktor ließ durchblicken, dass es immer schwieriger für ihn wurde, Szabos Machenschaften zu ignorieren. Szabo würde sich eine Zeitlang aus diesen Geschäften zurückziehen, bis sich die Wogen geglättet hatten. Das konnte dauern, aber das brauchte ihn nicht zu kümmern. Finanziell war er bestens versorgt und abgesichert. Was konnte ein wohlhabender Mann wie er tun, um jeden bösen Verdacht von sich abzulenken?

Eine unbescholtene Frau heiraten.

*

»Ich will Yasmin gleich holen«, sagte Jenny nach der Landung in Deutschland. Szabo bemerkte, dass sie den Blickkontakt mit ihm vermied.

»Davon bin ich ausgegangen.« Er steuerte den Wagen auf die Autobahn. »Wir fahren direkt hin.«

»Das brauchst du nicht.« Sie schaute aus dem Fenster. »Yasmin wird müde sein. Ich glaube, sie will ihre Mama jetzt für sich alleine.«

Szabo beobachtete sie von der Seite. Ihm gefiel nicht, was sie sagte. »Bist du sicher?« Komm bloß nicht auf die Idee, mit dieser Null ins Bett zu steigen, dachte er.

»Ich denke schon. Ist das in Ordnung für dich?«

»Natürlich.«

»Lass uns mein Auto holen, dann lade ich meinen Koffer ein und fahre zu Yasmin. Ich würde dann heute bei mir zuhause übernachten. Morgen nach dem Frühstück können wir ja telefonieren, okay?«, sagte sie.

»In Ordnung.« Natürlich war es nicht in Ordnung. Schließlich hatte er schon einiges in die Beziehung hineingesteckt und war bereit, noch wesentlich mehr zu investieren. Jenny hatte sich gefälligst nicht querzustellen, aber es war zu früh, die Daumenschrauben anzusetzen. Die Beziehung steckte noch in den Kinderschuhen, und Szabo war zuversichtlich, dass sich alles zu seinen Gunsten entwickeln würde. Das tat es immer, bei allem, was er anfasste.

Er würde Jenny eine gewisse Zeit zugestehen müssen. Und wenn er ehrlich war, genoss er das Spiel. Er hatte nie eine Frau gehabt, die ihm nicht hechelnd hinterherlief wie eine läufige Hündin. Jenny war schon etwas Besonderes. Sie benahm sich nicht wie eine Frau aus der unteren Mittelschicht, aus der sie stammte, sondern wie eine Königin, und das machte sie zur perfekten Frau an seiner Seite. Aber sie musste sich erst in die neue Rolle einfinden.

Er gestand sich ein, dass Jenny recht hatte. Besser war es, wenn sie die Nacht getrennt verbrachten. Er musste sich über den aktuellen Stand der Dinge informieren.

»Ich rufe dich morgen Vormittag an«, sagte Jenny zum Abschied. Sie lud den Koffer in ihren Wagen, den sie in Szabos Garage abgestellt hatte.

»Ruf an, wenn du zuhause bist.«

»Ray, es ist schon spät.«

»Ich bin noch eine Weile wach. Trinke noch einen Whisky und warte darauf, dass du dich meldest.«

»Na gut«, sagte sie. »Wenn du nach dem fünften Klingeln nicht abnimmst, lege ich auf, weil ich davon ausgehe, dass du schläfst. Ja?«

Szabo nickte. »Komm gut nach Hause.«

»Danke.« Sie küsste ihn auf die Wange. Brüderlich, was ihn irritierte nach der letzten, gemeinsam verbrachten Nacht im Hotelzimmer. Es hätte Szabo eine Menge Spaß bereitet, sie zu Merten zu begleiten. Das Gesicht des Verlierers zu sehen, wenn er an Jennys Seite dort auftauchte. Diese Sache war ihm nicht vergönnt, doch damit konnte er leben.

Jenny gab Gas und brauste mit ihrem kleinen Peugeot davon.

Szabo schloss die Haustür auf und fuhr mit dem Fahrstuhl nach oben zu seiner Wohnung.

Den Koffer ließ er im Flur für die Haushaltshilfe stehen. Sie würde ihn morgen auspacken. Jetzt brauchte er erst einmal etwas zu trinken. Er gab Eiswürfel in ein Glas, goss Whisky darüber und trat hinaus auf die Dachterrasse.

Szabo ließ seinen Blick über die nächtliche Skyline schweifen. Der volle Mond tauchte die Stadt in geisterhaftes Licht. Fantastisch, dachte Szabo. Er ließ den Whisky in seinem Glas kreisen; die Eiswürfel klirrten leise aneinander. Szabo liebte seine luxuriöse Penthouse-Wohnung, die er mit einem quengelnden Kind nicht teilen wollte. Er würde ein Haus kaufen, mit einem eigenen Bereich für das Mädchen, einem eigenen Badezimmer, einem Spielzimmer und seinetwegen einem Ankleidezimmer, wenn sie älter wurde. Was er als Großzügigkeit auslegte, diente dem Zweck, vor der Kleinen so viel Ruhe wie möglich zu haben.

*

Szabo ging wieder hinein und setzte sich auf die lederbezogene Couch. Er nahm den Telefonhörer und wählte Konstantins Nummer.

»Guten Abend, Boss.« Konstantin gab sich Mühe, hellwach zu klingen, was ihm mehr schlecht als recht gelang. Für Szabos Mitarbeiter gingen die Uhren anders. Wenn er sie auf den Plan rief, mussten sie frisch und munter sein, ganz gleich um welche Uhrzeit.

»Guten Abend, Konstantin. Wie geht es Ihnen?«

»Es geht mir gut. Danke. Sind Sie denn schon aus England zurück?«

»Ich sitze in meinem Wohnzimmer«, antwortete Szabo. Mit der freien Hand hielt er sein Glas in die Höhe und betrachtete die bernsteinfarbene Flüssigkeit. »In Begleitung einer fünfundzwanzigjährigen, nach Honig und Vanille duftenden Kostbarkeit. Möchten Sie sie mit mir teilen?«

Konstantin schwieg verunsichert. Szabo hörte seinen Atem in der Leitung.

»Ich rede von einer Flasche Balvenie Single Barrel«, sagte Szabo. »Ich gebe Ihnen einen aus.«

Im Hintergrund hörte Szabo das Rascheln von Bettwäsche und eine weibliche Stimme. Konstantin war nicht alleine.

»Ich bin gleich bei Ihnen, Boss.«

Szabo legte auf, ohne sich zu verabschieden. Er lehnte sich zurück und lächelte.

Achtzehn Minuten später schellte es an der Tür. Szabo öffnete.

»Die späte Störung tut mir leid. Es ließ sich nicht vermeiden«, sagte er.

»Das macht nichts, Boss.«

Konstantin sah müde aus. Die Schlampe hatte ihn anscheinend ziemlich hart rangenommen. Er roch frisch geduscht, sein Haar klebte nass und zurückgekämmt an seinem Schädel. Szabo konnte sich vorstellen, wie Konstantin in Windeseile durch das Bad gewirbelt war, um einen sauberen und gepflegten Eindruck auf seinen Boss zu machen und trotzdem so schnell wie möglich da zu sein.

»Setzen Sie sich.« Szabo breitete die Arme aus und deutete mit dem Kinn in Richtung Fenster. »Ist es nicht eine herrliche Nacht? Sternenklar und Vollmond. Einzig ein kühles Lüftchen wäre schön. Vielleicht sollte ich die Klimaanlage einschalten.« Er trat ans Fenster und schloss es. Ihr Gespräch würde hier oben über den Dächern kaum jemand belauschen können, aber man ging besser auf Nummer sicher. Er schenkte Konstantin einen ordentlichen Schluck Whisky ein.

»Danke«, sagte Konstantin. Er wartete, bis Szabo ihm gegenüber saß und ihm zuprostete, dann nippte er vorsichtig. »Schmeckt sehr gut.«

»Nicht nur sehr gut. Ausgezeichnet.«

»Ausgezeichnet.« Konstantin nickte eifrig. Wie sie immer katzbuckelten. Dabei erwartete Szabo das gar nicht. Seine Mitarbeiter hatten allzeit bereit zu stehen und ihren Job zu erledigen, aber keiner von ihnen musste vor ihm katzbuckeln. Trotzdem machten sie es alle, was Szabo regelmäßig amüsierte.

»Nun erzählen Sie mal«, sagte er und schlug die Beine übereinander. »Der Fisch hängt also am Haken, sagten Sie.«

»Merten hat den Köder geschluckt. Ihr Plan scheint aufzugehen«, antwortete Konstantin.

»Was ist passiert, nachdem ich das Golden Shot verlassen habe?«

»Ich bin Roeder nach Ihrem Gespräch im Golden Shot gefolgt. Er ist direkt zu Tom Merten gefahren und hält sich seitdem in dessen Haus auf. Wir haben einen Wagen ein Stück entfernt am Straßenrand abgestellt und das Haus observiert.« Szabo bedeutete ihm, fortzufahren.

»Nach einer guten Stunde kamen die beiden heraus und gingen zu Fuß in den Wald. Nach ihrer Rückkehr fuhr Roeder mit dem Wagen weg. Als er wiederkam, trug er ein paar Sachen ins Haus – Einkäufe, den Tüten nach zu urteilen -, kam wieder heraus und parkte seinen Wagen in einer Seitenstraße um die Ecke. Dort steht er immer noch.«

»Wo Roeder meint, wir würden ihn nicht entdecken.«

»Das denke ich auch.« Konstantin nahm erneut einen winzigen Schluck. Er schien sich nicht richtig zu trauen, den teuren Tropfen zu trinken. Womöglich hatte er auch schon vom Vorabend einiges intus, wenn er mit der Dame gefeiert hatte.

»Und die Leiche?«, fragte Szabo.

»Ist verschwunden.«

Szabo zeigte ein Haifischgrinsen. »Was glauben Sie, wo sie ist?«

»Ich nehme an, dass die beiden sie irgendwo hingebracht haben. Es muss in der Nacht geschehen sein. Tut mir leid, Boss, von unserem Standpunkt aus konnten wir nur die Haustür sehen, aber wenn die beiden das Haus durch die Hintertür verlassen haben …« Er schluckte. »Es ist dunkel in der Straße, die Laterne funktioniert nicht, und wir wollten nicht näher an das Haus ran. Wir wären sonst aufgefallen.«

Szabo winkte ab. »Mein Fehler. Ich sagte nur: Behaltet Merten im Auge. Nicht, dass ihr das Haus rund um die Uhr umstellen sollt. Sie haben alles richtig gemacht, Konstantin.«

Er lehnte sich zurück. Es war ärgerlich, aber das war sein eigenes Versäumnis. Andererseits gab es keinen Grund, sich zu beschweren. Bis jetzt lief alles bestens.

»Boss?«

»Ja?«

Konstantin sträubte sich. Er traute sich nicht richtig, zu sagen, was ihm auf der Zunge lag. Dann setzte er vorsichtig an: »Und wenn Roeder merkt, dass er in eine Falle getappt ist? Wenn er über Sie auspackt?«

»Er wäre nicht der Erste, der das versucht«, sagte Szabo. »Meine Anwälte haben es jedes Mal geschafft, mich herauszuholen, und das werden sie auch dieses Mal wieder tun.« Szabo beugte sich vor. »Ich bin ein angesehener Mann in der Stadt. Das werde ich auch bleiben.«

Konstantin nickte. »Natürlich.«

»Roeder hängt zu tief mit drin, um auf Bewährung freizukommen. Er würde im Knast landen. Auch da wäre er nicht sicher, vor allem da nicht. Ich habe überall meine Leute. Roeder weiß das. Sein Leben im Knast wäre schlimmer als im neunten Kreis von Dantes Hölle.«

Konstantin rutschte unbehaglich auf der Ledercouch hin und her.

»Ich mag loyale Leute. Nach diesem Gesichtspunkt suche ich meine Leute aus. Loyalität ist das Wichtigste. Nur, die Dinge ändern sich. So war es bei Vanessa. Ihre Loyalität ist gebrochen. Und Sie wissen am besten, was mit Vanessa passiert ist.«

»Ich weiß es, Boss.« Konstantins Stimme wurde leiser. Natürlich wusste er, was Vanessa zugestoßen war.

Ein bisschen gutherzig war er schon, der junge Konstantin. Szabo hatte ihn beobachtet, wie er mit den Tränen kämpfte, als Vanessa sterbend auf dem Boden lag und um Atem rang. Kurz vor ihrem letzten Atemzug hatte sie ihre zuckenden Hände auf ihren Bauch gelegt, ein letzter, verzweifelter, unbewusster und nutzloser Versuch, die kostbare Fracht zu schützen, die sie darin trug. Kokain war es nicht. Sie trug etwas anderes in ihrem Leib, als Szabos Leute ihr eine Überdosis spritzten: Szabos Baby.

Er brauchte kein Baby. Szabo hatte Vanessa in die weit aufgerissenen Augen gesehen, mit denen sie ihn flehend angeschaut hatte, bis sie brachen. Gut, dass Konstantin in der anderen Ecke des

Zimmers stand und ihren Gesichtsausdruck nicht sehen konnte. Am Ende wäre er umgekippt.

Konstantin würde älter werden. Mit der Zeit würde seine Sensibilität nachlassen.

»Am nächsten Tag war Merten mit seiner Tochter unterwegs«, fuhr Konstantin fort. »Einkaufen, danach im Zoo. Ich bin ihnen hinterhergefahren. Nichts Auffälliges.«

Szabo dachte nach, versuchte, die Puzzleteile zusammenzusetzen. Merten hatte die Leiche entdeckt und Roeder informiert; das war sicher wie das Amen in der Kirche. Roeder war hingefahren, und sie waren in den Wald gegangen und hatten sich das angesehen.

»Wie lange waren die beiden im Wald? Am ersten Tag?«

»Ein, zwei Stunden.«

Da hatten sie die Lage abgecheckt und das weitere Vorgehen überlegt. Sie mussten Vanessa in der Nacht abgeholt haben, so wie Konstantin es vermutete.

»Eine Sache ist mir nicht ganz klar«, sagte Szabo.

»Wie hat er das mit seiner Tochter gemacht? Er musste dafür sorgen, dass sie nichts mitbekommt. Auf ein Kind aufpassen, sich mit ihm im Zoo zu amüsieren und gleichzeitig eine Leiche verschwinden lassen – wie haben diese beiden Schwachköpfe das hingekriegt?«

»Vielleicht hat Merten eine Hütte im Wald, in der er Vanessa versteckt hält? Eine Hütte, wo die Klei-

ne nicht hinkommt?« Konstantin klang hoffnungs-
voll. Er dachte vermutlich, seine Idee wäre das Er-
gebnis brillanter Detektivarbeit.

»Zu gefährlich. Da könnte jederzeit jemand vorbeikommen. Außerdem hat Merten keine Hütte«,
sagte Szabo. Dann horchte er auf. Eine *Hütte*. Konstantin hatte das leichtfertig dahingesagt, aber er
hatte den richtigen Riecher gezeigt.

Auf Mertens Grundstück stand ein Schuppen.

»Wir müssen da rein«, sagte Szabo. »Wir müssen
ins Haus und herausfinden, was da los ist.«

Konstantin schaute ihn mit großen Augen an.

»Sie können nach Hause gehen«, sagte Szabo.

»Schlafen Sie sich aus. Mertens Haus wird weiterhin überwacht?«

»Ich habe die Schichten eingeteilt.«

»Machen Sie sich ein schönes Rest-Wochenende,
Konstantin. Sie haben mir gerade sehr geholfen.«

Unsicher stand Konstantin auf. Er wusste wohl
nicht so recht, was er von dem Gespräch halten
sollte. Szabo betrachtete wieder den schwarzen
Nachthimmel. In der Spiegelung der Fensterschei-
be sah er, wie Konstantin seine Jacke überzog und
zur Tür ging, wo er sich noch einmal umdrehte.

»Gute Nacht, Boss.«

»Gute Nacht.«

Die Tür fiel ins Schloss. Szabo schenkte sich noch
einen Schluck Whisky ein, lehnte sich zurück und
betrachtete das nächtliche Häusermeer. Hier oben
über der Stadt war er allein, er und ein paar Katzen,

die sich gegenseitig über die Dächer jagten. Die Jäger der Nacht. Die Freunde der Dunkelheit.

Er dachte an Merten. Wie er täglich die Stelle seines ersten Schäferstündchens im Wald mit Jenny aufsuchte. Er würde nie wieder an Jenny denken, wenn er dort vorbeikam, sondern an totes Fleisch. Szabo hatte Mertens Andenken zerstört und gleichzeitig die Grundsteine seines Plans gelegt, Merten den Mord an Vanessa in die Schuhe zu schieben.

Dass Merten nicht die Polizei informieren würde, sondern seinen Freund Harry Roeder, hatte Szabo gewusst. Roeder war einst ein guter Mitarbeiter gewesen, aber er ließ nach, seit er angefangen hatte, zu zocken. Ein Deal war fast aufgeflogen, und er verdiente eine kräftige Abreibung. Er war sowieso so gut wie tot mit seinen Schulden bei diesem Kredithai. Da konnte er gleich die Schuld für Vanessas Tod auf sich nehmen.

Szabo hatte Roeder mit falschen Informationen gefüttert. Vanessa war auf keinem Kurierdienst gewesen. Sie wollte aus dem Drogengeschäft aussteigen, wegen des Kindes in ihrem Leib. Szabos Kind, mit dem sie versuchte, die Hochzeit zu erpressen. Um Roeder hinters Licht zu führen, hatten Szabo und Konstantin eilig einen Koffer mit Vanessas Sachen gepackt, um ihre Reise nach Curaçao vorzutäuschen.

Es war ein vager Plan, vielmehr eine verrückte Idee, ein Theaterstück, dessen Inszenierung Szabo genossen hatte. An dieser Stelle im Wald endete das Drehbuch. Dennoch machten die Darsteller, was Szabo sich erhofft hatte; wie Marionetten hingen sie an seinen Fäden und verstrickten sich immer tiefer darin wie im Netz einer großen, giftigen Spinne.

Wie auch immer es ausging: Roeder und Merten würden genügend Spuren an der Leiche hinterlassen, um des Mordes an Vanessa überführt zu werden. Szabo war aus dem Schneider.

Gott liebt mich, dachte Szabo.

Die Visitenkarte steckte in seinem Portemonnaie. Gleich morgen früh würde er anrufen.

*

»Wie schön, dass Sie Zeit für mich haben.«

»Selbstverständlich habe ich Zeit.« Die Frau vor der Tür schüttelte Szabo die Hand. »Judith Peters, Kriminaloberkommissarin.«

Die Beamtin war jung, Szabo schätzte sie auf Ende Zwanzig. Die Beförderung zur Oberkommissarin konnte noch nicht allzu lange zurückliegen. Sie trug einen dunkelblauen Blazer und einen gleichfarbigen Faltenrock zu Pumps und einer weißen Bluse mit Stehkragen. Billiger Chic, dachte Szabo, und tippte auf C&A-Ware. Er fragte sich, ob ihr klar war, dass die Zusammenstellung ihrer Garderobe an ein Schulkostüm erinnerte, zumal sie knapp einen Meter sechzig groß war. Ihr schwarzes, glattes Haar trug sie zu einem kurzen Pferdeschwanz gebunden. Nur die weißen Kniestrümpfe fehlten und waren durch Nylonstrümpfe ersetzt worden, deren Tönung auf Szabo einen Tick zu dunkel für ihren blassen Teint wirkte. Doch der Blick aus ihren braunen Augen war klar und direkt, ihr Kinn energisch.

Szabo trat zur Seite und bedeutete der Kommissarin mit einer höflichen Geste, einzutreten. Sie ging an ihm vorbei und marschierte ins Wohnzimmer, wo sie vor einem Teppich stehenblieb.

»Ist der von Jan Kath?«, fragte sie.

»Sie kennen sich aus«, sagte Szabo anerkennend.

«Kompliment.«

»Ich habe zwei Semester Design studiert.«

»Nehmen Sie Platz.« Szabo begleitete die junge Polizistin zur Ledercouch. Sie setzte sich an die Stelle, wo er gestern Nacht Stunden damit zugebracht hatte, die Dächer der nächtlichen Stadt zu betrachten.

»Was darf ich Ihnen anbieten?«

»Kaffee, bitte.«

Szabo registrierte, wie sie sich in seiner Wohnung umschaute. Wie ihr Blick über die Wände, das Inventar, die Möbel streifte. Sie saugte auf, was sie sah, bemühte sich, einen Eindruck von dem Menschen zu bekommen, mit dem sie zu tun hatte.

Szabo trat an die Anrichte und bereitete zwei Tassen Kaffee zu. Er war sicher, dass sie ihn genau beobachtete. Er tat ihr den Gefallen und kehrte ihr den Rücken zu.

»Nun wurde also die Kriminalpolizei mit der Suche nach Vanessa beauftragt«, sagte Szabo, während er den Kaffee servierte. Er hatte feinstes Porzellan aus dem Schrank geholt. Nicht, um sie zu beeindrucken, sondern vielmehr, um sie ganz dezent und unauffällig einzuschüchtern. Das klappte oftmals vorzüglich bei Leuten, die aus einfachen Verhältnissen stammten. »Sie vermuten also ein Verbrechen. Wie grauenvoll.«

»Nein, so ist das nicht«, wiegelte sie ab. »Nach einer gewissen Zeit wird die Bearbeitung eines Vermisstenfalles automatisch an die zuständige Kripo weitergeleitet.«

Aber nicht schon nach wenigen Tagen, dachte Szabo. Ihr habt also Lunte gerochen. Und du mit deinem Röntgenblick machst ganz den Eindruck, als würde ich zum Kreis der Verdächtigen gehören. »Ich komme gerade aus London zurück«, sagte er. »Gestern am späten Abend, besser gesagt. Wären Sie so freundlich, mich auf den neuesten Stand Ihrer Ermittlungen zu bringen?«

Die Peters blickte sich immer noch im Zimmer um. »Viel Neues kann ich nicht berichten. Es ist recht schwierig, wenn eine erwachsene Person - noch dazu eine, die alleine lebt, wie Frau Kramer -, plötzlich verschwindet. Schließlich steht es jedem Menschen frei, seinen Aufenthaltsort zu wählen, und aus juristischer Sicht ist niemand verpflichtet, ihn den nächsten Angehörigen mitzuteilen.«

»Und trotzdem gehen Sie jedem Tipp nach, der einen Hinweis auf ihren Verbleib geben könnte. Sie wären sonst nicht hier.«

»Wir schauen uns bei einer Vermisstenanzeige selbstverständlich die Lebensumstände der betreffenden Person genau an. Ist sie schon einmal verreist, ohne jemandem Bescheid zu geben? Gab es einen akuten Grund für eine Auszeit – eine Trennung vom Partner zum Beispiel? Hat die Person Suizidgedanken geäußert?«

Szabo nickte ernst.

»Frau Kramers Eltern sind fest davon überzeugt, dass ihr etwas zugestoßen ist«, sagte die Peters. »Sie beschreiben sie – trotz aller Probleme, die sie hat - als eine zuverlässige Person.«

»Da gebe ich Vanessas Eltern recht«, sagte Szabo.

»Sie hat jahrelang für mich gearbeitet. Sie ist nie auch nur zu spät gekommen oder hat sich krank gemeldet. Außer diesem einen Mal, weswegen ich Sie angerufen habe.«

»Gerade die vermeintlich Zuverlässigen sind es nach unserer Erfahrung, die gerne für einige Tage aussteigen, ohne sich abzumelden«, sagte die Peters.

»Wenn sie die Nase voll haben von ihrem langweiligen Spießer-Dasein, meinen Sie?« Szabo bemühte sich, ein trauriges Lächeln aufzusetzen. »Das kann ich mir gut vorstellen. Aber Vanessa ist keine spießige Person. Sie hat kein langweiliges Leben. Zumindest würde ich das nicht so bezeichnen.«

»Nein?«, sagte die Peters. Sie klang schnippisch.

Sie nippte an ihrem Kaffee und betrachtete erneut den Teppich. »Sie haben einen exzellenten Geschmack, Herr Szabo.«

Szabo nickte. »Danke. Der Teppich ist eine Mischung aus handversponnener tibetischer Hochlandwolle und chinesischer Seide.«

»Seit wann haben Sie ihn?«

Es passierte selten, dass Szabo kurz die Luft wegblieb, aber jetzt war so ein Moment gekommen. Er fing sich schnell wieder.

»Ich habe ihn gerade erst gekauft«, sagte er. »Der Besitzer des hiesigen Teppichgeschäftes hat mich angerufen, weil er dachte, der Teppich wäre genau mein Geschmack, und damit hatte er Recht. Ich konnte bei diesem Prachtstück nicht nein sagen.« Sie stand auf und schlenderte um den Teppich herum. »Er ist wunderschön«, sagte sie.

Und es ist nicht der einzige wunderschöne Teppich in diesem Appartement, aber trotzdem ist er dir ins Auge gefallen, dachte Szabo. Ihr Instinkt funktionierte einwandfrei, wie bei einem alten, ausgekochten Bullen. Sie war nicht dumm, die Kleine mit dem kindischen Pferdeschwanz. Eine Lüge hätte nichts gebracht; der Kauf des Teppichs ließ sich ganz einfach nachverfolgen. Allerdings war nicht der Teppichhändler auf ihn zugekommen, sondern umgekehrt.

Der alte Teppich hatte entsorgt werden müssen, weil sich Vanessa in ihrem Todeskampf darauf übergeben hatte. Konstantin hatte ihn verbrannt. Eilig wurde ein neuer Teppich angeschafft. Beweise oder Spuren würde die Peters nicht finden.

»Wie war Ihr Verhältnis zu Frau Kramer?«, fragte die Peters und setzte sich wieder vor ihren Kaffee.

»Ich hatte mit Ihrem Kollegen vom Revier schon darüber gesprochen, aber ich wiederhole mich gerne. Sie wissen, dass ich mit Vanessa früher zusammen war. Ich würde die Beziehung als locker bezeichnen, was auf Gegenseitigkeit beruhte. Nach unserer Trennung jobbte sie weiterhin gelegentlich für mich als Servicekraft in einer der Bars, und wir blieben befreundet.«

Die Peters nickte. »Der Lohn für eine Servicekraft wird nicht ausgereicht haben, ihren Bedarf an Drogen zu decken.«

Die traute sich was, in Szabos Wohnung dieses heikle Thema anzuschneiden. Er schaute auf und fragte sich, ob sie doch nicht so clever war, wie er sie eingeschätzt hatte, sondern eher lebensmüde. Aber sie lenkte das Gespräch in eine andere Richtung. »War das ihre einzige Einnahmequelle? Für Sie zu arbeiten, meine ich.«

»Ich habe die Miete für ihre Wohnung bezahlt«, sagte Szabo. »Ich befürchtete, dass sie abstürzen könnte, wenn sie nicht in geordneten Verhältnissen lebt. Ich habe das auch weiterhin getan, nachdem wir uns trennten.«

»Ich weiß«, sagte die Peters. Woher sie das wusste, verschwieg sie.

»Hin und wieder hat sie etwas Geld von ihren Eltern bekommen, schätze ich«, sagte er.

»Sicherlich nicht für Drogen«, sagte die Peters und lächelte kümmerlich.

»Mit Sicherheit nicht. Über dieses Thema habe ich mit Vanessa zumindest in letzter Zeit nicht gesprochen. Bei ihr konnte man sich den Mund fusselig reden. Sie hat nicht auf einen gehört.«

Die Peters zückte ihren Notizblock. »Möchten Sie mir jetzt erzählen, warum Sie mich angerufen haben?«, sagte sie.

»Ihr Kollege bat mich, Sie zu informieren, wenn mir etwas einfallen würde, das von Belang sein könnte. Eine Floskel wahrscheinlich, aber mir ist tatsächlich etwas eingefallen. Er meinte, ich dürfte jederzeit anrufen, auch nachts, also dachte ich, Sonntagmorgen wäre einigermaßen in Ordnung.«

»Natürlich.«

»Also. Wir hatten über Vanessas Zuverlässigkeit gesprochen. Vor einigen Wochen ist sie einmal nicht zu ihrer Schicht erschienen, ohne sich abzumelden. Jeden anderen hätte ich sofort gefeuert, aber ich kenne Vanessa schon so lange.«

Die Peters nickte. Szabo konnte nicht einschätzen, ob sie merkte, dass er log wie gedruckt und sich das, was er ihr gerade erzählte, nur ausdachte.

»Sie blieb zwei Tage lang der Arbeit fern. Natürlich habe ich sie darauf angesprochen, als sie wieder in der Bar erschien. Sie hat ganz freimütig erzählt, sie hätte sich mit einem Mann getroffen und sie seien gemeinsam versumpft. Ich könnte mir vorstellen, dass er sie vielleicht mit Drogen versorgt hat.«

»Wie heißt dieser Mann?«, fragte die Peters.

»Vanessa nannte ihn Tom Merten.«

*

Nachdem die Beamtin gegangen war, duschte Szabo, rasierte sich gründlich, zog sich ein frisches Hemd an und ging zu einem späten Frühstück ins Golden Shot. Der erste Ansturm hatte nachgelassen, und es gab einen freien Tisch in einer gemütlichen Ecke. Szabo ließ sich das Essen schmecken. Seine Laune war ausgezeichnet.

Als er fertig war, verließ er das Lokal und zückte sein Handy.

»Ausgeschlafen?«, fragte er statt einer Begrüßung, als Jenny sich meldete.

»Ich schon. Die junge Dame hier noch nicht wirklich. Sie ist ganz aus ihrem Rhythmus. Heute Nacht war sie mehrmals wach, sie hatte Albträume und wusste nicht, wo sie sie war. Ich konnte sie nur schwer beruhigen. Nach dem Frühstück ist sie wieder eingeschlafen.«

»Das ist ja entsetzlich«, sagte Szabo. »Was denn für ein Albtraum?«

243

»Ich weiß es nicht genau. Eine wirre Geschichte von einem bösen Mann ... Es war wohl keine so gute Idee, sie Tom anzuvertrauen.«

»Ich würde dich gerne sehen«, sagte Szabo.

Jenny schwieg. Szabo wusste, dass sie lieber mit ihrer Tochter alleine wäre, nachdem sie sie zwei Tage lang nicht gesehen hatte. Sie sollte sich tunlichst daran gewöhnen, dass sie jetzt zu Ray Szabo gehörte.

Es wurde Zeit für das Geschenk. Jenny wusste noch nichts davon, dass er die Kosten für die Behandlung ihrer Tochter übernehmen würde, aber heute würde er es ihr sagen. Das würde ihre letzten Zweifel hinwegfegen. Frauen standen auf Männer mit Geld.

An seiner Seite würde Jenny ein sorgenfreies Leben führen können. Zumindest in finanzieller Hinsicht. Wenn sie sie sich erst einmal an das luxuriöse Leben gewöhnt hatte und ihm Dank schuldete, konnte er sie langsam an den Gedanken heranführen, dass er sein Geld nicht mit ehrlicher Arbeit verdiente. Bis dahin würde es eine Zeitlang dauern. Und wenn sie damit nicht umgehen konnte, dann sollte es so sein. Er hoffte nicht, dass sie eines Tages durch einen bedauerlichen Unfall sterben musste, aber wenn es nötig war, würde er keinen Wimpernschlag lang zögern.

»Ich habe etwas für dich«, sagte Szabo. »Für euch beide. Etwas sehr Schönes. Ich bin in einer Viertelstunde bei dir.«

13
Tom

Stundenlang irrte er durch die Straßen der Stadt, bis der Morgen anbrach. Der Himmel verwandelte sich in eine anthrazitfarbene Kuppel, ein Zirkuszelt, das eine Arena des Grauens überspannte, in der die abscheulichste Vorstellung stattfand, die sein Verstand sich auszumalen in der Lage war. In seinem Schuppen lagen zwei Leichen. Vanessa war zwar schon tot dort angekommen, aber mit Sicherheit war die junge Frau keines natürlichen Todes gestorben. Tom hatte nichts unternommen, um den Schmerz und die Ungewissheit der Menschen, die sie liebten und die vor Sorge fast umkamen, zu lindern. Er hatte zugelassen, dass Vanessa ihrer letzten Würde beraubt wurde, hatte zugelassen, dass Harry ihre sterblichen Überreste schändete und zerstückelte.

Der zweite Tote ging auf Toms Konto. Harry war tot, sein bester, sein einziger Freund. Tom hatte ihn getötet.

Er konnte mit niemandem reden, es gab keinen Menschen, dem er sich anvertrauen, bei dem er eine Beichte ablegen konnte. Während er an Häuserzeilen vorbeitaumelte, die er seit seiner Kindheit kannte und die ihm nun vollkommen fremd erschienen, kreisten seine Gedanken wild durcheinander, gelangten aber immer wieder an einen zentralen Punkt: Tom musste zwei Leichen aus dem Weg schaffen.

Harry und Vanessa sollten nicht spurlos verschwinden. Beide hatten ein Begräbnis verdient. Aber das konnte Tom sich nicht erlauben. Er musste dafür sorgen, dass man die beiden niemals finden würde. Egal, was er machte, was er sagen würde, wie er es drehte und wendete: Tom wäre nie in der Lage, die Geschichte so wiederzugeben, so überzeugend zu wirken, dass er aus der Sache herauskam, ohne als Schuldiger dazustehen. Er hatte zugelassen, dass es so weit kommen konnte, und auch wenn es nie in seinem Sinne gewesen war, so war es doch geschehen, und er sah sich dafür in der Verantwortung.

Etwas Vertrautes tauchte vor ihm auf. Eine Form und eine Farbe, die er gut kannte, bremste das Karussell in seinem Kopf und schaffte es, seine Gedanken in klarere Bahnen zu lenken. In einer Parkbucht vor einem Mehrfamilienhaus stand Harrys weißer Audi mit den Plüschwürfeln am Rückspiegel und dem vertrauten Tuning-Aufkleber am Heck, der noch vom Vorbesitzer stammte, und den Harry nie entfernen wollte. Tom starrte den Wagen an. In seinem Kopf reifte langsam ein Plan, genährt von Instinkt und Überlebenswillen. Harrys Audi war ein Geschenk des Himmels.

Er ging um den Wagen herum und streckte die Hand nach dem Türgriff auf der Fahrerseite aus. Im letzten Augenblick fiel ihm die Alarmanlage ein, und er zuckte zurück. Ein schrilles Piepsen, das sämtliche Anwohner aus dem Schlaf schrecken ließ, konnte er auf keinen Fall gebrauchen. Der Wagen war höchstwahrscheinlich sowieso abgeschlossen, und der Schlüssel lag irgendwo im Haus.

Tom ging den direkten Weg zurück. Zehn Minuten später öffnete er die Haustür und spähte in die dunkle Leere des Flurs. Fast fürchtete er, Yasmin könnte in ihrem Pyjama vor ihm stehen, mit anklagendem Blick, und fragen: *Papa, was hast du getan?* Nichts rührte sich. Das Haus war leer und tot und einsam, und Yasmin befand sich bei ihrer Mutter in Sicherheit.

Tom suchte die Tische ab, die Regale, das Schlüsselbrett im Flur, aber er konnte keinen Autoschlüssel finden außer seinem eigenen. Er betrat das Gästezimmer, in dem Harry übernachtet hatte; auch hier suchte er überall. Nichts. Dafür entdeckte er einen Briefumschlag ohne Adresse und ohne Absender. Innen steckten zweitausend Euro in neuen Hunderter-Scheinen. Der Wagenschlüssel war nicht da. Harry trug ihn vermutlich bei sich.

Früher oder später musste Tom sowieso in den Schuppen.

Es kostete ihn große Überwindung. Die Grillen im Garten zirpten wie wahnsinnig. Es fühlte sich an, als sägten sie mit kleinen Bögen an seinen Nerven wie an den Saiten eines irrwitzigen Streichinstruments. Sie würden nicht aufhören zu zirpen, wenn Harry und Vanessa längst verwest und vergessen waren, und auch dann nicht, wenn Tom eines Tages diese Welt verließ. Tom hasste sie für diese Gleichgültigkeit.

Harry lag mit ausgebreiteten Armen und Beinen auf dem Rücken. Er zeigte Tom seinen zerschmetterten Hinterkopf. Sein Gesicht drehte er in die andere Richtung, so musste Tom es nicht ansehen, wofür er dankbar war. Schritt für Schritt näherte er sich seinem leblosen Freund. So viel Blut überall auf dem Boden und um seinen Kopf herum, doch Harry lag auf den ausgelegten Plastikfolien, die einen Großteil des Blutes aufgefangen hatten.

Tom zog zwei Einweghandschuhe aus der Packung, die Harry im Baumarkt besorgt hatte, und streifte sie über. Zaghaft betastete er die Vordertaschen von Harrys Jeans. In der rechten spürte er die Wölbung eines Autoschlüssels und zog ihn heraus.

Die Vögel begannen zu zwitschern, als er zu Harrys Wagen in der Seitenstraße zurückging. Er schloss die Tür auf und ließ den Motor an. Leise schnurrend rollte der Audi bis in Toms Straße. Er stellte ihn hinter seinem Haus ab, wo man ihn von keinem der naheliegenden Häuser sehen konnte, falls eine schlaflose Seele gelangweilt aus dem Fenster starrte. Das schwache Licht der Dämmerung bot Tom zusätzlichen Schutz. Funktionierende Straßenlaternen gab es hier hinten am Ende seiner

Straße nicht mehr; die Birnen waren schon lange
kaputt, und niemand machte sich die Mühe, sie
auszuwechseln, was Tom jetzt gerade recht kam.
Er stieg aus dem Wagen und spähte die Straße entlang. In allen Häusern, die er von hier aus sehen
konnte, waren die Rollläden noch unten.

Leblos, wie die beiden dalagen, sahen sie aus wie
zwei Puppen, die ein kleines Mädchen in ihrem
Zimmer zurückgelassen hatte, um sich einer span-
nenderen Freizeitbeschäftigung zuzuwenden. Achtlos hingeworfen und vergessen, mit aufgeschlitzten
Bäuchen und zerdrückten Schädeln nichts mehr
wert.

Tom machte in Gedanken eine Liste von den
Dingen, die er benötigen würde. Im Schuppen fand
er alle notwendigen Utensilien für sein Vorhaben.
Sein Verstand funktionierte wieder klar. Glasklar.
Er trug Vanessas Koffer und die Rolle Müllsäcke
nach draußen und legte sorgfältig den Kofferraum
mit den Plastiksäcken aus, stellte den Koffer in den
Fußraum hinter den Vordersitzen und ging zurück
zum Schuppen.

Er deckte Vanessa mit einer Wolldecke zu. Die
würde einen Teil des Leichensaftes aufsaugen. Anschließend umwickelte Tom das grausige Paket fest
mit der Plastikfolie und verklebte es mit Unmengen
Paketband.

Keuchend schaffte er das Paket zu Harrys Audi
und bugsierte es mühsam hinein.

Mit Harry war es schwieriger.

Es war keine Plastikfolie mehr da. Ein Bettlaken musste genügen. Als Tom seinen Freund darin einschlug, färbte es sich an der Kopfseite sofort rot. Durchnässt klebte es an Harrys Gesicht und offenbarte wie ein blutiger Gipsabdruck seine Gesichtszüge. Tom wandte den Blick ab, als er die Arme unter seinen Freund schob. Die Leichenstarre setzte bereits ein, und der Transport zum Auto gestaltete sich mühsam. Harry passte nicht in den Kofferraum, er war zu groß und sein Körper zu steif. Tom plagte sich eine ganze Weile ab und setzte schließlich rohe Körperkraft ein, bis er es endlich geschafft hatte und die beiden Leichen nebeneinanderlagen in einer letzten Umarmung, wie Geschwister von mittellosen Eltern, die sich ein Bett teilen mussten.

Im Haus suchte Tom alles zusammen, womit er die Leichen abdecken konnte: eine alte geblümte Tischdecke von seiner Mutter, Bettlaken und Bettbezüge. Der Audi verfügte über getönte Heckscheiben; von außen würde es aussehen wie ein Auto voll mit altem Trödel, den Tom entsorgen wollte.

Schließlich zählte er sein ganzes Bargeld zusammen. Es war nicht viel, aber vorerst würde es reichen. Mit dem Geld, das er bei Harrys Sachen gefunden hatte, und das vermutlich für Harrys Auslagen in Düsseldorf gedacht war, wollte er nichts zu tun haben. Er packte es mitsamt Vanessas Koffer ins Auto.

Im Keller seines Hauses bewahrte Tom einen alten Seesack auf. Er stopfte ihn voll mit den Utensilien, die er brauchen würde, setzte sich auf den Fahrersitz von Harrys Wagen und startete den Motor. Der Zeiger der Tankuhr wanderte nach oben: Der Tank war fast voll. Wenigstens einmal war das Glück auf Toms Seite.

Er wendete den Wagen und fuhr los. Wenn ihn eine Streife anhielt, war es vorbei. Sein Führerschein steckte in seinem Portemonnaie, aber er wusste nicht, ob der Fahrzeugschein für den Audi im Handschuhfach lag, und er machte sich nicht die Mühe, anzuhalten und das nachzuprüfen. Der Gestank im Wagen würde ihn bei einer Verkehrskontrolle sofort überführen, da waren fehlende Papiere das kleinste Problem. Ein Blick in den Rückspiegel zeigte ihm Blutspritzer in seinem Gesicht, auf dem T-Shirt und den Händen und Unterarmen sowieso. Er hatte vermieden, sich in seinem Waschbecken in seinem Haus zu waschen. Sein Haus musste, sollte rein bleiben. Hier im Auto spielte es keine Rolle, wie er aussah. Solange er nicht angehalten wurde.

Als Tom sieben Jahre alt war, waren seine Eltern – damals noch glücklich verheiratet, ein untrennbares Dreiergespann für immer und ewig, wie Tom geglaubt hatte –, mit ihm in den Urlaub gefahren. Ein

Arbeitskollege seines Vaters schwärmte von diesem Campingplatz nahe der belgischen Grenze, mit preiswerten Stellplätzen und dem Imbiss mit der besten Currywurst, die man jemals gegessen hatte. Tom erinnerte sich später häufig an seinen schönsten Urlaub, wo er Freunde gefunden und eine unbeschwerte, wunderbare Zeit erlebt hatte. Als seine Welt noch in Ordnung gewesen war und er noch einen Vater gehabt hatte, der vorgab, ihn zu lieben, bevor er sang- und klanglos verschwand und seinen kleinen Jungen im Stich ließ.

Einige Monate später erfuhr Tom durch Zufall von der Schließung des Campingplatzes. Als hätte sein Vater mit seinem Verrat an der Familie Unglück über die Anlage gebracht, sodass den Betreibern die Schulden über den Kopf wuchsen und sie sich gezwungen sahen, den Campingbetrieb einzustellen.

Der Himmel färbte sich heller, seine Farbe ging in ein klares Blau-Grau über. Es wurde Tag. Tom fuhr Richtung Süden. Im Auto stank es fürchterlich. Nach Blut, Darminhalt, Tod und Verwesung. Im Rückspiegel sah Tom einen Schwarm Fliegen, die über der geblümten Tischdecke Freudentänze in der Luft aufführten. Gelegentlich kam eine nach vorn geflogen und setzte sich auf seinen Arm. Begleiter des Todes, die dem Fährmann einen Besuch abstatteten.

Tom fuhr bis an das schmiedeeiserne Tor heran und stellte den Wagen direkt davor ab. Er fürchtete nicht, gesehen zu werden. Hier würde kaum jemand vorbeikommen. Das Pflaster zeigte Risse, aus denen Unkraut spross. Das Eisen des Tors korrodierte traurig vor sich hin, ebenso wie das Vorhängeschloss, das jemand vor Ewigkeiten angebracht haben musste. Trotzdem wirkte es stabil. Tom rüttelte mehrmals daran, aber es hielt.

Das Tor wurde von einem Maschendrahtzaun abgelöst, der das Gelände des alten Campingplatzes umzäunte. Tom ging ein Stück am Zaun entlang, bis er eine Stelle fand, an der der Zaun niedergedrückt worden war. Mit einem großen Schritt stieg er über den Zaun und betrat das bewaldete Gelände.

Er ging zurück zu der schmalen Straße auf der anderen Seite des Eisentors, das seinerzeit im Sommer tagsüber immer offen gestanden hatte. Die mit Unkraut überwucherte Straße führte bis zur Rezeption, einem mittlerweile verlassenen, baufälligen Bretterverschlag. Dahinter lagen die Stellplätze in einem großen Halbkreis um den See herum verteilt. Zwei von ihnen waren belegt.

Die Wohnwagen sahen alt und verlassen aus, bei beiden fehlte das Nummernschild. Tom inspizierte sie gründlich. Die Fenster glotzten blind vor Staub. Ein Wohnwagen war abgeschlossen. Bei dem anderen klemmte die Tür, aber Tom konnte sie mit roher Kraft öffnen. Die Sitzpolster waren verschlissen und an mehreren Stellen aufgerissen. Ein Teddybär lag mit dem Gesicht nach unten auf dem Boden.

An diese Wohnwagen erinnerte sich kein Mensch mehr. Zwei Überbleibsel auf dem Campingplatz, der den Fahrzeugen als Friedhof diente.

Tom ging zum Ufer des ehemaligen Badesees. Die Oberfläche schimmerte schmutzig schwärzlichgrün. Ein Algenteppich schwamm obenauf wie grüner Badeschaum. Am gegenüberliegenden Ende des Sees stand das Schilf so dicht, dass er den alten Bootsanleger nur mit Mühe fand. Aber er war noch da.

Vor zwanzig Jahren hatte Tom mit den anderen Kindern den Bootsanleger als Sprungbrett benutzt. Nackte Kinderfüße, die über die Planken flitzten und sich am Ende kräftig abstießen: Wer schaffte den weitesten, den spektakulärsten Sprung? Bei wem spritzte das Wasser am höchsten? Täglich hatten sie sich dafür einen Rüffel des Bademeisters eingefangen, denn das Hineinspringen an dieser Stelle war verboten. Ebenso wie das Tauchen unter dem Anleger.

Tom kniete sich auf die Planken, beugte sich weit nach vorn und versuchte, einen Blick unter den Anleger zu werfen. Hier am Ende des Stegs maß die Wassertiefe mehr als zwei Meter, das hatte er vor zwanzig Jahren schon herausgefunden. Er und seine Freunde hatten Verstecken gespielt, wobei Tom sich nicht besonders geschickt anstellte, bis er dieses geheimnisvolle Reich unter dem Steg entdeckte. Damals war das Wasser lange nicht so eine trübe Suppe wie heute, und während die anderen Kinder seinen Namen riefen und den Strand nach ihm absuchten, schwamm Tom zwischen den Pfählen und Stützen im Wasser, tauchte mutig tiefer, hangelte sich an den Verstrebungen entlang und erforschte seine eigene, geheime Welt, wobei er sich vorstellte, dass er der einzige Junge, der einzige Mensch auf Erden war, der von diesem kleinen, düsteren Reich wusste. Der letzte unentdeckte Fleck auf diesem Planeten. Wenn er sich dort versteckte, fanden die anderen ihn nie, aber vielleicht hatten sie einfach nur Angst, an diesem mysteriösen Ort, an dem das Wasser kohlrabenschwarz erschien, nach ihm zu suchen.

Dieser Ort bot das perfekte Versteck.

Tom ging zurück zum Wagen. Es wäre einfacher gewesen, das Vorhängeschloss aufzubrechen, das Tor zu öffnen und mit dem Auto bis an den See zu fahren, direkt bis zum Bootsanleger, aber Tom verfügte nicht über entsprechendes Werkzeug, um es zu knacken. Zudem könnte ein aufgebrochenes Schloss früher oder später jemandem auffallen.

Er stieg in den Wagen und fuhr ein Stück den Feldweg entlang, der um die Campinganlage herumführte. Unter ein paar Bäumen stellte er den Wagen schließlich ab. Von dem Feldweg aus würde man ihn dort nicht sofort entdecken.

Tom nahm den Seesack mit den eingepackten Utensilien vom Beifahrersitz und trug ihn zum Bootsanleger. Er kramte in dem Sack, bis er die Wäscheleine fand. Ordentlich schnitt er sie mit seinem Taschenmesser in unterschiedlich lange Stücke. Dann ging er erneut zum Wagen und öffnete den Kofferraum. Vanessa holte er als Erste heraus.

Eine stinkende Flüssigkeit quoll aus dem Plastiksack, mit dem sie umwickelt war, und durchtränkte sein Shirt. Tom verzog das Gesicht.

Er trug Vanessa über den Campingplatz, wobei er betete, dass der austretende Leichensaft das Paketband nicht aufweichte. In seiner Vorstellung sah er das Paket auseinanderfallen, wenn sich das Band löste, und Vanessas Eingeweide auf den Boden platschen. Aber das Band hielt. Er ging an den Wohnwägen vorbei zum alten Anleger, legte Vanessa auf den Holzbohlen ab und massierte sich die von der Anstrengung schmerzenden Arme.

Schließlich ging er erneut zurück zum Wagen. Vor seinen Füßen flitzte ein Eichhörnchen über den Weg, hektisch, verwirrt über den ungewöhnlichen Besucher, der nichts Gutes in diese Idylle brachte. Tom schob die Unterarme unter seinen toten Freund.

Der enge Körperkontakt zu Harry brach den Damm, der seine Gefühle im Zaum gehalten hatte. Die Tränen flossen wie kleine Wasserfälle über seine Wangen. Tiefe Trauer überwältigte ihn und verursachte beinahe körperliche Schmerzen.

»Es tut mir so leid«, flüsterte er seinem toten Gefährten mit tränenerstickter Stimme ins blutverkrustete Haar. »So leid. Ich habe das alles nicht gewollt.«

Weinend wiegte Tom seinen Freund in den Armen. Nach einer Weile gab er sich einen Ruck und hievte Harry aus dem Kofferraum. Keuchend mühte er sich mit seiner Last ab und stieg ungeschickt über den niedergetrampelten Zaun. Harry war schlank, aber trotzdem wesentlich schwerer als Vanessa. Unterwegs musste Tom mehrmals anhalten, um seinen Armen eine Pause zu gönnen. Dann legte er Harry behutsam ins Gras und presste die Hände auf seinen schmerzenden Rücken, bis er sich in der Lage fühlte, weiterzumachen.

Tom verspürte brennenden Durst, und er konnte sich kaum erinnern, wann er das letzte Mal etwas getrunken hatte. Am Bootssteg legte er Harry neben Vanessa ab und sprang ins Wasser. Gierig trank er von der schmutzig-braunen Brühe. Es schmeckte besser, als es aussah, und es stillte den grässlichen Durst. Tom hielt sich mit einer Hand an einer Planke fest und lehnte den Kopf an das feuchte Holz. Er schloss die Augen und versuchte, mit dem Grauen fertig zu werden, das die letzten Tage über ihn gekommen war und seine kleine Welt aus den Angeln gehoben hatte. Der Fund von Vanessas Leiche hatte sein Leben zerstört.

Aber es war noch nicht vorbei.

Tom griff nach einem Stück Wäscheleine, holte tief Luft, tauchte unter und band es mit einem Knoten um eine Verstrebung. Er hievte sich aus dem Wasser und kauerte sich neben Vanessa auf die Planken.

Behutsam löste er das Paketband und faltete die Folie auseinander. Es stank unbeschreiblich. Was da auf der ausgebreiteten Folie vor ihm lag, hatte mit der einstigen Schönheit Vanessa nicht mehr viel zu tun. Es war ein trauriges, ekelerregendes, erniedrigtes Überbleibsel eines Menschen, dem das Weiterleben verwehrt blieb.

Tom ließ sich ins Wasser gleiten. Er griff nach Vanessas Arm und zog sie zu sich heran, bis sie mit lautem Platschen hineinplumpste. Er tauchte unter und nahm den schlaffen Körper mit sich. Blind tastete er nach der Wäscheleine, fand sie, und umwickelte Vanessas Handgelenke.

Es war nicht einfach. Das harte Schilfrohr zerkratzte ihm die Arme. Immer wieder musste er auftauchen, um Luft zu holen, und jedes Mal kostete es ihn neue Überwindung, in die Brühe zurück zu tauchen und Vanessa an die Stützpfeiler des Bootsanlegers zu binden wie an einen Marterpfahl. Wenn er sich eine Nachlässigkeit leistete, würde sie bald an die Oberfläche treiben. Irgendwann würde sie das wahrscheinlich sowieso tun – spätestens, wenn das Fleisch sich zu zersetzen begann und die Stricke sich lockerten –, aber je mehr Zeit bis dahin verging, desto besser. Tom wusste keine andere Möglichkeit als diese hier. Er hatte nicht gewollt, dass Vanessa spurlos verschwand, aber jetzt blieb ihm keine andere Wahl mehr.

Etwas Glitschiges streifte seinen Arm. Ein Fisch, der sich anschaute, was da vor sich ging. Die Fische im See würden sich an Vanessa laben. Vielleicht war es aber auch gar kein Fisch. Vielleicht war es ein Organ, ein Teil der Innereien, die aus Vanessas aufgeschlitztem Leib herausquollen und ziellos im Wasser trieben.

In der trüben Suppe konnte Tom so gut wie nichts erkennen. Dennoch bekam er ein klares Bild vor seinen Augen, wie Vanessas Haar sich im Wasser bauschte und in Strähnen auf ihn zu trieb wie Tentakel eines Kraken, die ihn umschlingen und in die Tiefe zerren würden.

Nun kam Harry dran. Er band ihn neben Vanessa an die nächste Verstrebung.

Als er fertig war, zog er sich am Anleger hoch und ließ sich rücklings auf die Planken fallen. Nie in seinem Leben hatte er sich so erschöpft gefühlt wie in diesem Augenblick. Die Sonne brannte unbarmherzig auf sein Gesicht, und er kniff die Augen zusammen, um nicht geblendet zu werden.

Nach einer kurzen Ruhepause setzte er sich auf, packte die restliche Wäscheleine in seinen Seesack und schnürte ihn ordentlich zu. Er verließ den Bootsanleger und ging am Ufer entlang zur anderen Seite des Sees. Dort verlief die Wiese flach bis zu einem schmalen Sandstreifen, dem alten Badestrand. Tom schlüpfte aus seinen Klamotten und walkte seine Jeans und sein T-Shirt gründlich im Wasser aus. Dann tauchte er selbst unter, wusch sich den Schmutz von seinem verschwitzten Leib, trank noch etwas Wasser und stieg aus dem See. Die Kleidung hängte er zum Trocknen auf einen herunterhängenden Ast. Nur mit seiner klitschnassen Unterhose bekleidet, ging er zu dem Wohnwagen mit der unverschlossenen Tür.

Die Sonne schien direkt durch ein Fenster. Tom versuchte, die Vorhänge zuzuziehen, aber sie waren steif vor Staub und der Stoff zerriss in seinen Fingern. Er bettete sich auf der muffigen Schlafcouch, legte die Unterarme über die Augen und schlief sofort ein.

*

Tom erwachte mit grauenvollen Kopfschmerzen. Die Sonne knallte ihm ins Gesicht, brennend und gleißend hell wie ein Laserstrahl. Er warf einen Blick auf seine Armbanduhr: Es war halb vier am Nachmittag. Er hatte eigentlich nur ein Stündchen ausruhen wollen. Andererseits hatte er die Ruhepause bitter nötig gehabt. An seinen letzten, wirklich erholsamen Schlaf konnte er sich kaum erinnern: Das musste gewesen sein, bevor er Vanessa gefunden hatte.

Und der Tag war nicht zu Ende. Noch lange nicht. Es gab so viel zu tun.

Seine Zunge klebte am Gaumen. Er litt unter starkem Durst, obwohl er am Vormittag ausreichend Wasser getrunken hatte. Schmutziges Wasser, vermischt und verseucht mit Leichengiften. Er widerte sich selbst an. Trotzdem knurrte sein Magen, aber es würde dauern, bis sich die Gelegenheit bot, etwas zu essen.

Tom stieg aus dem Wohnwagen. Die der Sonne zugewandten Beine seiner Jeans waren trocken und hart wie Knochen. Der Bund dagegen triefte vor Nässe. Vorerst ließ Tom die Jeanshose hängen, wo sie war. In Unterhosen lief er am Seeufer entlang Richtung Bootsanleger. Nervös ließ er sich auf alle viere nieder und warf einen Blick unter den Steg. Es war nichts zu sehen. Die Verschnürung hielt.

Er ging zurück zum Wohnwagen, schlüpfte in sein T-Shirt und die unbequemen Jeans, schulterte seinen Seesack und verließ den Campingplatz.

*

Am Ortseingang der nächsten Kleinstadt befand sich eine Tankstelle. Alle Zapfsäulen waren belegt. Hochbetrieb nach Feierabend. Tom hätte lieber weniger Zeugen gehabt. Andererseits würde er in dem Trubel kaum auffallen. Er erwarb zwei leere Kanister, wartete, bis eine Zapfsäule frei wurde, füllte die Kanister randvoll und deponierte sie hinter den Vordersitzen des Audi auf dem Fahrzeugboden. Erneut stellte er sich in die Warteschlange, um das Benzin zu bezahlen. Unsicher beobachtete er die anderen Kunden, aber niemand achtete auf ihn, obwohl er sich einbildete, dass seine mit Seewasser notdürftig gewaschene Kleidung entsetzlich stank. Die Jeans war mittlerweile zwar komplett getrocknet, hatte von dem schlammigen Wasser aber eine hässliche, graubraune Färbung angenommen, genau wie sein T-Shirt.

Der junge Typ, der die Kasse bediente, schaute nicht einmal auf, als ihm Tom die Scheine über den Tresen reichte.

Er fuhr die Landstraße entlang, bis er sich sicher fühlte, weit genug entfernt zu sein von der Tankstelle, in der sich eventuell jemand an den abgerissen aussehenden Typen mit den Benzinkanistern erinnerte und eine Verbindung herstellte. Tom konnte nicht ausschließen, dass die Leichen früher oder später entdeckt werden würden.

Schließlich erreichte er eine kleine Stadt. Ein Bahnhof war ausgeschildert, und Tom nahm die nächste Ausfahrt, bog in einen Feldweg ein und fuhr ihn entlang, bis er glaubte, von den Ausläufern der Stadt außer Sicht zu sein. Um ihn herum erstreckten sich Felder und Ackerland, mit gelbem, von der Sonne gebleichtem und vertrocknetem Gras.

Er stieg aus dem Wagen und holte die Benzinkanister aus dem Heck. Er tränkte den Kofferraum samt den Plastikfolien und den alten Bettlaken, den Seesack, Vanessas Koffer mit ihren Sachen darin gründlich mit dem Benzin des ersten Kanisters. Den Inhalt des zweiten Kanisters schüttete er über die Vordersitze.

Schließlich nahm er ein Streichholz, zündete es an und warf es in den Wagen. *Ffffft.* Die Flammen züngelten hoch. Tom drehte sich um und rannte los, so schnell er konnte. Hinter ihm erklang ein gieriges Fauchen: Das Feuer fraß alles weg, vernichtete sämtliche Spuren und Beweise.

Tom lief über die Felder auf die Stadt zu und hielt möglichst großen Abstand zu dem Weg, auf dem er hergekommen war. Falls die Rauchsäule über dem Audi auffiel, würden eine Menge Fahrzeuge dort entlangbrettern, die Feuerwehr, die Polizei und ein paar Schaulustige. Aber Tom sah weder Autos, noch hörte er heulende Sirenen. Hinter ihm verbrannte alles, was auf ihn hinweisen konnte: Fingerabdrücke, Haare, Flusen seiner Kleidung. Die Polizei würde das Fahrzeug identifizieren können, aber zu Tom führte keine Spur. Harry Roeder war bei einem Auftrag spurlos verschwunden, und sein ausgebrannter Wagen stand auf einem unbebauten Feld weitab von seinem Heimatort irgendwo in der Pampa.

Niemand würde wissen, was mit Harry Roeder geschehen war. Niemand würde auf die Idee kommen, Tom Merten zu verdächtigen.

Es war ein weiter Weg zurück in die Stadt und bis zum Bahnhof. Irgendwann stieß Tom auf die Gleise und ging sie entlang, bis das Bahnhofsgebäude vor ihm aufragte. Auch hier herrschte reger Betrieb. Tom mischte sich unter die Reisenden und durchstreifte die Eingangshalle, wo er eine Modeboutique entdeckte. Die Verkäuferin schaute irritiert auf, als das Glöckchen an der Eingangstür bimmelte und Tom eintrat.

Er konnte ihr ansehen, dass sie ihn am liebsten hinausgeworfen hätte. Sie ließ ihn nicht aus den Augen, als er ein einfaches, weißes T-Shirt von einem Stapel nahm und eine Jeanshose in seiner Größe wählte. Er bezahlte in bar. Die Verkäuferin starrte ihn misstrauisch an. Er hoffte, dass sie auf dem Bahnhof an zwielichtige Kundschaft gewöhnt war und ihn schnell vergaß.

Sie packte die Sachen in eine Plastiktüte. Tom nahm die Tüte und suchte die Bahnhofstoilette auf. Er musste raus aus den Klamotten, mit denen er in Vanessas und Harrys nassem Grab gebadet hatte. Auf der Toilette warf er einen Blick in den Spiegel. Blutunterlaufene Augen glotzten ihn an. Ein ungepflegter Dreitagebart wucherte in seinem Gesicht. Kein Wunder, dass die Verkäuferin so verstört reagiert hatte. Er sah fürchterlich aus.

Tom zog sich bis auf die Unterhose aus und wusch sich mit der flüssigen, rosa Seife aus dem Spender, die nach Erdbeeraroma roch. Auch die Haare wusch er damit. Er trug keinen Kamm bei sich; die feuchten Haare standen wirr vom Kopf ab, und er kämmte sie mit den Fingern. Aus dem Spender zog er die letzten beiden Trockentücher. Nass wie er war, schlüpfte er in die neuen Sachen. Die Jeans saß schlecht und hing an ihm wie ein Kartoffelsack (*Leichensack,* dachte er), aber sie war die billigste gewesen.

Seine schmutzigen Sachen stopfte er in den Abfalleimer und vergrub sie ganz unten zwischen benutzten Tempo-Taschentüchern und anderem nutzlosem Kram, den Reisende weggeworfen hatten.

Von seinem letzten Bargeld löste er am Automaten eine Fahrkarte. Niemand achtete auf ihn. Er war nur ein billig angezogener, ungepflegt wirkender Typ wie so viele andere, die sich hier herumtrieben.

Er musste nicht lange auf einen Zug warten, der in seine Richtung fuhr. Tom stieg ein und suchte sich ein Abteil, in dem er alleine saß. Er schob die Fahrkarte in seine Jeanstasche. Als der Pfiff des Zugbegleiters erklang, fuhr der Zug an. Tom schloss die Augen.

*

Beinahe hätte er verpasst, auszusteigen. Ein Jugendlicher mit Ohrhörern setzte sich ihm gegenüber und trat ihn versehentlich ans Schienbein, als er die Beine übereinanderschlug. Tom fuhr zusammen und starrte verstört den jungen Typen an, der unbekümmert im Takt der Musik mit dem Kopf wippte. Nervös warf er einen Blick aus dem Fenster. Der Bahnhof, aus dem der Zug sanft ruckelnd hinausfuhr, war der vorletzte vor seiner Heimatstadt. Bald würde er daheim sein.

Nur mit Mühe gelang es ihm, wach zu bleiben. Erschöpft betrachtete er die vorbeiziehende Landschaft, bis er endlich aussteigen konnte und sich auf den Weg zu seinem Haus machte.

Der Fußmarsch dauerte fast eine Stunde. Anfangs befürchtete Tom, er würde den Weg vor Müdigkeit kaum schaffen. Er fühlte sich krank und entkräftet, und seine Füße schmerzten. Aber die Luft an diesem Abend war angenehm kühl, eine Brise wehte um sein Gesicht, wohltuend wie eine Salbe, und er bekam langsam einen klaren Kopf.

Nachdem Harry und Yasmin in den letzten Tagen sein Haus mit Leben erfüllt hatten, wirkte es nun einsam, sehr still und verlassen. Tom ging geradewegs in die Küche und öffnete den Kühlschrank. In einer Vorratsdose fand er einen Rest Schinken und nicht mehr ganz frischen Salat von Harrys Einkäufen. Er bereitete sich ein Sandwich zu, bestrich es dick mit Mayonnaise, schlang es gierig hinunter und trank zwei Flaschen Bier.

An der Spüle wusch er sich das Gesicht mit kaltem Wasser und wappnete sich innerlich für den Schuppen.

Der Gestank schien schlimmer zu sein als vorher, als Vanessa noch auf der Werkbank gelegen hatte wie auf einem Opferaltar. Auf dem Boden prangte ein Blutfleck mit dem Durchmesser eines Medizinballes: Harrys letzter Gruß. Überall befanden sich Blutspritzer auf dem Boden, die in die Holzdielen eingesickert waren und wie schwarze Farbspritzer aussahen.

Tom holte einen Eimer und einen Schrubber und mühte sich ab, das Blut zu entfernen. Er schuftete lange und gründlich. Immer wieder bearbeitete er dieselben Stellen, er scheuerte und schrubbte den Boden und die Wände, schüttete das blutige Wasser draußen ins Gebüsch und holte frisches Wasser für seinen Putzeimer. Zuletzt nahm er das Bleichmittel aus dem Regal und bearbeitete im Knien die schwärzlich gefärbten Stellen auf dem Boden. Das Bleichmittel brannte in seinen Augen und reizte seine Kehle, er musste immer stärker husten, aber er nahm sich nicht die Zeit, eine behelfsmäßige Atemmaske anzufertigen. Er machte weiter, bis das Bleichmittel verbraucht war, seine Hände knallrot und rissig und die Haut aufgesprungen.

Mit bloßem Auge war nichts mehr zu sehen. Tom dachte, dass es vielleicht eine gute Idee wäre, den Schuppen niederzubrennen wie Harrys Wagen. Aber ein brennendes Gebäude würde die Feuerwehr und die Polizei auf den Plan rufen. Er müsste eine Menge Fragen beantworten.

Die Tür ließ er zum Lüften offen stehen. Innen sah alles ganz normal aus. Es stank nach dem aggressiven Bleichmittel, und Tom hoffte, dass es so bleiben würde, dass der Geruch des scharfen Zeugs alles andere dauerhaft überdeckte. Den Schuppen selbst wollte er nicht mehr nutzen, sondern im Keller seines Hauses eine Werkstatt einrichten. Irgendwann.

Er ging zurück ins Haus und duschte ausgiebig. Der Dreitagebart juckte unangenehm, aber Tom fühlte sich zu müde, um sich zu rasieren. Er nahm sich nur die Zeit, seine wunden Hände einzucremen, deren Haut unter dem aggressiven Bleichmittel gelitten hatte. Tom holte noch ein Bier aus dem Kühlschrank und trank es in einem Zug aus. Er legte sich splitterfasernackt auf sein Bett und vergrub sein Gesicht in den Kissen.

*

Spät am nächsten Vormittag quälte er sich aus dem Bett, hungrig wie ein Wolf. Zu einer ganzen Kanne starken, schwarzen Kaffees aß er die letzten Reste aus dem Kühlschrank. Er würde einkaufen müssen. Was war heute für ein Tag? Hatten die Läden überhaupt offen? Tom wusste es nicht.

Der Briefkasten quoll über vor Werbezeitschriften und Wurfsendungen. Die Tageszeitung hatte der Bote daher einfach auf die Fußmatte gelegt. Tom hob sie auf und warf einen Blick auf das Titelblatt. Nichts über Vanessa. Jedenfalls nicht auf der ersten Seite. Es war Dienstag. Zumindest das wusste er jetzt.

Dass ein Wagen vor seinem Haus hielt, merkte er erst, als die Hupe ertönte. Jennys Peugeot parkte vor dem Gartenzaun. Ich muss den Zaun fertig streichen, dachte Tom mechanisch, ich bin erst halb fertig. Dafür habe ich heute Zeit. Im Schuppen stand der Eimer mit weißer Farbe. Im *Schuppen*.

»Tom?« Jenny kam durch den Vorgarten auf ihn zu.

»Wo ist Yasmin?«, fragte er.

»Sie ist bei Ray«, sagte Jenny. »Ich wollte nach dir sehen.« Sie betrachtete ihn prüfend, als wäre er ein besonders fettes Schwein auf einer Landwirtschaftsausstellung. »Du siehst nicht gut aus. Bist du krank?«

»Ja«, sagte Tom, weil das einfacher war, als Jenny irgendeine Geschichte aufzutischen.

»Du meine Güte«, sagte Jenny. »Eine Sommergrippe ist nichts Schönes.«

»Es tut mir leid, dass es für Yasmin kein schönes Wochenende geworden ist«, sagte Tom.

Jenny zuckte die Achseln. »Es ist nun einmal so gelaufen.« Sie zeigte auf die Haustür. »Wollen wir hineingehen?«

»Wenn du möchtest.« Fieberhaft dachte Tom nach. Es war nichts mehr hier, das auf Harry oder Vanessa hindeuten könnte. Er hatte alles weggebracht und saubergemacht, so gut es ging. Dann fiel ihm ein, dass Jenny als Einzige wusste, dass Harry hier bei ihm gewesen war. Falls Harry vermisst werden würde, gab es eine Spur, die zu ihm führte. Das hatte er übersehen. Was hatte er noch übersehen?

Jenny setzte sich an den Küchentisch und warf ihre Handtasche achtlos auf den Stuhl neben sich. Die Tasche sah teuer aus.

»Sie ist neu«, sagte Jenny, als sie Toms Blick bemerkte.

»Ein Geschenk von Ray, nehme ich an.«

»Ja«, sagte Jenny und schob schnell ihre Hände unter den Tisch, als gäbe es etwas, das Tom nicht sehen sollte. »Ich habe eine neue gebraucht. Das Innenfutter der alten ist schon ganz löchrig.«

»Es ist eine wunderschöne Tasche. Du musst dich nicht rechtfertigen.«

»Was ist nur los mit dir?«, fragte sie.

Tom schaute sie an. »Jenny, du hast dich all die Jahre nicht dafür interessiert, wie es mir geht. Warum jetzt auf einmal?«

»Doch, es hat mich interessiert.«

»Ach ja?«

»Ich mache mir Sorgen. All die Jahre – um deine Worte zu benutzen – hatte ich das Gefühl, dass du gut zurechtkommst. Ich weiß, wie sehr du Yasmin und mich vermisst hast und wie sehr du dir gewünscht hast, dass wir beide wieder zusammen wären. Trotzdem hatte ich das Gefühl, du kommst mit der Situation zurecht. Aber jetzt, seit diesem

Wochenende, bist du ein anderer Mensch. Du gefällst mir überhaupt nicht.«

Tom schwieg.

»Hast du Probleme?«, fragte sie leise.

»Ich bin okay.«

»Du bist auch so reserviert. Ich habe das Gefühl, einem fremden Menschen gegenüberzusitzen.«

»Ich kenne mich selbst nicht mehr«, sagte Tom. Jenny schaute ihn verständnislos an. Dann winkte sie ab. »Wenn du unbedingt in Rätseln sprechen willst – bitte. Wechseln wir das Thema. Der Grund, warum ich hier bin.«

»Ja.«

»Es geht um Yasmin. Als ihr Vater sollst du es wissen. Kommende Woche stelle ich sie in einer Augenklinik vor. Dort wird man das Crosslinking durchführen.«

»Ich habe kein Geld dafür«, sagte Tom. »Und du auch nicht.«

»Ray wird die Behandlung bezahlen«, sagte Jenny.

Ungläubig blickte Tom auf. »Das kommt nicht in Frage!«

»Tom!« Sie griff nach seiner Hand. Tom sah den Ring, den sie vermutlich vorhin verstecken wollte. Sie trug ihn am linken Ringfinger. Ein Heiratsversprechen. »Ich weiß, es ist schwer für dich, aber es geht um unsere Tochter. Wie sehr hast du dir gewünscht, ihr die Transplantation zu ersparen!«

»Ray Szabo ist ein Verbrecher.« Ein Verbrecher, der seiner Tochter das Augenlicht rettete. Und was war er selbst? Ein Verbrecher, der seiner Tochter nicht einmal ein Fahrrad kaufen konnte.

»Das ist nicht wahr! Du darfst jetzt nicht egoistisch sein. Ich verstehe, wie du dich fühlst. Wir beide waren nicht in der Lage, das Geld aufzubringen. Ray dagegen schüttelt es mal eben aus dem Ärmel. Das nagt auch an mir. Aber es bringt nichts, aus purem Stolz nein zu sagen. Es geht um Yasmins Augenlicht, und das ist verdammt noch mal mehr wert als deine männliche Eitelkeit.«

»Bitte, geh«, sagte Tom.

Jenny blieb noch eine Weile sitzen und schaute ihn abwartend an. Irgendwann stand sie schweigend auf und ging hinaus.

Tom vergrub das Gesicht in den Händen. Ich habe verloren, dachte er bitter. Ich habe alles verloren. Alles, was in den letzten Tagen passiert war, war nur wegen des Scheiß-Geldes passiert. Harry und Vanessa hingen im sumpfigen Wasser eines verdreckten, vergessenen Waldsees, angebunden an Unterwasserpfähle, angefressen von Fischen.

Es war alles umsonst gewesen.

Tom blieb am Küchentisch sitzen. Er saß sehr lange dort, vielleicht einen Tag, vielleicht waren es sogar zwei. Er saß dort, bis es an der Tür klingelte. Es hörte nicht auf zu klingeln, bis er schließlich aufstand und öffnete.

14
Tom

Die Frau war nicht groß, aber sie gehörte zu der Sorte Mensch, die einen Raum einnehmen, wenn sie ihn betreten. Ihr glattes, dunkles Haar trug sie im Nacken zusammengebunden. Es war dafür gerade lange genug, und mit dem Pferdeschwanz sah sie ein wenig mädchenhaft aus. Ihre Ausstrahlung stellte jedoch klar, dass sie alles andere war als das: Sie wirkte auf eine unaufdringliche Art und Weise dominant. Eine Führerin mit natürlicher Autorität. Sie trug ein dunkelblaues Kostüm, eine weiße Bluse und schwarze Pumps. Keine Schönheit, aber ihr Gesicht war ausdrucksstark und in gewisser Weise attraktiv.

»Ich komme von der Kriminalpolizei«, sagte sie.

»Judith Peters, Kriminaloberkommissarin.« Sie hielt Tom einen Ausweis unter die Nase, sehr dicht, als wäre er kurzsichtig oder schwer von Begriff.

»Darf ich reinkommen?«

»Bitte.« Tom trat zur Seite. Ihm war klar, dass er sie nicht hereinlassen musste. Aber wozu hätte er sie verärgern sollen? Niemand außer ihm wusste, was geschehen war. Es gab keine Beweise. Du hast alle Spuren verwischt, hämmerte er sich ein, und je kooperativer du dich zeigst, desto schneller wird sie wieder weg sein.

Die Kommissarin ging an ihm vorbei. »Wohin?«, fragte sie.

»Gehen wir in die Küche«, sagte Tom und schloss die Haustür.

Die Peters betrat die Küche und betrachtete die Wände, ließ ihren Blick über die Schranktüren und die Fensterbänke schweifen, als suche sie etwas. Schließlich lehnte sie sich an die Anrichte und verschränkte die Arme.

»Sie dürfen sich gerne setzen«, sagte Tom.

»Danke, es geht schon.«

Dort, wo sie steht, hat sie alles im Blick, dachte er. Auch mich. Er nahm Platz und drehte seinen Stuhl in ihre Richtung. Er fragte sich, was die Kommissarin dachte, was sie wusste, warum sie ihn besuchte. Und er fragte sich, ob es verdächtig aussah, wenn er sie das fragte, oder ob er nicht sogar besser fragen sollte. Überleg dir gut, was du sagst, dachte er.

»Wie kann ich Ihnen helfen?«, begann er unverfänglich.

»Sicherlich haben Sie gehört, dass hier in der Stadt eine junge Frau vermisst wird«, sagte die Kommissarin. »Dazu befragen wir einige Anwohner und Personen, die möglicherweise etwas über ihren Verbleib wissen könnten.« Sie zog ein Foto heraus, trat vor und legte es auf den Tisch. Es war dasselbe Foto wie in der Regionalzeitung. Vanessa strahlte in die Kamera und wirkte unglaublich lebendig. Tom fand, dass sie ihn heute nicht so vorwurfsvoll anschaute wie auf dem Foto vom letzten Samstag. Sie sah einfach nur wunderschön aus.

Darüber war Tom froh, denn ihren vorwurfsvollen Blick hätte er nicht ertragen. Er hätte die Hände vor das Gesicht geschlagen oder den Blick abwenden müssen, und das hätte keinen guten Eindruck gemacht.

»Ihr Name ist Vanessa Kramer«, sagte die Peters.

»Ich weiß«, sagte Tom. «Es stand in der Zeitung.«

»Kannten Sie Frau Kramer?«, fragte sie. Tom schaute sie unsicher an.

»Nein. Ich meine, vom Sehen kannte ich sie schon. Aber nicht richtig.«

»Was meinen Sie mit: nicht richtig?«

»Ich meine, ich habe nie mit ihr gesprochen oder so.«

»Sind Sie sicher? Vanessa ist nur wenig älter als Sie. Zudem haben Sie gemeinsame Interessen.«

»Ich bin sicher.« Toms Stimme zitterte. Seine Hand fuhr in sein Gesicht, tastete nach dem Kratzer, den er sich im Wald zugezogen hatte. Er spürte Bartstoppeln. Als er das letzte Mal in den Spiegel geblickt hatte, war von dem Kratzer nur noch eine zarte rosa Linie zu sehen gewesen. Die Stoppeln würden sie verdecken.

Ob sie auch nach Harry suchte? Aber wer würde Harry als vermisst melden? Zu seinen Verwandten hatte Harry schon lange keinen Kontakt mehr. Szabo, wenn er merkte, dass sein Mitarbeiter nicht mehr auftauchte? Bestimmt nicht. Szabo würde Harry allerhöchstens von seinen eigenen Leuten suchen lassen.

»Wann haben Sie Vanessa denn das letzte Mal gesehen?«, fragte die Peters.

»Ähm … am Samstag. Ich meine, da habe ich ihr Bild auf dem Titelblatt der Zeitung gesehen. Und den Artikel gelesen.«

Die Kriminaloberkommissarin schaute ihn an, die Arme unter den Brüsten verschränkt.

»Wann ich sie in Wirklichkeit gesehen habe, weiß ich nicht mehr«, sagte er.

»Das ist schade.«

»Es tut mir leid, dass ich Ihnen nicht helfen kann.« Wie waren sie nur auf ihn gekommen? »Darf ich Ihnen etwas anbieten?«, fragte er, froh, das Thema wechseln zu können, wenn auch nur für einen kurzen Moment.

Der Blick der Peters schweifte angewidert über das Spülbecken. Einige Tassen und Gläser standen darin und warteten darauf, abgewaschen zu werden, und das seit ein paar Tagen. Sie schüttelte den Kopf.

Das Schweigen bedrückte Tom. Er hielt es nicht aus, und er merkte, dass er drauf und dran war, sich irgendetwas auszudenken, von irgendeiner unverfänglichen Gelegenheit zu berichten, wo er Vanessa begegnet war, damit er der Peters das Häppchen servieren konnte, nach dem sie so dringend bat. Er bekam das Bedürfnis, zu plaudern.

»Irgendwann einmal in der Stadt, als wir uns über den Weg gelaufen sind, keine Ahnung«, stammelte er. Ich kann das nicht, dachte Tom, ich werde mich in meiner eigenen Geschichte verrennen, wenn diese Frau mich wirklich ins Verhör nimmt, ich bin für so etwas nicht geschaffen.

Dann sagte er sich wieder, dass es keine Beweise gab, und keinen Grund für die Peters, ihn zu verdächtigen. Er hatte Vanessa nichts getan.

»Sie fragen sich sicher, warum ich hier bin«, sagte die Peters als Nächstes.

Tom zeigte auf das Foto. »Weil Sie diese Frau suchen, sagten Sie.«

»Haben Sie eine Idee, warum ich das ausgerechnet bei Ihnen tue?«

»Nein«, sagte er ehrlich und zuckte die Achseln. Und dann krochen eiskalte Finger über seinen Rücken. Ihm dämmerte die Antwort auf die Frage, warum die Peters wirklich hier in seiner Küche stand und ihn unverwandt anstarrte. Jemand musste ihn beobachtet haben, als er die Leichen ins Auto eingeladen hatte. Aber mitten in der Nacht war doch niemand da gewesen, und der Audi hatte an einer stockdunklen Stelle am Ende der Straße gestanden. Nirgends hatte ein Licht in einem Fenster der Nachbarhäuser gebrannt.

»Was treiben Sie eigentlich so? Womit verdienen Sie derzeit Ihren Lebensunterhalt?«, fragte die Peters.

»Ich bin arbeitssuchend. Es sieht nicht gut aus auf dem Arbeitsmarkt. Ich habe schon längere Zeit keine Anstellung.«

»Bestimmt ist die Versuchung groß, die kümmerliche staatliche Fürsorge mit einem Nebenjob aufzubessern.«

»Ich sagte bereits, dass es derzeit nicht gut läuft. Ich bin ja gemeldet bei der Arbeitsagentur.«

»Das meine ich nicht.« Die Peters lächelte. »Herr Merten, Sie sind mir einer. Verkaufen Sie mich nicht für dumm. Sie sind der Polizei kein Unbekannter.«

»Ich habe seit Jahren nicht mit Drogen gehandelt«, sagte er. Ihre Andeutung verletzte und ärgerte ihn, obwohl ihm klar war, dass sie versuchte, ihn zu provozieren.

»Warum eigentlich nicht? Es ist sicherlich ein einträgliches Geschäft.«

»Ich habe eine Tochter. Yasmin. Mit dem Dealen habe ich aufgehört, als ich Vater wurde.«

»Das ist ja wie im Fernsehen«, sagte die Peters.

»Kitschig wie in einer Seifenoper. Haben Sie Frau Kramer jemals Drogen verkauft?«

»Niemals. Sie verkehrte in anderen Kreisen.«

Das war es also. Sie klapperten alle ab, die der Polizei als Dealer oder Ex-Dealer bekannt waren.

»Ich habe mit Drogen nichts zu tun, schon lange nicht mehr. Das ist Jahre her.«

»In Ordnung«, sagte die Peters. Sie wurde etwas versöhnlicher. »Wie alt ist denn das Mädchen?«

»Sie wird nächsten Monat sechs.« Yasmins Bild tauchte vor ihm auf, wie sie in ein teures Kleidchen und Lackschühchen gesteckt den Mittelpunkt auf einem Kindergeburtstag bildete, mit Motivtörtchen vom Catering-Service und Girlanden und einem engagierten Clown, der Luftballons aufblies und zu Figuren formte. Ein Kindergeburtstag, wie wohlhabende Leute ihn feierten. Wie er bei Szabo gefeiert werden würde.

»Dürfte ich mal eben Ihre Toilette benutzen?«, fragte die Peters.

»In den Flur. Die letzte Tür rechts.«

Sie stand auf und ging hinaus. Tom blieb in der Küche sitzen und fragte sich, warum sie alleine hier war. Sie vermutete ein Verbrechen. Suchte jemanden, der Vanessa etwas angetan haben könnte. Wo, zum Henker, war ihr Partner? Die Verstärkung?

Er hörte eine Stufe knarren. Die Peters war nach oben gegangen. Tom stand auf und eilte an den Fuß der Treppe. »Die Toilette ist hier neben der Eingangstür, sagte ich«, rief er nach oben.

»Hier oben ist auch eine«, sagte die Peters unbekümmert und betrat das Bad im oberen Stockwerk. Sie will im Haus herumschnüffeln, dachte Tom, und stieg die Treppe hoch. Linkisch trat er von einem Fuß auf den anderen, bis die Toilettenspülung erklang und die Peters mit einem unschuldigen Lächeln herauskam.

»Ein nettes Häuschen«, sagte sie freundlich. »Es hat Charakter.« Sie schritt langsam den oberen Flur entlang. Tom ließ sie gewähren. Wenn er auf einem Durchsuchungsbeschluss bestand, würde er sich verdächtig machen. Besser, er tat, als hätte er nichts zu verbergen. Bleib ruhig, sagte er sich, sie schaut sich nur ein wenig um, und wenn sie merkt, dass hier nichts zu holen ist, wird sie wieder gehen. Und dir zum Abschied einen Spruch hindrücken, dass sie dich im Auge behalten wird, um dich einzuschüchtern. Und wieder der quälende Gedanke: Warum suchte die Polizei ausgerechnet ihn auf? Hatte Harry am Ende irgendjemandem von Vanessa und den Drogen erzählt? Bestand die Möglichkeit, dass er bereits nach einem Abnehmer für das Kokain gesucht hatte, und die Polizei auf diesem Weg Wind von der Sache bekam?

Aber das konnte er sich eigentlich nicht vorstellen. Harry war vorsichtig gewesen, weil Szabo nicht herausfinden durfte, dass er sich in Toms Haus versteckte, anstatt in Düsseldorf nach Vanessa zu suchen. Außerdem hatte Harry Angst vor diesem Kredithai gehabt, ein weiterer Grund, sich zurückzunehmen, solange er das Kokain noch nicht in den Händen hielt.

Die Peters spähte in Harrys Zimmer. Harrys Habseligkeiten waren verschwunden, aber das Bett zerwühlt. Was sollte er sagen, wenn sie fragte, wer hier geschlafen hatte? Wenn sie weg ist, muss ich sofort das Bett beziehen und die Bettwäsche in die Waschmaschine stecken, dachte er fiebrig. Aber die Peters ging weiter zum Ende des Flurs. Sie drückte mit der Hand die angelehnte Tür zu Yasmins Zimmer auf.

»Was ist das für ein Zimmer?«, fragte sie.

Tom trat hinter die Kommissarin. »Es gehört Yasmin. Sie hat mich übers Wochenende besucht.«

»Wann ist sie wieder gegangen?«

»Samstagabend wurde sie von ihrer Mutter abgeholt.«

Die Peters ging in Yasmins Zimmer. Es widerstrebte Tom. In Yasmins kleinem Reich hatte sie nichts zu suchen. Er bekam eine vage, fürchterliche Ahnung in diesem Moment, dass Yasmin nie wieder diesen Raum betreten würde. Er wollte nicht, dass die Peters die kindliche Atmosphäre, Yasmins Kindergeruch mit ihrer Anwesenheit zerstörte.

»Hier gibt es nichts, das Sie interessieren dürfte«, brach es schroff aus ihm hervor.

»So? Na gut, in Ordnung.« Die Peters schaute sich noch einmal im Zimmer um und trat hinaus auf den Flur. Tom folgte ihr.

Sie inspizierte jeden weiteren Raum im Obergeschoss. »Es stört Sie hoffentlich nicht, wenn ich mich ein bisschen umsehe«, sagte sie.

»Ich wüsste nicht, warum ich Ihnen den Zutritt zu meinem Haus verweigern sollte. Ich habe nichts zu verbergen«, sagte Tom und dachte: Ich schaffe das nicht. Ihn überkam das Bedürfnis, zu gestehen, um allem ein Ende zu setzen. Warum eigentlich nicht? Yasmins Behandlung würde von einem Gangster bezahlt werden, seine große Liebe Jenny war für ihn unerreichbar geworden. Tom hatte ausgedient. Einzig der Gedanke an Yasmin hielt ihn davor zurück, sein Gewissen zu erleichtern und der

Kommissarin alles zu gestehen, was in den letzten Tagen und Nächten in seinem Haus vorgefallen war. Er musste für Yasmin da sein, musste irgendwie versuchen, sie vor Szabo beschützen.

Papa, da ist ein böser Mann, ich habe Angst vor ihm.

»Okay«, sagte die Peters. »Das war es dann vorerst. Vielen Dank für Ihre Kooperation.«

Tom nickte. »Tut mir leid, dass ich nichts für Sie tun kann.«

»Tja, wir müssen jedem Hinweis nachgehen«, sagte die Peters. *Hinweis.* Das Wort traf Tom wie ein Pistolenschuss. Die Peters hatte einen Hinweis bekommen. Jemand wusste von dem Szenario. Und plötzlich verstand Tom. Die Teile des Puzzles setzten sich vor seinem geistigen Auge zusammen, lieferten ein klares, entsetzliches Bild. Die ganze Zeit hatte die Frage in Toms Unterbewusstsein geschwelt, warum Vanessa Kramer ausgerechnet an dieser Stelle im Wald lag. Toms Stelle, die er täglich besuchte, weil seine Tochter dort gezeugt worden war und er die glücklichsten Stunden seines Lebens verbracht hatte. Nur Jenny und er wussten von dieser Stelle, und Jenny konnte Szabo davon erzählt haben.

Szabo hatte Vanessa umgebracht. Er hatte die Leiche an Toms Lieblingsstelle abgelegt und den Dingen einfach ihren Lauf gelassen. Sein Plan hatte funktioniert. Tom war auf schreckliche Art und Weise geleimt worden. Von einem Mann, der gewillt war, ihm das Liebste auf der Welt zu stehlen:

seine Tochter. Szabo wollte Tom aus dem Weg
schaffen, damit ihm Jenny und Yasmin alleine gehörten.

Yasmins Stimme in seinem Ohr, aus weiter Ent-
fernung. *Papa, da ist ein böser Mann. Ich habe nach dir
gerufen, aber du bist nicht gekommen.*

»Herr Merten?«

Die Stimme der Kriminaloberkommissarin drang
wie durch Watte an sein Ohr. Seine Wange brannte.
Sie hatte ihn geohrfeigt.

»Ich rufe einen Krankenwagen«, hörte er sie sagen.

Tom lag auf dem Boden. Ihm war übel. Durch
Nebelschwaden sah er, wie die Kommissarin ihr
Handy zückte. »Keinen Krankenwagen«, brachte er
mühsam hervor. »Es geht schon …«

»Ich hole Ihnen ein Glas Wasser.«

Die stickige Hitze im oberen Stockwerk schien
ihn zu erdrücken. Szabo, dieser hinterhältige
Dreckskerl, hielt seine Tochter in den Fängen.

Etwas Kaltes klatschte in Toms Gesicht. Er
schüttelte sich. Nun sah er etwas klarer. Die Peters
betrachtete ihn besorgt.

»Hier ist noch mehr Wasser«, sagte sie und kniete
sich neben ihn. »Trinken, bitte.« Sie hielt Tom einen Becher an die Lippen. Gehorsam trank Tom
das Wasser aus. Er erkannte Yasmins roten Zahn-
putzbecher und begann zu weinen wie ein kleines
Kind.

»Ich bringe Sie nach draußen, an die frische Luft«, sagte die Peters. »Gott, ist das heiß hier drinnen.«

Sie hakte Tom unter und half ihm auf. Tom hing an ihr wie eine Puppe. Sein Kreislauf lief auf Sparflamme, er fühlte sich nicht in der Lage, sie zu unterstützen. Mühsam zwängten sie sich die enge Treppe hinunter, Stufe für Stufe. Die Kommissarin hielt Tom in einer Art Klammergriff, damit er nicht stürzte. Sie keuchte angestrengt. Tom wog wesentlich mehr als sie und war einen Kopf größer.

»Wann haben Sie das letzte Mal etwas gegessen oder getrunken?«, fragte die Peters. »Herrgott, Merten, sind Sie fertig!«

»Ich weiß es nicht mehr«, sagte Tom wahrheitsgemäß.

Die Kommissarin öffnete die Tür zur Terrasse und bugsierte Tom in einen Korbsessel. Sie ging zurück in die Küche und kam mit einer Flasche Mineralwasser aus dem Kühlschrank und zwei Gläsern zurück.

»Ist wieder alles in Ordnung mit Ihnen?«, fragte sie und schenkte ihm Wasser ein. Sie wirkte fürsorglich, und das war irgendwie so schlimm, dass Tom beinahe erneut zu weinen angefangen hätte. »Brauchen Sie wirklich keinen Arzt? Sie sind da oben umgekippt wie vom Blitz erschlagen.«

»Nein, es wird schon gehen.«

»Blass wie der Tod sind Sie auch. Ich koche Ihnen einen Kaffee.« Routiniert bediente sie Toms Kaffeemaschine. Brav trank er die heiße, bitter schmeckende Flüssigkeit. Er wollte nicht, dass die Beamtin wegging. Dann wäre er wieder allein mit seinem Albtraum.

»Was ist in dem Schuppen?«, fragte die Peters.

»Meine Werkstatt.«

»Warum steht die Tür offen?«

»Ich musste lüften, weil eine tote Ratte darin lag.«

»Ich möchte mir das mal anschauen«, sagte sie.

»Ich komme mit«, sagte Tom, aber seine Knie versagten, als er aufstehen wollte, und er knickte ein.

»Sie bleiben besser sitzen«, sagte sie bestimmt.

Tom schaute ihr hinterher, wie sie über den Rasen auf den Schuppen zuging. Ich habe alle Spuren beseitigt, dachte er. Ich war sehr gründlich, habe den Boden geschrubbt und gebleicht. Sie wird nichts Auffälliges entdecken. Ich habe alle Beweise vernichtet.

Eine leichte Brise wehte und liebkoste Toms erhitztes Gesicht. Sie trocknete die Tränen auf seinen Wangen. Er schaute zum Himmel auf. Wolken türmten sich am Horizont, dunkle Gewitterwolken. Endlich gibt es Regen, dachte er, dann wird es kühler werden.

Er fragte sich, was die Kommissarin die ganze Zeit im Schuppen trieb. Schließlich tauchte sie in der offenen Tür auf. Sie schlenderte über den Rasen auf ihn zu und setzte sich zu ihm.

Tom atmete erleichtert auf. Es war vorbei.

»Alles in Ordnung mit Ihnen?«

»Ich bin okay.«

»Ihre Tochter«, sagte sie. «Ist sie ein Einzelkind?«

Tom nickte.

»Schade«, sagte sie. »Geschwister sind so etwas Schönes.« Versonnen ließ sie ihren Blick über den Waldrand schweifen. »Ich hatte eine Schwester. Sie hieß Jana.«

»Hatte?«, fragte er matt.

»Jana war drogenabhängig. Sie ist an einer Überdosis gestorben. Da war sie gerade achtzehn.«

»Das tut mir sehr leid.«

»Und mir erst.« Sie streckte ihre Beine aus und betrachtete ihre Pumps. Dann trank sie einen Schluck Wasser. »Ich habe mein Studium sofort abgebrochen und bin nach Hause zurückgekehrt. Ich habe es nicht wieder aufgenommen, sondern bin zur Polizei gegangen. Ich will das Schwein kriegen, das für ihren Tod verantwortlich ist. Das habe ich Jana geschworen.«

Tom schaute sie von der Seite an. Das Gespräch nahm eine vertrauliche Wendung, die ihn verwirrte. »Die Drogenszene hier in der Gegend wird von einem einzelnen Mann regiert«, sagte sie. »Ihm gebe ich die Schuld an Janas Tod. Ich denke, Sie kennen ihn.«

»Und ob ich ihn kenne«, sagte Tom. »Die Mutter meiner Tochter will ihn heiraten.«

»Tun Sie was dagegen, um Gottes willen!«, rief die Peters.

Die hatte gut reden. Was hatte ein Mann wie er schon für eine Chance? »Ich habe nicht mal das Sorgerecht für Yasmin.«

»Na und? Sie ist Ihre Tochter. Sind Sie etwa der Mann, der sich von einem fehlenden Stück Papier aufhalten lässt?«

Tom schaute auf seine Hände. »Ich wüsste nicht, was ich dagegen unternehmen soll. Es ist Jennys Entscheidung. Ich habe versucht, sie vor Rajnald Szabo zu warnen, aber sie glaubt mir nicht. Sie sind bereits miteinander verlobt. Ich habe den Ring gesehen.«

»Ist es ein Saphir?«, fragte die Peters leise.

»Wie?« Tom schaute auf. »Ich kann so etwas nicht beurteilen. Er war blau, ja … ich habe ihn nicht genau angeschaut.«

»Sah er ungefähr so aus wie dieser hier?« Sie griff in ihre Handtasche und holte einen durchsichtigen kleinen Plastikbeutel heraus. Ein Armreif lag darin.

»Vanessas Eltern konnten mir natürlich nicht sagen, welche Kleidung sie am Tag ihres Verschwindens trug. Sie besaß Unmengen Klamotten und Schuhe. Aber dieses Armband hat sie jeden Tag angehabt. Szabo hat es ihr geschenkt.« Sie hielt ihm den Beutel unter die Nase. »Vanessas Eltern haben es genau beschrieben. Der Saphir hat die Form einer Träne. Sehen Sie?«

Tom schluckte.

»Das Armband lag in Ihrer Scheune«, sagte sie.

»Im Regal.«

»Ich habe Vanessa nicht getötet«, sagte er.

»Sie wissen also, dass sie tot ist.«

Tom biss sich auf die Lippe. »Ja. Ich habe ihre Leiche gefunden.«

»Und Sie wollten nichts sagen, weil die Polizei sonst Sie auf dem Kieker gehabt hätte, stimmt's? So ähnlich habe ich es mir gedacht.« Sie wippte mit dem Fuß des Beins, das sie über das andere geschlagen hatte. »Ja, das wäre mit Sicherheit der Fall gewesen. Ich habe einen verdammt guten Riecher, Tom Merten. Und ich rieche klar und deutlich, dass Sie kein Mörder sind. Sie sind kein schlechter Kerl. Man hat Sie reingelegt.«

Tom dachte, ihre letzte Bemerkung sei sarkastisch gemeint, und blickte auf. Aber die Kommissarin wirkte todernst, als sie weitersprach. »Ich frage mich die ganze Zeit: Warum Sie? Warum ausgerechnet Sie?«

»Ich war ihm im Weg«, sagte Tom. »Szabo will Jenny für sich alleine beanspruchen.«

»Es geht also um eine Frau«, sagte die Peters bitter. »Natürlich. Das tut es immer. Die Frauen oder Geld. Oder beides.« Sie schaute ihn an. »Wo ist die Leiche?«

Toms Blick fiel über die Blumenrabatte und das Gemüsebeet. Er fragte sich, wer sich um sein Häuschen und den Garten kümmern würde, wenn er im Gefängnis saß. Vermutlich niemand.

»Na los«, sagte die Peters. »Ich bin gespannt auf Ihre Geschichte, die Sie mir zu erzählen haben.«

»Ich werde keine Probleme bereiten«, sagte Tom.

»Ich komme mit Ihnen.« Seine Stimme brach.

»Nun mal langsam«, sagte die Peters. »Sie müssten mittlerweile kapiert haben, dass ich nicht im offiziellen Auftrag hier bin.«

»Das macht keinen Unterschied. Wenn Sie meine Geschichte hören, werden Sie mich mitnehmen wollen.«

»Ich will den Mörder meiner Schwester ans Messer liefern.« Sie beugte sich vor. »Was auch immer passiert ist. Ich werde mich mit allen Mitteln dafür einsetzen, dass Sie heil herauskommen oder zumindest mildernde Umstände kriegen. Das verspreche ich Ihnen. Vorausgesetzt, Sie kooperieren. Wo ist die Leiche?«

Tom schwieg. Er konnte die Peters hinführen. Aber da war noch Harry.

»Sie haben keine Chance gegen Szabo«, sagte er.

»Er wird Sie in der Faust zerquetschen wie eine Fliege.«

»Haben Sie das mal probiert? Man denkt, man hätte sie erwischt. Sobald man die Faust öffnet, fliegt sie fröhlich wieder raus.«

»Und was für eine Rolle spiele ich in Ihrem Plan?«

»Sie werden die Leiche noch einmal für mich finden«, sagte sie. Ein Lächeln huschte über ihr Gesicht. »Vanessa trägt ein Baby in ihrem Leib. Ein Vaterschaftstest könnte Szabo überführen.«

»Sie war schwanger?«, flüsterte Tom. »Das tut mir leid.« Er sah Harry vor sich, der versuchte, Vanessa mit der Kettensäge zu zerteilen. Harrys Finger in ihrer Vagina. Kleine, erst halb ausgeformte Ärmchen eines Ungeborenen in der Fruchtblase, die hilflos zappelten, als seine Mutter im Sterben lag. Tom wurde unsagbar wütend. Dieses Monstrum Szabo hatte sein eigenes Kind getötet.

Er straffte sich. »Ich werde Ihnen helfen«, sagte er.

Vielleicht konnte er die Peters überzeugen, dass die Sache mit Harry ein Unfall oder Notwehr gewesen war. Sie war so versessen darauf, Szabo dranzukriegen, dass sie möglicherweise versuchen würde, ihm den Mord an Harry anzuhängen. Sie würde Tom nicht ganz da rausboxen können. Aber vielleicht konnte sie ihm mildernde Umstände verschaffen. Sie mussten dafür sorgen, dass Szabo hinter Gitter gebracht wurde.

Es donnerte. Ein Regentropfen landete sanft auf Toms Stirn. Es würde abkühlen. Der Garten braucht den Regen, dachte er, und er spürte Hoffnung aufkeimen.

Tom begann seine Geschichte zu erzählen.

ENDE

Über die Autorin

Martina Bauer, geb. 1968, ist ausgebildete Industriekauffrau und Fachkrankenschwester für Intensivpflege und Anästhesiepflege. Sie lebt mit ihrem Mann und ihrem Sohn an der Südlichen Weinstraße. Mit dem Schreiben hat sie vor einigen Jahren begonnen, ihre bevorzugten Genres sind Crime, Mystery und Horror.

Von Martina Bauer sind bisher erschienen:
Nulllinie (Twinmedia-Verlag, CH)
Höllenfahrt (Knaur E-Books)
Schlechtes Blut

Route 666 – Höllische Geschichten
Das Pfälzer Kettensägen-Massaker